Heibonsha Library

# 幕《まく》間《あい》

**Between the Acts**



平凡社ライブラリー

Heibonsha Library

# 幕《まく》間《あい》

**Between the Acts**

ヴァージニア・ウルフ著
片山亜紀訳

平凡社

本著作は、平凡社ライブラリー・オリジナル版です。

目次

# 凡例

一、本書は Virginia Woolf, *Between the Acts* (Hogarth Press, 1941) の全訳である。

一、原文のイタリックは書体を変えて示した。

一、原文の引用符〝 〟は「 」に置き換え、原文に引用符はないが読みやすくなると訳者が判断した箇所には〈 〉を補った。

一、原則として書名、雑誌名、詩集名などは『 』、詩篇は「 」によって示した。

一、訳者による補足ならびに注記は、本文中に〔 〕を用いて挿入したほか、注番号を＊1、＊2……によって示し、注記は巻末に掲げた。

一、引用の翻訳はすべて訳者による。

一、原文には、今日では差別的と考えられる表現もあるが、時代的な背景を考慮してそのまま訳出した。

# 幕《まく》間《あい》

ヴァージニア・ウルフが死去した時点で作品の原稿は書き終えられていたが、印刷に向けた最終的な校正はまだだった。校了までに、彼女は小さな修正や訂正をおそらくかなり加えただろうが、大きな変更ないし実質的な変更はしなかっただろうと思う。

レナード・ウルフ

ある夏の夜、庭に面した窓をすべて開け放った大きな部屋で、彼らは屎尿《しにょう》溜めについて話していた。州議会はこの村に水〔下水道〕を引くと約束したのに、約束を守らなかった。[*1]

ミセス・ハイネス——農場経営者の奥方——は、鵞鳥のような顔に、雨樋が詰まってゴボゴボと溢れているのを見つけたかのような目を剝いて、気取った声で言った。「こんな夜にそんな話題なんて、いかがなものでしょうか！」

それで一同は、黙りこんでしまった。すると一頭の雌牛が咳をしたので、彼女は言葉を継いだ。変な話ですが、わたくしは子どもの頃、牛が怖いなんてまったく思わなかったんです。怖かったのは馬だけでした。と申しますのも、まだ乳母車の中の赤ちゃんだったとき、大きな馬車馬がわたくしの顔をかすめましてね。わたくしの一族は——と、肘掛け椅子の老人に向かって彼女は言った——もう何世紀もリスカード〔イングランド南西部、コーンウォール州の町〕近郊で暮らしておりまして。その証拠に、教会墓地に行くと、たくさんお墓が並んでいます。

外で鳥がクックッと笑った。「ナイティンゲール？〔小夜啼鳥とも。夕方や明け方に美しい啼き声を響かせることで知られる鳥〕」と、ミセス・ハイネスが尋ねた。いいえ、ナイティンゲールはこんなに北までまいりません。あれは昼間の鳥で、昼のうちに見つけたものや美味しかったもの、芋虫やカタツムリや穀粒のことを思い出して、まどろみながらもクックッと笑っているんです。

肘掛け椅子の老人――オリヴァー氏といい、インド植民地局〔イギリスによる植民地時代（一八五八〜一九四七）にインドに置かれた行政組織〕に勤めていたが引退した――は言った。聞き違えでなかったらですが、屎尿溜めはローマ街道の上に設置するそうですよ。飛行機から見下ろせば、いまでもはっきりわかるんですがね。あれは古代ブリトン人〔ブリテン諸島に住んでいたケルト系の民族〕のつけた傷痕、これは古代ローマ人のつけた傷痕、あれはエリザベス朝に建てられた屋敷、あの小麦畑はナポレオン戦争〔一七九六〜一五〕中に、丘を耕して小麦を増産した名残、というように。

「でも、ご自分で覚えていらっしゃるんですか……？」ミセス・ハイネスは尋ねた。いいえ、そうじゃありません。ぼくが覚えているのは――と、オリヴァー氏が話し始めようとしたそのとき、部屋の外で物音がして、アイサ――彼の息子の妻――が入ってきた。彼女は髪を両脇で三つ編みにして、色褪せた孔雀模様の部屋着を羽織っていた。白鳥がすっと泳ぐみたいに部屋に入ってきて、遮られたように立ち止まり、人々がいて煌々と灯りがついているのに驚いていた。坊やの具合がよくなくて付き添っていたんです――と、彼女は詫びるように言った。何のお話をなさっていたんですか?

「屎尿溜めのことを議論していてね」と、オリヴァー氏。

「こんな夜にそんな話題なんて、いかがなものでしょうか!」ミセス・ハイネスがまた嘆いた。

屎尿溜めのことでも何のことでもいい、あなたは何とおっしゃったの?——と、農場経営者ルパート・ハイネスのほうに頭をかしげながら、アイサは思った。バザー会場で、テニス・パーティで、彼女は彼に会ったことがあった。ティーカップやラケットを渡してもらったことがあった——ただそれだけだったけれど。でもそのやつれた表情には神秘を、その沈黙には情熱を、彼女はいつも感じた。テニス・パーティでもそう感じ、バザー会場でもそうだった。そしていま三度目にして、どちらかというと前よりいっそう強く、そう感じたのだった。

「ぼくが覚えているのは」と、老人が遮った。「ぼくの母が……」母はかなり太っていました。紅茶の缶をしまいこんで鍵をかけていました。でもまさにこの部屋で、ぼくにバイロンの詩集をくれました。六十年以上も前に——と、彼は語った——まさにこの部屋で、母はバイロンの詩集をくれたんです。彼はふと口をつぐんだ。

「歩く姿は美しく、まるで夜のよう」と、詩の一節を唱えた。

そして次は別の詩から——。

「だから月明かりに誘われて、さすらうのはもうよそう」〔ジョージ・ゴードン・バイロンの二篇の抒情詩より〕

アイサは顔を上げた。言葉が二つの輪、完璧な輪になって彼女とハイネスを持ち上げ運んだ――まるで流れを下る二羽の白鳥のように。でも彼の雪のように白い胸には汚い浮草が絡みついていた。水掻きのついた彼女の脚も、株式仲買人をしている彼女の夫に絡め取られていた。三本脚のコーナーチェアに座った彼女はふらついた――三つ編みにした黒髪を垂らし、色褪せた部屋着をまとった長枕みたいな上半身で。

ミセス・ハイネスは、自分をそっちのけに二人のあいだで渦巻く感情に気づいていた。彼女はただ待った――教会を出る前に、パイプオルガンの最後の反響がすっかり消えるのを待つみたいに。小麦畑に囲まれた赤いヴィラへと帰る車中で、彼女はそんな感情などバラバラにしてしまうだろう――ツグミが蝶の羽根をむしり取るみたいに。十秒待って彼女は立ち上がり、ひと呼吸置いた。それから最後の残響がようやく消えたのを聞き届けたというように、ミセス・ジャイルズ・オリヴァー〔アイサのこと〕に片手を差し出した。

でもアイサは、ミセス・ハイネスと同時に立ち上がるべきだったにもかかわらず座ったままだった。ミセス・ハイネスは鵞鳥のような目を剝き、アイサを睨みつけて訴えた――「ねえミセス・ジャイルズ・オリヴァーさん、どうかわたくしに気づいてくださいな……」。アイサはもちろん気づかないわけにはいかなかった。色褪せた部屋着を羽織り、両肩に三つ編みを垂らした彼女は、ようやく椅子から立ち上がった。

夏の早朝の光を浴びると、ポインツ・ホールは中くらいの大きさの屋敷に見えた。ガイドブックに掲載されるほどの特別な屋敷ではなかった。素朴すぎるのだった。でも白みがかった壁にグレーの屋根を載せたL《エル》字型の屋敷で、草地の窪みに建てられているのは残念だったけれど、煙突から出ていく煙が高台を縁取る樹々を伝い、ミヤマガラスの巣を撫でてゆっくり上っていく風情には、住んでみたくなるものがあった。屋敷の前を車で通り過ぎるようなときに、人々はたがいに言い交わした――「売りに出ないかな?」そして運転手に尋ねた――「だれが住んでいるんですか?」

運転手も知らなかった。オリヴァー家は一世紀ほど前にこの屋敷を買ったのだが、ウェアリング家、エルヴィー家、マナリング家、バーネット家などの旧家とのつながりはなかった――婚姻によって幾重にも結ばれ、死んでなお、教会墓地の塀の下で蔦《つた》の根のように絡み合う旧家とのつながりは。

オリヴァー一族がこの屋敷に住み着いたのは、ほんの百二十年くらい前のことだった。それでも中央階段を上がると――裏手には使用人のための梯子《はしご》のような急階段もあった――一枚の肖像画が掛かっていた。半分まで昇ると黄色い錦織《ブロケード》のドレスが見えてくる。最上段まで昇り詰めると、白粉《おしろい》をつけた小さな顔と、真珠を垂らした大きな頭飾りが目に入る——先祖ということにしている女性だった。寝室が六、七部屋、廊下に面している。執事はかつて兵士で、奥方づきの女中と結婚したのだった。ガラスケースの中には、ワーテルローの戦場〔ナポレオン戦争の最後の戦闘。一八一五〕で弾丸を受け止めてくれた懐中時計が収めてあった。

まだ早朝だった。草地は朝露で濡れていた。教会の時計塔の鐘は八回鳴った。ミセス・スウィズンは、彼女の寝室でカーテンを開けた——色褪せた白い更紗《さらさ》が、外から見ると窓枠の緑と実によく馴染んでいた。彼女は老いた両手を窓の留め金に掛け、勢いよく窓を開けて佇んだ。老オリヴァーの既婚の妹、夫に先立たれた寡婦。彼女は自分一人の家を持とうといつも計画していた——たぶんケンジントン〔ロンドン中心部の住宅街。ケンジントン公園がある〕か、キュー〔ロンドン南西部。キュー植物園がある〕か、公園に散歩に行けますからね。でも夏のあいだ彼女は動かなかった。冬が湿った風を窓に打ちつけ、枯れ葉が雨樋を詰まらせるようになると彼女は言った——「ねえバート〔バーソロミュー・オリヴァーの愛称〕、どうしてここの人たちはこんな窪地に、北向きにお屋敷《うち》を建てたのかしら?」兄は答えた——「もちろん自然から逃れるためだよ。家族用の大きな馬車で泥道を行くのに、四頭の馬で引っ張らないといけなかったんだけどね」そして兄は妹に、十八世紀の厳しい冬についての有名な話を聞かせた——まるまる一ヶ月、屋敷が雪に埋もれたこと。そして樹々が倒れたこと。だから毎年冬になると、ミセス・スウィズンはヘイスティングス〔イングランド南岸の町。ヘイスティングスの戦い（一〇六六）が行われた〕に撤退するのだった。

　でも、いまは夏だった。彼女は鳥たちに起こされた。何てよく囀《さえず》るんでしょう！　まるで聖歌隊の男の子たちが糖衣がけのケーキに突撃するみたいに、夜明けに猛攻撃をかけている。鳥たちの囀りを聞かされるはめになって、彼女は大好きな本――『歴史概説』[*2]――に手を伸ばし、三時から五時までのひとときをあれこれ想像して過ごしたのだった。ピカデリー〔ロンドンの主要道路〕にはシャクナゲの森が広がっていたこと。その当時、彼女の理解では大陸とこちらはつながっていて、海峡で区切られてはいなかったこと。そしてそこに棲んでいたのは、彼女の理解では象の胴体にアザラシの頭で、その頭を持ち上げたりうねらせたり、ゆっくり捩《よじ》ったり、たぶん吠えたりもする怪獣たち――イグアノドン、マンモス、マストドン――だったこと。窓を勢いよく開けながら彼女は思った――たぶん、わたしたちはその末裔なんでしょうね。

　そのとき女中のグレイスが青い磁器をトレイに載せて入ってきたので、硬い皮に覆われ唸り声を上げる怪獣とグレイスを彼女が区別できるようになるまでには、実際の時間で五秒、心の時間ではそれよりはるかに長い時間がかかった。ちょうどドアが開いたとき、その怪獣は、原始の森で緑の下生えがもうもうと蒸気を上げる中で一本の樹を根こそぎ倒そうとしていたのだった。だからグレイスがトレイを下に置いて「おはようございます、奥さま」と言ったとき、ミセス・スウィズンが飛び上がったのも無理はなかった。半分は沼地の怪獣へ、もう半分はプリント地のワンピースに白いエプロンの女中へというちぐはぐな視線を顔に浴びたグレイスは、彼女のことを「いかれてる」と思った。

「あの鳥たちはなんてよく囀るんでしょうね！」と、ミセス・スウィズンはとっさに思いついた言葉を口にした。いまは窓を開けていたので、鳥たちの囀りはいっそう賑やかだった。愛想のいいツグミが芝生をピョンピョン跳ねてきて、くちばしにピンクの輪ゴムみたいな捩れたものを咥《くわ》えていた。その光景に、過去をもっと再構築したくなったミセス・スウィズンは、動きを止めた。過去あるいは未来に飛翔して、回廊や小道に分け入って、現在この瞬間の範囲を拡張したくなった。でも母に言われたのだった――まさにこの部屋で、母に叱られたのだった。「ルーシー、ポカンと口を開けて立っていてはいけません、気まぐれな風が……〔吹いて表情が固まりますよ、と続く。イギリスの俗信〕」。本当に何度となく、まさにこの部屋で母に叱られた――「でももう世界はまったく変わったじゃないか」と、兄は慰めてくれるけれど。そういうわけで、彼女は座って朝の紅茶をいただくことにした。他の老婦人と同様、高い鼻に痩《こ》けた頬、指には一個の指輪を嵌めて、やや慎ましいけれどもいかにも元気な老婦人といういでたちだったが、彼女の場合、胸元には金の十字架もキラリと光っていた。

朝食後、子守りの女たちは、台地《テラス》の上で乳母車を押しながら行きつ戻りつしていた。乳母車を押して話しこんでいた――情報を丸めて小さな塊にするでもなく、何かの意見を受け渡しするでもなく、舌先でキャンディを転がすように言葉を転がしていた。言葉は舐めて透き通ってくると、ピンクになったり緑になったり、いっそう甘くなったりする。今朝、甘くなってきていた言葉はこうだった――「アスパラガスのことで、コックはあの男にこう言ってやったんですって」「彼女、電話をかけてきたから、素敵なツーピースね、ブラウスにもよく似合ってるって言ってあげたの」。そして話題はある意中の男性のことに移っていった――台地を行きつ戻りつ、口の中でキャンディを転がし、乳母車を押しているあいだに。

ポインツ・ホールを建てた男が窪地を選んだのは、まったくもって残念なことだった――花壇と野菜畑の先にはせり上がった土地が広がっているのだから。自然が屋敷にふさわしい立地を用意してくれたのに、人間は窪地に住処《すみか》を作ったのだった。自然が用意した平らな芝地は長さ半マイル、その先は急降下して睡蓮池になっていた。その台地はゆったり広く、長く落ちた大樹の影をすっぽり包みこむくらいだった。樹々の影が落ちる中で、人々は台地を行ったり来たり、行ったり来たりした。樹々は二、三本で固まって生え、また隙間を空けて生えている。樹々の根は芝土を割ってせり出し、その骨のような根と根のあいだは緑の滝、草の葉のクッシヨンになり、春にはスミレが、夏には野生の紫のランが咲き乱れるのだった。

エイミーが意中の男性について何か言いかけていたときに、メーベルは乳母車に手をかけたまま、キッとうしろを振り返ってキャンディを飲みこんだ。「土を掘っちゃ駄目じゃない」メーベルはぴしゃりと言った。「ジョージ、さっさと来なさい」

小さな男の子があとに遅れ、草を掻き分け土をいじっていた。そのとき赤ん坊のキャロがタオルケットをめくって拳を突き出したので、乳母車からクマのぬいぐるみが飛び出してしまった。エイミーはかがまなくてはならなかった。ジョージは土を掘った。樹の根の分かれ目で花が燃えている。薄膜が一枚、一枚と剝がれていく。ヴェルヴェットの薄膜の奥で、柔らかな黄色が、揺らめく光が燃えている。両目の奥の洞窟に光が満ちる。両目の奥の暗闇が、葉と土の匂いのする黄色い光の大広間になる。そして花の向こうには樹があり、草と花と樹、それが全部つながっている。膝をついて土を掘り、彼は花を丸ごと理解した。*3 するとそのとき、唸りながら熱い息を吐くもの、粗いグレーの毛をなびかせたものが彼と花のあいだに割りこんできた。ジョージは飛び上がり、恐怖のあまり尻餅をついて、おっかない尖り頭の目なしの怪獣が、両腕を振り回しながら二本脚で迫ってくるのを見た。

「旦那、オハヨウゴザイマス」紙のくちばしの奥から、彼に向かってうつろな声が発せられる。

樹のうしろに隠れていた老人が、躍りかかってきたのだった。

「ジョージ、おはようございますって言うんですよ。「お爺ちゃん、おはようございます」って」メーベルはそう促して、ジョージを老人のほうに押しやった。でもジョージは立ち上がって、ポカンと口を開けていた。ジョージは立ったまま、じっと見つめるばかりだった。すると、筒状にした新聞をクシャッと握り潰してオリヴァー氏その人が現れた。とても背の高い老人で、両目はキラキラ光り、頬には皺が寄っていて、頭は禿げて髪が一本もない。老人は向きを変えた。

「来い!」と、彼は怒鳴った。「来い、ケダモノめ!」ジョージも向きを変え、子守りの女たちもクマのぬいぐるみを手に持ったまま、向きを変えた。みんなで向きを変えた先では、アフガンハウンドのソラブ〔マシュー・アーノルドの物語詩「ソラブとラスタム」に由来する名前か〕が花のあいだを跳ね回っているのが見えた。

「来い!」と、まるで一連隊を指揮しているかのように老人は怒鳴った。子守りの女たちにしてみれば、それは感服したくなる眺めだった——こんなお爺ちゃん《オールド・ボーイ》になってもまだ大声を出して、あんなケダモノを服従させるなんて。アフガンハウンドはモジモジと、詫びているみたいに戻ってきた。老人の足元にうずくまると、首輪のまわりに紐が掛けられた。老オリヴァーがいつも持ち歩いている首紐だった。

「野蛮なケダモノめ……性悪なケダモノめ」彼は身をかがめて小声で罵った。ジョージは犬だけを見ていた。毛の生えた横腹が呼吸に合わせて上下している。鼻先には泡がついている。

ジョージはわっと泣き出した。

老オリヴァーは体を起こした。血管は膨れ、頬は紅潮していた。怒っていたのだった。新聞を使ってささやかないたずら《ゲーム》を仕掛けたのに、失敗だ。この子は泣き虫だな。彼は頷いてぶらぶら歩き出し、クシャクシャにした新聞を手で伸ばしながら、「泣き虫だな――泣き虫だな」と、まるでその言葉を記事の中に探しているかのように呟いた。でもそこにそよ風が吹いて大判の新聞紙を巻き上げる。めくれた新聞の向こうには風景が一望できた――畑のうねり、ヒースの野、そして森。額に入れたらそのまま絵になりそうだった。ぼくが画家なら、ここにイーゼルを立てるんだがなあ。樹々の線が縦に入ったこの田園風景は、まさに一幅の絵のようだ。そしてそよ風はやんだ。

「ダラディエ氏〔フランスの首相〕は」彼は読みかけていた記事を見つけて読んだ。「フランの切り下げに成功した……」〔実際には一九三八年五月四日、フランの対ポンド交換比率を引き下げた〕

ミセス・ジャイルズ・オリヴァーは、豊かな髪に櫛を通し、もつれを解いた。彼女はじっくり検討した結果、ショートにもボブにもしないできたのだった。彼女は見事な浮き彫りのついた銀のヘアブラシを手に取った。結婚祝いの贈り物で、行く先々のホテルの部屋係を感服させるのにひと役買ったものだった。ヘアブラシを手に、三面鏡の前に立つ。これで、やや重たいにしても凛々《りり》しい顔立ちを、彼女は三方向から眺めることになった。鏡の外側には、台地《テラス》や芝生や樹々のこずえが見渡せた。

鏡の内側、瞳の奥に、昨夜、あのやつれて口数の少ない、ロマンティックな農場経営者に感じたものが宿っているのを彼女は認めた。「愛してる」と、瞳は告げていた。でも外側、洗面台の上、化粧台の上、銀の箱や歯ブラシのあいだにはもう一つの愛、株式仲買人をしている夫——小説にちょうど出てきた決まり文句を使えば「子どもたちの父親」——への愛があった。内なる愛は瞳の奥に、外なる愛は化粧台の上に。でもいま鏡から視線を外して屋外を見るとき、わたしの内側に掻き立てられるこの感情は何だろう？　彼女には、芝生の上を乳母車が近づいてきて、二人の子守り役が付き添っているのが見えた。そして小さな息子のジョージが、うしろに取り残されているのも。

浮き彫りのついたヘアブラシで、彼女は窓をコツコツ叩いた。彼らには遠すぎて聞こえなかった。彼らに聞こえているのは樹々のそよぎや鳥たちの囀りなど、庭で生きているものたちのざわめき。寝室にいるわたしには聞こえないもの、見えないものにすっかり夢中になっている。他の一切から隔てられた緑の島、スノードロップの花に縁取られ、薄絹を敷き詰めたその無邪気な島は、彼女の窓の下を漂っているようだった。ただジョージだけは、うしろに取り残されているけれど。

彼女は視線を鏡に戻した。「愛してる」――間違いない。昨夜、あの人があの部屋にいたという事実に、こんなにも反応してしまうのだから。あの人がこう言った、ティーカップを渡してくれた、テニスのラケットを渡してくれたという事実が、わたしの一部にこんなに残るのだから。そしてその結果、わたしはあの人と電話線のようなもので結ばれ、リンリン、ジンジン、ブンブン――。彼女は鏡の奥底に言葉を探った。以前、夜明けのクロイドン〔ロンドン南方の町。空港があった〕で、飛行機のプロペラが目にも留まらない速さで回転するのを見たことがあったけれど、あの回転を表す言葉はないだろうか。ブブン、ブブン、ブブン、プロペラは速度を上げ、ブルブル、ブーン、ジジジ、やがて溶けて一つになり、飛行機はふわりと舞い上がり、遠くへ、遠くへ飛んでいく……。

「だれも知らない彼方、だれも行ったことのない彼方、知らない、気にしたこともない彼方に向かって」彼女は呟いた。「飛びゆく――駆けゆく――灼熱の、白熱の、静かな夏の……」韻を踏ませるなら「大気を抜けて」だろうか。彼女はヘアブラシを置き、電話を手に取った。

「パイコーム村、三四八番をお願いします」彼女は言った。

「オリヴァーです……。今朝はどんなお魚がありますか？　タラは？　カレイは？　舌平目は？　アカガレイは？」

「ここでの縛《いまし》めを、彼方で解き放たん」と、彼女は呟いた。「舌平目にしましょう。切り身にしてください。昼食に間に合うように配達してくださいね」と、彼女は声に出して言った。

「羽根を手に――青い羽根を手に……大気を昇って飛んでゆく……ここでの縛めを、彼方で解き放たん……」。ジャイルズに疑われないように家計簿に見せかけたノートを作っていたけれど、これらの言葉はそこに書くほどのものではないだろう。彼女には〈諦めがち《アボーティヴ》〉という言葉がふさわしかった。たとえばお店の服が素敵だと思っても、買って出ることはなかった。ズボン用の黒い布地がお店のショーウィンドウに飾ってあっても、そこに映った自分の体型を見ると怯んでしまうのだった。ヘアスタイルだけはストレートで現代風でお洒落だけれど、ウェストは太いし手足は大きいから、彼女はサッフォーとか、ファッション誌を飾る美しい若い男たちみたいにはとうてい見えない。[*4]　わたしはありのままの自分にしか見えない――リチャード卿の娘で、ウィンブルドン〔ロンドン南西部の町〕に住む二人の老婦人の姪にしか。オニール姓〔アイルランドの姓〕の叔母たちは、わたしたちはかつてのアイルランド王の末裔なのですよと、そのことがたいそうご自慢だったけれど。

お世辞を振りまくのが好きなお調子者のご婦人が、彼女の言うところの「お宅の中心《ハート》」つまり書斎の入り口で、かつて立ち止まってこう言ったことがあった。「台所のお隣にあって、こちらの書斎はいつだってお宅でいちばんのお部屋でございますね」。そして敷居を跨《また》ぎながら、彼女は付け加えた。「書物というものは、魂を映し出す鏡ですわね」

魂とはいっても、この場合、曇ってシミの浮き出た魂だった。イギリスのちょうど中心《ハート》に当たるこの辺鄙《へんぴ》な村に到着するには列車で三時間あまりかかるので、長旅で退屈するのを嫌って、だれもが駅の売店で本を買ってくるのだった。そのため気高い魂を映すはずの鏡が、退屈しきった魂を映し出すこともあった。週末だけの泊まり客たちがこれまで置いていった安価な扇情本の寄せ集めを見れば、鏡というものはつねに女王の苦悩を映し出すもの、ヘンリー王[*5]の英雄的ふるまいを映し出すものというふりもできなかった。

六月の朝のまだ早い時間に、書斎は空っぽだった。ミセス・ジャイルズは台所でコックと打ち合わせをしなくてはならなかった。オリヴァー氏は台地《テラス》をまだ散策中だった。そしてもちろん、ミセス・スウィズンは教会に行っていた。天気予報士の予報どおり、軽いけれど気まぐれなそよ風が、黄色いカーテンをはためかせて光と影を投げていた。暖炉の炎が翳《かげ》り、また明るくなり、一匹のコヒオドシ〔蝶の一種〕が窓ガラスの下のほうに体を打ちつけた——ドン、ドン、ドン——もしも人間がだれも来ないなら——来ないなら、来ないなら、来ないなら——本にはカビが生え、暖炉の炎は消え、そしてわたしも窓辺で死ぬでしょうと、コヒオドシは繰り返し告げていた。

せっかちなアフガンハウンドを先導にして、老人が入ってきた。新聞を読んで眠くなったのだった。彼はインド更紗のカヴァーを掛けたソファに沈みこんだ――足元には犬を、アフガンハウンドを侍らせて。鼻を前脚に乗せ、尻を丸めてうずくまったアフガンハウンドは、石でできた犬、十字軍兵士に寄り添う犬みたいに見えた――死後の世界でも安眠中の主人の護衛を怠らない。でも主人は死んだのではなく、夢を見ているだけだった――シミの浮き出た鏡面に、自分自身、ヘルメットを被った若いときの自分自身を見ていた。背後には滝が流れ落ちている。でも飲み水はない〔T・S・エリオットの長詩「荒地」を踏まえた表現〕。丘はグレーの襞《ひだ》のようで、砂上には剥き出しの肋骨が弧を描いている――太陽に晒され、蛆虫に食い尽くされた雄牛の肋骨だ。岩陰には未開人《サヴェジズ》たちが潜み、ぼくの手には銃が握られている。夢の中で手がぎゅっと握り締められる――現実の手は肘掛けに載せられ、むくんだ血管には茶色がかった血液しか流れていなかったのだが。

ドアが開いた。

「わたし、お邪魔でしょうか?」と、アイサが詫びるように言った。

もちろん邪魔だ――青春とインドを粉砕するなんて。でも彼がいけないのだった。自分の生命《いのち》の糸をそんなにも細く、そんなにも長く、延ばしていくことに執着したのは彼だったのだから。部屋をゆっくり歩き回っている彼女を見ながら、彼はむしろ彼女に感謝していた――生きながらえさせてくれることに対して。

　年寄り連中というものは、自分だけのインドを胸に秘めていることが多いものだ――社交クラブに通う年寄り連中、ジャーミン・ストリート〔ロンドン中心部の通り〕界隈の部屋で暮らしているような年寄りの男たちというものは。ストライプのワンピースを着た彼女は、ぼくを生きながらえさせてくれる。彼女は本棚の前に立って呟いた。「月下の荒野は暗く――たそがれの最後の仄かな光線も、流れる雲がたちまち呑み尽くす……〔パーシー・ビッシュ・シェリー「一八一四年四月の詩」より〕」。お魚を注文しましたよ」彼女は声を上げ、振り向いて言った。「新鮮かどうかはお約束できませんが。でも子牛の肉は高価ですし、牛肉や羊肉は、この家じゅうのだれもが飽きあきしていますし……」。オリヴァーとアフガンハウンドの前に歩いてきた彼女は、立ち止まって言った。「ソラブは元気かしら?」

　ソラブは絶対に尻尾を振らなかった。家族の絆を一切認めないのだった。縮こまるか噛みつくかのどちらかだった。いまは獰猛な黄色い瞳で、アイサをじっと睨み、老人をじっと睨む――両人が目を逸らすまでだって、ソラブは睨んでいられた。そのときオリヴァーは思い出した。

「きみの坊やは泣き虫だな」嘲るように彼は言った。

「ああ」彼女は溜め息をついて、椅子の肘掛けに体を預けた——まるで髪の毛くらい細い無数の糸に気球が絡め取られるみたいに〔防空気球のイメージ。戦前の一九三八年から、空襲を妨げるために地表から何本もの金属ケーブルでつなげられた気球がロンドンで打ち上げられていた〕、家族の絆に絡め取られたという格好だった。「何かあったんですか?」

「ぼくは新聞を使って、それで……」彼は説明した。

彼は新聞を使って、丸めて長いくちばしにして鼻に当てたのだった。「それで」——樹の背後から子どもたちの前に躍り出たのだった。

「そしたら泣き叫んだんだよ。臆病だなあ、きみの坊やは」

彼女は顔をしかめた。あの子は臆病じゃない、わたしのあの子はそうじゃない。彼女は家族の絆とか所有欲とか、母性的なことが大嫌いだった。この人はそうとわかっていて、わたしをからかうためにわざと言っている——お義父《とう》さんは人でなしだ。

彼女はそっぽを向いた。

「こちらの書斎はいつだってお宅でいちばんのお部屋でございますね」彼女はそう口真似をして、本の背に目を走らせた。「魂の鏡」であるはずの本が並んでいる。『妖精の女王』〔エドマンド・スペンサーの叙事詩〕に、キングレイクの『クリミア戦記』〔歴史家A・W・キングレイクによる八巻のクリミア戦争史〕。キーツ〔詩人ジョン・キーツのこと〕に、『クロイツェル・ソナタ』〔ロシアの作家レフ・トルストイによる、不幸な結婚をめぐる小説〕。何冊もの本が並んで映し出している——何を? わたしのこの年齢——今世紀とぴったり同じ三十九歳——で、本は何かの救いになるだろうか？　同世代の他の人たちと同様、彼女は本が苦手だった——おまけに銃も苦手だった。それでも、まるで虫歯が疼《うず》く人が薬局に行き、並んだ緑の瓶に貼られたラベルの金文字に目を走らせて特効薬はないかと探すように彼女は考えた。キーツにシェリー〔イギリスの詩人。二六ページ参照〕、イェイツ〔ウィリアム・バトラー・イェイツ。アイルランド詩人〕にダン〔ジョン・ダン。イギリスの詩人〕。あるいは詩じゃなくて伝記はどうかな。ガリバルディ〔十九世紀イタリアの軍事家で、イタリア統一をもたらした〕の生涯。パーマストン卿〔十九世紀イギリスの政治家〕の生涯。あるいは個人の伝記ではなく、州の歴史はどうかな。『ダーラムの遺跡』に『ノッティンガム考古学協会の大会プログラム』。あるいは伝記でも歴史でもなく、科学——エディントン〔アーサー・エディントン。イギリスの天文学者〕、ダーウィン〔チャールズ・ダーウィン。進化論を提唱〕、ジーンズ〔ジェイムズ・ジーンズ。イギリスの天文学者〕はどうだろう。

どれも彼女の虫歯をなだめてはくれなかった。彼女の世代にとっては新聞が書物の代わりだった。そこで義父の読みさした『タイムズ』紙を拾い上げ、彼女は読んだ。「緑の尻尾のついた馬が……」——おとぎ話みたい。「ホワイト・ホール〔ロンドン中心部の官庁街〕の衛兵が……」——これもロマンティックだ。そして単語に単語を継ぎ足しながら彼女は読んだ。「緑の尻尾のついた馬がいると、衛兵たちは少女に告げた——しかし少女が行ってみたら、ごく普通の馬だった。それから衛兵たちは少女を兵舎に引きずってゆき、寝台に放り出した。衛兵の一人が少女の服の一部を剝ぎ取った。少女は悲鳴を上げ、衛兵の顔を叩いた……」*6 それはいかにも現実だった。ひどく真に迫っていたので、マホガニー張りのドアにホワイト・ホールのアーチが見え、アーチの向こうに兵舎が、兵舎の中に寝台が見え、寝台の上では少女が悲鳴を上げながら衛兵の顔を叩いているのが見えた——。と、そのときドアが（それは正真正銘のドアだったので）開いてミセス・スウィズンが入ってきた——手に金槌を握り締めて。

彼女はモジモジしながら入ってきた。古ぼけた庭用シューズを履いて、床が浸水しているかのようにそろそろ歩き、唇をきゅっと結んで横目で兄を見てニコッとした。何の言葉も交わさないまま、彼女は隅の戸棚の前に行き、無断で持ち出した金槌をもとに戻した——握った拳を開いて、釘もしまった。

「シンディ——シンディ」彼女が戸棚の扉を閉めるのと同時に、彼は唸った。

妹のルーシーは、彼より三歳年下だった。頭文字をCにしてシンディ《Cindy》ともSにしてシンディ《Sindy》とも綴ってよかったので、両方ともルーシーの愛称になっていた。兄妹が子どもだったとき、兄は妹をシンディと呼び慣わしていた。兄の魚釣りにも妹はトコトコついてきて、草原の花を摘んで小さな花輪にしっかりまとめ、細長い草の茎をグルグルグルと巻きつけた。一度、魚を釣り針から外させてもらったときのことを彼女は覚えていた。血が出たので彼女は怖くなった——「ああ！」と大声を出した——鰓《えら》に血が滲んだから。すると彼が「シンディ！」と唸ったのだった。草原のあの朝のおぼろげな記憶を思い出しながら、彼女は金槌を戸棚のもとの棚に、釘をまた別の棚に戻した。兄はいまなお釣り道具をその戸棚にしまい、いまなお些事にとても喧《やかま》しかった。

「納屋に案内板を取りつけていたのよ」兄の肩を軽くポンと叩きながら、彼女は言った。

その言葉は、鐘の最初のひと撞《つ》きのようだった。一回目のあとは二回目、二回目のあとは三回目を聞くことになる。そういうわけで、ミセス・スウィズンが「納屋に案内板を取りつけていたのよ」と言うのを聞くと、アイサには次に彼女が何を言うかが予測できた。

「野外劇ですからね」

すると彼はこう返す。

「今日？　なんてことだ！　すっかり忘れてた！」

「もしも晴れたら」とミセス・スウィズンは続ける。「台地《テラス》で上演……」

「もしも雨なら」とバーソロミューが続ける。「納屋の中だね」

七年目となるこのやりとりのあと、二人は窓の外を眺めるのだった。

毎年夏になると――今年で七回目の夏になる――アイサは同じ言葉を聞いていた。金槌と釘のこと。野外劇とお天気のこと。毎年、雨になるだろうか晴れるだろうかと言い、毎年、そのどちらかになるのだった。同じ鐘の音に、同じ鐘の音が応えた。でも今年だけは、鐘の音に別の言葉が低く重なるのが彼女には聞こえた――「少女は悲鳴を上げながら衛兵の顔を叩いた――手に金槌を握り締めて」

「天気予報には」オリヴァー氏は新聞をめくって予報欄を探した。「こう書いてあるよ。気まぐれな風。晴れ。気温は例年並み。ときどき雨」

彼は新聞を置き、みんなは空を見上げ、天気が天気予報士の言うとおりかどうかを観察した。たしかに天気は気まぐれだった。一面の緑色だった庭が、次の瞬間にはグレーになる。そこに太陽が顔を出して、あらゆる花とあらゆる葉に果てしない歓喜を振り撒く。それから哀悼の意を表し、顔を覆って退場する――まるで人間の苦しみを見ているのは耐えられないというように。雲は無責任、バラバラで無秩序、薄くなったり濃くなったりしている。何か独自の法則にしたがっているんだろうか、それとも何の法則もないのだろうか？　ただのひと房の白髪みたいな雲もあれば、はるか上空の遠く離れたところには金色がかった固い雪花石膏《アラバスター》みたいな雲も、不滅の大理石でできているみたいな雲も浮かんでいた。さらにその上空には青が、純粋な青が、群青色が広がっていた――選り分けられたことも記録されたこともない青が。地上に降り注ぐ陽光や影や雨と違って、大気はこの地球という小さなカラーボールをまるで無視していた。花にも野にも庭にも、われ感知せず。

青い上空を見つめるミセス・スウィズンの目はぼんやりしていた。天空に神を、玉座に座った神を見ているために上を凝視したままなのだろうと、アイサは思った。でも次の瞬間、庭に影が落ちるとミセス・スウィズンは視線を外し、下のほうに向き直って言った。

「とても不安定ね。雨になるかもしれない。祈るしかありませんね」彼女はそう付け加えて十字架をいじった。

「そして傘を何本も準備するんだな」と兄。

ルーシーは赤くなった。彼女の信仰を兄は打ち砕いたのだ。「祈るしかありませんね」と言ったのに「傘を何本も」だなんて。彼女は十字架を手で握って隠しかけた。萎縮して身をすくませた。でも次の瞬間、叫んだ。

「ああ、あそこにいますよ——あの子たち！」

乳母車が芝生を横切っていた。

アイサも見た。叔母さんは天使みたい！　こうしてあの子たちに挨拶してくれて、あの漠とした空にもこの老人の不信心にも、痩せた手と笑う瞳だけで立ち向かおうとしている！　バートとお天気に挑むなんて、ほんとに勇敢な人！

「坊やは元気いっぱいね」ミセス・スウィズンは言った。

「あの子たちの回復力には驚くばかりです」アイサは言った。

「坊やは朝食を食べたの？」ミセス・スウィズンが尋ねた。

「一つも残さずに」とアイサ。

「赤ちゃんはどう？　麻疹《はしか》の気配はない？」

アイサは首を振った。「木に触っておきましょう」と彼女は付け加え、テーブルをトントンと叩いた。
「バート、教えてちょうだい」ミセス・スウィズンは兄のほうを向いた。「由来は何なのかしら？　木に触る……。木に触ったのはアンタイオスかしら？」〔アンタイオスはギリシャ神話に登場する神で、木ではなく大地に触って力を得る〕
一点だけを見ていられたら、妹は素晴らしい賢女になっていただろうにと、彼は思った。でも、これはあれ、あれはまた別のことへ、こちらの耳からあちらの耳へと抜けてしまう。そして七十歳を過ぎるとよくあるように、全部が回りまわって同じ問いに行き着く。彼女の場合は、住むならケンジントンかしら、それともキューかしら、という問いだった。でも毎年冬になっても、妹はどちらにも行かずにヘイスティングスに間借りする。
「木に触る——大地に触る——アンタイオス」バラバラの情報を一つにまとめて、彼は呟いた。ランプリエール〔『古典籍固有名詞辞典』（一七八八）の編者の名前〕でわかるだろうか。それか百科事典だ。でも、ぼくの疑問への答えは、本の中にはない。つまりこういうことだ、ルーシーの頭蓋骨はぼくのとそっくりなのに、どうして祈りを捧げる相手なんかを拵《こしら》えるんだろう？　その相手には髪の毛とか歯とか足の指の爪とかはついていないらしい。それはむしろ力とか輝きのようなもので、ツグミとか芋虫とか、チューリップとかハウンド犬とか、そしてこのぼく、むくんだ血管の老人であるぼくを操るらしい。寒い朝に妹をベッドから起き上がらせ、ぬかるんだ小道を礼拝へと、神の代理人ストリートフィールドの教会へと向かわせるのもそれだ。あの牧師、聖具室でこっそり葉巻を吸っているあいつはいい奴ではあるけどな。気晴らしが必要なんだろうな、リウマチ病みの年寄りたちに何度だって説教してやらないといけないし、うちの納屋に案内板を取りつけて、いつだって倒壊しかかっている尖塔をいつだって修繕中だ。血肉の通った人間に与えるべき愛を——と彼は考えていた——妹も牧師も教会なんかにくれてやらなくても……。するとそのとき、ルーシーが指先でテーブルをコツコツ叩いて言った。

「由来は——由来は——何なのかしら?」

「迷信だな」と彼。

彼女は赤くなり、いま一度信仰を打ち砕かれたために、小さく息を呑む音が聞こえた。しかし兄と妹にとって、血を分けた体は障壁というより靄《もや》みたいなものだった。いかなるものも——どんな喧嘩も、どんな事実も、どんな真実も——兄妹仲を揺るがすことはなかった。妹に見えるものが兄には見えず、兄に見えるものが妹には見えず、そうやって永遠に繰り返していくだけのことだった。

「シンディ」彼は唸った。そして喧嘩は終わった。

ルーシーが案内板を取りつけた納屋は、農場の一角を占める大きな建物だった。教会と同じくらい古く、同じ種類の石で造ってあったけれど、尖塔はなかった。四隅がグレーの円錐型の石の上に載せられ、ネズミと湿気が入りこまない仕掛けになっていた。ギリシャに行ったことのある人は神殿みたいですねといつも言った。ギリシャに行ったことのない人も——大多数がそうだったが——やはり褒めてくれた。屋根は風雨に晒され、赤みがかったオレンジ色になっていた。内側は空っぽの大広間で、上からは陽光が射しこみ、茶色がかっていて、小麦の匂いがした。扉を締め切れば暗いけれど、台車を何台も中に入れるようなときに端の扉を開け放つとパッと明るくなった。長細くて背の低い台車が何台も、夕方になると、海を行く船のように海水ならぬ小麦を掻き分け、干し草を載せて戻ってくるのだった——台車が通ったあとの小道には、小麦の穂首が点々と落ちた。

いま、納屋の床にはベンチが並んでいた。もし雨になったら、役者たちは納屋の中で演技することになる。納屋の片側には板が敷き詰められ、舞台になっていた。雨でも晴れでも、観客はここでお茶を飲む。若い男女——ジム、アイリス、デイヴィッド、ジェシカ——は、紅白の薄紙で作った薔薇の飾りつけに忙しかった——戴冠式〔一九三七年に行われたジョージ六世の戴冠式のこと〕のときの残りものだ。小麦袋に入った種子や埃のせいで、彼らはくしゃみをした。アイリスは額にハンカチを巻き、ジェシカはズボンを穿いていた。若い男たちはシャツ一枚で作業していた。みんなの髪には薄茶色の籾殻が紛れこみ、指先には木材の破片が刺さりやすかった。

「ぼんやり婆さま《オールド・フリムジー》」（ミセス・スウィズンのあだ名）が納屋に取りつけた案内板は、二枚目だった。一枚目は風で飛ばされたか、掲示物をいつも剝がしてしまう村の愚か者が剝がして、どこかの垣根の陰で案内板を抱えてクスクス笑っているかだった。作業中の若者たちも笑っていた——まるでスウィズン婆さまが、立ち去ったあとに笑いのさざ波を残していったみたいだった。あのお婆ちゃん《オールド・ガール》、薄い白髪をなびかせて、カナリアみたいに鉤爪がありますと言わんばかりに先の広がった靴を履いて、黒ストッキングを足首のまわりでダブつかせてるんだからな——そのいでたちに、デイヴィッドがおどけて上を仰げば、ジェシカも薔薇飾りを彼に手渡しながらウィンクするのだった。でもそれでも、彼らは育ちのいい人に頭が上がらなかった。世界のその片隅に長く留まっているせいで、三百余年にわたる慣習の刻印をしっかり受けていたのだ。だから物笑いの種にしたとしても敬意は忘れなかった。婆さまが真珠を身につけていたら、それは本物の真珠なんだよな。

「ぼんやり婆さま、よく跳びまわるな」デイヴィッドが言った。ミセス・スウィズンは二十回ばかり出入りしたあと、最後にレモネードの大きな水差しと、サンドイッチのお皿を運んできてくれるらしかった。ジェシカが花綵《はなづな》を持ち、デイヴィッドはそれを金槌で打ちつけた。雌鶏が紛れこんだ。雌牛の群れが扉の前を通りかかった。それから牛追いの犬。そのあと牛追いの男、ボンドがやって来て歩みを止めた。

　垂木から垂木へと薔薇の花綵を垂らしている若者たちを、ボンドはしげしげと眺めた。庶民だろうと紳士淑女だろうと、彼には人間なんてどうでもよかった。黙って茶化すように扉にもたれた彼は、枯れ柳みたいだった――葉をすべて落とした体を川面に傾け、気まぐれな水の流れを目に映している。

「ハイ――ハ！」急に彼は叫んだ。たぶん牛語だったのだろう、頭を下げて扉から中に入りかけていたまだらの雌牛が、尻尾をひと振りしてゆっくり歩み去った。ボンドはそのあとに続いた。


「それは問題ね」と、ミセス・スウィズンが言った〔シェイクスピア『ハムレット』の有名な台詞の借用〕。オリヴァー氏が百科事典の「俗信」の項を開き、「木に触る」という表現の由来を調べているあいだに、彼女とアイサは魚について話していた。遠方から運ばれてくる魚は新鮮かしら？

　彼女らは海からかなり離れたところにいた。百マイル〔約百六十一キロ〕は離れているかしら――と、ミセス・スウィズン。いいえ、百五十マイル〔約二百四十一キロ〕くらいかもしれない。「でもね」と彼女は続けた。「静かな夜には波の音が聞こえるっていいますね。嵐のあと、波の打ち返す音が聞こえるって……。あの話がわたしは好きですよ」彼女は思い出して言った。「真夜中に波の音が聞こえたから、馬に跨り海に進み出たという男の人の話が。バート、だれでしたっけ、だれが海に進み出たんでしたっけ?」〔イギリスの詩人ジョージ・クラブのエピソード〕

バートは百科事典を読みふけっていた。

「海水を張ったバケツに入れて、玄関に届けてもらうわけにはいきませんからね」ミセス・スウィズンが言った。「子どもの頃、海辺のお屋敷《うち》に住んでいたときはそうしてもらっていたんだけど。ロブスターも籠で捕まえたばかりのを届けてくれましたよ。コックが棒を近づけるとハサミで掴むの。それに鮭。鱗にシラミ〔サケジラミ、シーライスとも〕がついているかどうかで、新鮮かどうかがわかるのよ」

バーソロミューは頷いた。それは事実だ。海辺の屋敷のことを彼は思い出した。ロブスターのことも。

それからひとしきり話した兄妹は、網いっぱいの魚を海から掬い上げることになった。でもアイサは庭を見ていた。天気予報どおり、気まぐれなそよ風が吹いている。また子どもたちが通ったので、アイサは窓をコツコツ叩いてキスを送った。でも庭のざわめきの中で、気づいてもらえなかった。

「わたしたちって本当に」彼女は振り返って言った。「海から百マイルのところにいるんでしょうか？」

「ほんの三十五マイルだな」〔約五十六キロ〕義父は言った。まるでポケットから巻尺を出して、ぴったり測ったとでも言うように。

「もっと離れているみたいに思えます」とアイサ。「台地《テラス》から眺めると、陸地が果てしなく続いていくみたい」

「昔は海なんてなかったのよ」とミセス・スウィズン。「こちらと大陸のあいだには、海なんてまったくなかったの。今朝、本でそう読みました。ストランドにはシャクナゲが生えていて、ピカデリーにはマンモスがいたんですって」〔ストランドもピカデリーもロンドンの主要道路の名前〕

「わたしたちが未開人だった時代に」とアイサ。

それからアイサは思い出した。未開人たちはとても上手に脳の手術をしていたと、わたしの歯医者から聞いたことがあります。入れ歯もしていたんですって。入れ歯が発明されたのは古代エジプト王の時代だったって、たしか言っていました。

「少なくとも、わたしの歯医者はそう言っていました」と、彼女は結んだ。

「いまはどの先生のところに通っていらっしゃるの？」ミセス・スウィズンがアイサに訊いた。

「前から同じ二人のところです。スローン・ストリート〔ロンドン中心部の瀟洒な通り〕のバティ先生とベイツ先生」

「そして入れ歯は古代エジプト王の時代の発明だと、バティ先生がおっしゃったのね？」ミセス・スウィズンが考えこんだ様子で言った。

「バティ先生？　いえバティ先生じゃありません。ベイツ先生です」アイサは訂正した。バティ先生は王室のことしか話しません。バティ先生は——アイサはミセス・スウィズンに言った——王女の一人を診ていたんです。

「それで一時間以上も待たされました。子どものときの一時間って、とても長く思えて」

「いとこどうしの結婚なんて」ミセス・スウィズンは言った。「歯によくないでしょうね〔イギリスの王室ではいとこどうしの結婚が続いた〕」

バートは口の中に指を入れて、上顎の歯を外してみせた。入れ歯だった。オリヴァー家はいとこどうしで結婚していないけどこうだよと、彼は言った。オリヴァー家は、二、三百年前くらいまでしか先祖をたどれないけどね。でもスウィズン家は違った。スウィズン家はノルマン征服〔一〇六六年、現在のフランス北部に住んでいたノルマン人がイングランドに侵攻したこと〕より前からこの地にいたのだった。

「スウィズン家はね」と、ミセス・スウィズンは言いかけて口をつぐんだ。うっかりチャンスを与えれば、バートは聖人についても何か茶化しかねない〔雨をもたらす聖人として聖スウィズンが知られている〕。もう二回も茶化されてしまった。一回目は傘と言われ、二回目は迷信と言われた。

だから彼女は口をつぐんで、代わりにこう言った。「どうやってこの話を始めたんでしたっけ？」彼女は指を折って数えた。「古代エジプト王。歯医者。魚……。ああそうだった、アイサさんがお魚を注文しましたっておっしゃったんでした。新鮮かどうかわからないって話だったのね。それでわたしが「それは問題ね」って言ったのよ……」

魚はもう配達済だった。ミッチェルさんの店の少年は、魚を片手で抱えてバイクから飛び降りた。もう勝手口で角砂糖をもらって子馬に食べさせることもなかったし、配達先が増えていたから雑談をすることもなかった。丘を越えてビクリーさんに配達しないといけないし、他にもウェイソンさん、ロダムさん、パイミンスターさんのお宅を回らないといけない——これらの名字も少年の名字も、土地台帳《ドウームズデイ・ブック》〔一〇八六年頃ウィリアム一世が課税のために作成した住民の記録〕にも載っている古いものだった。それでもコック——ミセス・サンズで通っていたが、昔からの友だちはトリクシーと呼んでいた——は、五十年間生きてきて一度も丘を越えたことがなく、越えたいと思ったこともなかった。

切り身にした舌平目、骨のない半透明の魚を、少年は台所テーブルにぽんと置いた。そしてミセス・サンズが包みを開いたときにはすでに姿を消していた——去り際に、籐椅子から悠然と身を起こし、魚をくすねようとテーブルに巧妙ににじり寄ってきた立派な黄色い猫を、ピシャリと叩いてから。

ちょっと臭うかも？　ミセス・サンズは魚を鼻先に近づけた。猫はテーブルの脚に体の一方を擦りつけ、もう一方を擦りつけ、ミセス・サンズの脚にも擦りつけた。サニーにも切れ端を取っといてあげよう――客間ではスン・イェンで通っていたこの雄猫の名は、台所ではサニーと語形変化した。ミセス・サンズは魚を手に持ち、猫をお供にしたがえて食料部屋に入り、その教会の中にあるような小部屋でお皿に魚を載せた。宗教改革前に建てられたこの屋敷には、近隣にある他の多くの屋敷と同様、礼拝室があったのだが、宗教が変わったので礼拝室が食料部屋に変化したのだった――猫の名前が変わったように。ご主人（これは客間での呼び名で、台所ではバーティと呼ばれていた）は殿方をときどき連れてきて、食料部屋をお見せになる――あたしがちゃんと制服を着ていないときにもたびたび連れてくる。フックに掛けたハムとか、青い板に載せたバターとか、翌日の晩餐用の骨つき肉などを見せるためではなく、食料部屋の下の地下貯蔵庫と、貯蔵庫の丸いアーチの彫刻を見せるために。お客の一人は金槌を持っていて、叩いてみると空っぽな音が反響した。間違いなく隠し廊下がここにあるね、かつてだれかがここに隠れたんだね――と、お客は言った。たしかにそうかもしれない。でもミセス・サンズは、若い女の子たちがいるときに、あたしの台所に入ってきてそんな話をするのはやめてほしいと思っていた。女の子たちが馬鹿な想像をする。死人が樽を転がしている音が聞こえたとか、白いドレスの貴婦人が樹々の下を歩くのが見えたとか。陽が落ちると、だれも台地《テラス》の向こうには行かない。猫がくしゃみをしただけで「幽霊だ!」と大騒ぎ。

サニーは切り身のおこぼれを頂戴した。そしてミセス・サンズは、茶色の籠から卵を一個取った――籠の中の卵には、殻に黄色い羽毛がついたままのものもあった。そして半透明の切り身魚に衣をつけるための小麦粉を少々と、大きな陶器のパン粉入れからはパン粉を取り出した。それから台所に戻った彼女は、竈《かまど》に近づいていつもの一連の動作をした――灰を掻き、火を熾《おこ》し、炎を鎮めた。その音は屋敷全体に奇妙なこだまを響かせるので、書斎でも居間でも食堂でも子ども部屋でも、だれが何をしていようと、何を考えて何を話していようとも、もうすぐ朝食だ、昼食だ、晩餐だと、全員がわかるのだった。

「サンドイッチを……」と言いながら、ミセス・スウィズンが台所に入ってきた。「サンドイッチ」のあとに「サンズさん」とつけたかったけれど、「サンズ」と「サンドイッチ」で音が重なるのでやめておいた。「人さまの名前で遊んではいけません」と、母がつねづね言っていたから。でもこの痩せた辛辣な女性、赤毛で、テキパキ動く小綺麗な彼女に、サンズという名はぴったりでも、トリクシーという名はいかにも不似合いだった。彼女は絶品と言えるほどの料理は出さないにしても、スープにヘアピンを落としたりはしなかった。十五年前、サンズの前にジェシー・プックがコックだったときには、「これはいったい何だ?」と、スプーンでヘアピンを掬ったバートはかつて言ったのだったが。

ミセス・サンズがパンを取り、ミセス・スウィズンがハムを取る。一人がパンを切り、もう一人がハムを切る。こういう共同作業には安らぎが、絆を強めてくれるものがあった。一枚、二枚、三枚と、コックはハムを切り分ける。ところがルーシーはパンを手で押さえ、包丁を宙で止めてしまった。彼女はふと思ったのだった——どうして新鮮なパンより古いパンのほうが切りやすいのかしら? それから考えは斜めに逸れていった——イースト菌からお酒へ、発酵へ、酩酊へ、バッカスへ、そしてイタリアの葡萄畑に行って紫のランプみたいな葡萄の下で寝そべってみたいという、彼女がつねづね脱線していく方向へ。でもそのあいだもサンズには時計のカチカチ刻む音が聞こえ、猫が見え、蠅がブンブン唸るのが気になった。彼女は唇を突き出して不満を表明した——納屋で紙の薔薇なんか飾りつけてお愉《たの》しみでしょうけれど、おかげで台所じゃあ仕事が増える。

「晴れるかしらねえ」と、包丁を宙に止めたまま、ミセス・スウィズンは言った。スウィズン婆さまの妄想癖は、台所でしばしばからかいの種になっていた。

「たぶん晴れます」台所の窓の外をちらりと見て、ミセス・サンズは言った。

「去年は違ったのよ」ミセス・スウィズンは言った。「どんなに慌てたか覚えてる？　雨が降り出して、椅子をみんな中に入れましたね」ミセス・スウィズンはようやく作業を再開した。そして、肉屋で見習いを始めたミセス・サンズの甥、ビリーはどうしているのと尋ねた。

「見習いがやってはいけないことをやっているんです」とミセス・サンズ。「店のご主人に生意気ばかり言って」

「大丈夫よ」ミセス・スウィズンは、半分はその少年のこと、もう半分はサンドイッチのことを指してそう言った。三角形に、たまたまとても綺麗に切れたのだった。

「ジャイルズは遅くなるかもしれません」と、彼女は付け足した――三角形に切ったサンドイッチを、他のサンドイッチの上に満足げに載せながら。

アイサの夫、株式仲買人をしている夫は、ロンドンから戻ってくる途中だった。急行列車から各駅停車に乗り換えるのだが、各駅停車は決して時間どおりには到着しなかった。ジャイルズが早めの急行に乗ったとしても、うまく乗り継げるとは限らなかった。それはつまり――少なくともミセス・サンズにとってはつまり、列車にうまく乗り継げない人がいるために、たとえ他にしたいことがあっても、人知れず竈《かまど》に付き添って、食事を温めておかねばならないということを意味した。

「できたわ！」と、ミセス・スウィズンはサンドイッチを見渡して言った。整ったのもそうでないのもある。「納屋に持っていくわね」レモネードは台所女中のジェインがあとに続いて持ってきてくれると、彼女は少しも疑わずに決めこんでいた。

キャンディッシュは食堂に佇み、黄色い薔薇の位置を変えた。黄色い薔薇、白い薔薇、赤いカーネーション――彼がそこに活けたのだった。彼は花が大好きで、花々を飾りつけては緑の細長い葉やハート型の葉をうまく隙間に差しこんだ。ギャンブルと酒が好きな男だったが、奇妙なことに花も好きだった。黄色い薔薇の位置が決まった。これですべて準備万端――銀のフォークに白いナプキンを並べたし、中央に色とりどりの薔薇でいっぱいの花瓶を置いたしな。これでよしと最後にひととおり見渡して、彼は食堂をあとにした。

窓のある壁と反対側に、二枚の絵が掛かっていた。実際には会うことのなかった二人だった――すらりとした貴婦人と、馬の手綱を握った男。貴婦人はオリヴァーが気に入って買った絵の中の人物だったが、男は先祖の一人だった。逸話もあった。手には馬の手綱を握っていた〔「手綱を握る」には「支配する」の意味もある〕。彼は画家に言ったのだった――。

「わしの肖像画を描きたいなら、いいかい、樹々に葉っぱをつけてくれよ」樹々には葉っぱが描かれた。彼はこうも言った——「馬のバスターだけじゃなくて、コリンも入れてくれないかね？」コリンは彼の有名なハウンド犬だった。でもバスターしか描く余地はなかった。コリンを描かないなんて実に残念千万と、当の画家にではなく見る者に向かって、彼は訴えかけているみたいだった。一七五〇年ごろ、わしが死んだら同じ墓のわしの足もとにコリンも埋めてほしいと頼んだのにな、あの何とかっていう馬鹿牧師は、どうしても認めようとしなかったんだ。

ご先祖に当たる彼は、何かと話題を提供してくれた。でも貴婦人は絵柄にすぎなかった。黄色いマントを羽織って柱にもたれ、手には銀の矢を持ち、髪には羽根を挿し、見る者の視線を上へ下へと導いた——曲線から直線へ、緑の樹陰から銀の物陰へ、褐色から薔薇色へ、そして静寂へ。部屋は空っぽだった。

空っぽ、空っぽ、空っぽ——そして静寂がしん、しん、しん。部屋は貝殻、ときが動き始める前の歌を歌う。屋敷の中心《ハート》に置かれた花瓶は雪花石膏《アラバスター》のようで、滑らかにひんやりと静寂を湛えている——空っぽの空間から抽出した、じっと動かない精油のような静寂を。

玄関ホールの向こうでドアが開いた。声が一つ、二つ、三つと、さざ波のように、囀りのように聞こえてきた。ぶっきらぼうなバートの声、震えるルーシーの声、その中間のアイサの声。玄関ホールの向こうから、彼らのせっかちな声、じれったそうな声、いいえと抗う声がした――「列車が遅れているんだ」「温めておいてくださいな」「いいえキャンディッシュ、わたしたちは待たずにいただきます」

書斎から出てきた声たちは、玄関ホールで止まった。明らかに何かの障害物、岩にぶつかったらしい。イングランドのこんな奥地《ハート》にいても、そっとしておいてもらえないなんて。それは衝撃だった。でもそのあと、岩はさっと水に取り囲まれ、包みこまれた。痛みをともなうとしても避けられないことだから。社交はなくてはならないものだから。痛みをともなうとしてもうれしいことだから――書斎から出るなりミセス・マンレサと見知らぬ若者――亜麻色の髪にねじけた表情の――と、ばったり顔を合わせるなんて。それは逃れられない鉢合わせだった。招かれたわけでも予想されていたわけでもなく、ただ突然の訪問客として、まるで羊や牛が群れのそばにいたいと願うのと同じ本能に誘われて、二人は幹線道路を逸れて訪ねてきたのだった。でも自分たちのランチはバスケットに入れて持ってきました。ほらね。

「道しるべにお名前を拝見して、どうしてもお訪ねしたくなりましたの」と、ミセス・マンレサはフルートみたいにのびやかな声で言った。「こちらはお友だちのウィリアム・ドッジさん。二人だけで草原に行って過ごすつもりでした。でもわたくし、道しるべを拝見してこう申したんです。「こちらの皆さんに、わたくしたちの避難所となってもらえないかお願いしてみましょうよ」って。ごいっしょにテーブルを囲む――それだけで充分です。食べ物はあります。グラスも持ってきました。お願いしたいのは――」おつきあいだけ、同類の皆さんとごいっしょすることだけと、どうやら言いたいようだった。

そして彼女は老オリヴァーに向かって手をひらひらさせた――手袋の中では、手に指輪がいくつも嵌められているようだった。

彼女の手に向かって、老オリヴァーは深々とお辞儀した。一世紀遡ればその手にキスをしただろう。こうしてみんなが歓迎したり、そんなことありませんと否定したり、謝られたあとでもう一度歓迎の辞を述べたりと賑やかにふるまっているあいだにも沈黙の要素はあって、イザベラ〔アイサのこと〕は見知らぬ若者のことを黙って観察していた。もちろん靴下やズボンを見れば紳士とわかる。水玉のネクタイを締め、ボタンを留めずにヴェストを着ている姿は頭がよさそうね。青白い顔で不健康そうなのは、いかにも都会で専門職に就いている人らしい。こうやってにわかに紹介されて顔を引きつらせているところを見ると、ひどく神経質なのね。それに、どうしようもないくらい、とことん自信過剰だ――ミセス・マンレサの客なのに、彼女のおしゃべりを小馬鹿にしている。

アイサは反発しながらも興味をそそられた。でも、ミセス・マンレサがすべてを丸く収めようと「この人は芸術家なんです」と言い、ウィリアム・ドッジが「役所に勤めているんです」と訂正したときに――教育庁だとかサマセット・ハウス〔ロンドンのストランドにある建物で、官公庁が入っていた〕だとか言ったようだった――アイサは彼の秘密の根っこを押さえた気がした。目を泳がせたり、明らかに顔を引きつらせたりする原因となっている秘密の根っこを。

それからみんなで昼食をとりに食堂に入り、ミセス・マンレサはペラペラとおしゃべりを続け、このささやかな社会的危機――もう二人分の席を用意してもらうこと――を、髪の毛一本乱さず乗り越える力が自分に備わっているという事実を愉しんだ。だってわたくし、血の通った人間というものに全幅の信頼を置いているんです。みんな、血が通っていますでしょ？　ひと皮剝けばみんな血の通った人間なのに、些細なことで大騒ぎするなんて馬鹿みたいじゃありませんか――しかも男と女しかいないっていうのに！　とはいえ彼女は男たちのほうをより好んでいた――それは明らかだった。

「だってそうじゃなかったら、あなたの指輪や、マニキュアや、そしてほんとに可愛いその小さな麦藁帽子は何だっていうの？」黙ってイザベラはミセス・マンレサに語りかけ、それとはっきりわかるようにおしゃべりに沈黙を添えた。彼女の帽子、彼女の指輪、薔薇のように赤い彼女のマニキュアは、だれにでも見えるようにそこにあった。でも彼女の半生は違った。みんなに見えているのは切れ端と断片[*7]だけで、たぶんウィリアム・ドッジだけが例外だった――

彼女は彼を公然と「ビル」〔ウィリアムの愛称〕と呼んでおり、それはたぶん、他のみんなより彼が彼女について多くを知っているというしるしだった。彼の知っている事柄のいくつか——彼女がシルクのパジャマで真夜中の庭を散歩するとか、拡声器でジャズを流すとか、カクテル・バーを持っているとか——は、もちろんみんなも知っていた。でもプライヴェートなこと、生い立ちについての明確な事実となると、みんなは知らないのだった。

彼女はタスマニア〔オーストラリア大陸南方の島、十九世紀にはイギリスの流刑植民地だった〕で生まれたらしい——噂ではそうなっていた。何でもヴィクトリア朝〔ヴィクトリア女王がイギリスを統治した期間。一八三七～一九〇一〕中期、彼女の祖父が、委託品の不正流用か何かのスキャンダルで国外移送になったらしかった。でもイザベラがその噂を聞いたのは一度だけで、しかも話は「国外移送」という言葉で止まってしまった。あるおしゃべりなご婦人——グランジ屋敷のミセス・ブレンコウ——の夫が、「国外移送」という言葉にこだわったせいだった。「国外追放」というのが妥当じゃないですか。でもこれも正確な言い方じゃない、正確なのが口から出かかっているんですが出てこないな——。そして話は尻つぼみになった。ときどき、ミセス・マンレサは司教だったという叔父の話をした。でも、ただ植民地で司教だっただけらしい。植民地では、みんなすぐに忘れたり免罪したりする。それから、彼女が身につけているダイヤモンドやルビーは、ラルフ・マンレサとは別の「夫」の手で地面から掘り出された、という噂もあった。ラルフはユダヤ人で、成り上がりの地主そのものの風采で、シティ

〔ロンドンの金融街〕で数社を経営していることから——それは確かだ——莫大な金を得ていた。そして夫婦には子がなかった。でもジョージ六世を国王とするこのご時世*8で他人の過去を詮索するなんて、時代遅れの野暮なこと、虫に食われた毛皮とか、喪服に縫いつける黒いビーズとか、カメオとか、黒枠の便箋とか〔いずれもヴィクトリア朝の喪の慣習〕と同じことかもしれない。

「わたくし、栓抜きだけはほしいみたい」と、ミセス・マンレサはキャンディッシュに流し目を送りながら言った——彼がただ男性の外見を持っているというだけでなく、本物の男だというように。シャンパンをひと瓶持ってきたのに、栓抜きがありませんの。

「ビル、絵をご覧なさいな」と、彼女は親指を立てて言った——彼女はシャンパンを開けようとしていた——「きっとお愉しみがあるって、わたくし申しましたわね？」

彼女の仕草は卑猥だし、全身が過剰に女らしく、ピクニックにしては着飾りすぎていた。でもそれはありがたい性質、少なくとも役に立つ性質だった——彼女が口を開けば、だれもがすぐに「あの女《ひと》がしゃべった、あの女《ひと》がやった、自分じゃない」と思いながら、無礼講のチャンス、新鮮な空気の入ってきたチャンスを利用して、まるで砕氷船のあとを飛び跳ねていくイルカのように追随できるから。彼女のおかげで、老バーソロミューも彼の香料諸島《スパイス・アイランズ》、彼の青春を取り戻すのではないだろうか？

「わたくし、この人に申しましたの」と、今度はそのバートに流し目を送って彼女は続けた。

「こちらの品々を拝見させてもらったら、もうわたくしどものものなんて」(どっさり、山のように所有しているのだったが)「見向きもしなくなるでしょうって。それからわたくし、この人に約束してしまったんです。きっとあなた方が見せてくださるって——」ここでシャンパンがシューッと泡立ち、彼女はバートのグラスにまずは注ぎましょうと言って聞かなかった。「皆さんのような博識の紳士方がご執心のものって何でしたっけ? ノルマン時代様式? アーチ? サクソン時代様式? 学校を出ていちばん間もないのはどなた? ジャイルズさんの奥さまかしら?」

あなたはお若いのよと、彼女はいまイザベラに流し目を送っているのだった。でも女たちに話しかけるときは、彼女はいつも視線を曖昧にした。女たちは共謀者、彼女の手口など見抜いてしまうから。

そういうわけで彼女はシャンパンを注ぎつつ、流し目を送りつつ、この——彼女は忍び笑いを漏らした——避難港にフッフーッと息を送りこみ、われこそは天然の野生児なりという主張を確かなものにしていった。ほんと、ロンドンから来るところはお笑い種《ぐさ》だけど、でもロンドンに対抗できるものがある。というわけで、彼女はわたくしの日常はこうこうですと話して聞かせた。噂話をちょっぴり、面白いかどうかわかりませんがと言いながら披露した。先週の火曜のパーティでは、だれそれさんの隣のお席でしたの。彼女はごくさりげなくファーストネームを、次にニックネームを添えた。あの方、こうおっしゃるんです――わたくしなど何でもありませんから、皆さん気兼ねなくお話しになるんです――そして「もちろん絶対内緒ですよ」と前置きをして彼女は話した。みんなは耳をそばだてる。それから、ロンドンのあの忌まわしい狂乱などもうごめんだというように両手を挙げて、彼女は「おしまい！」と叫ぶ。「……あちらを離れてわたくしが最初にすることって何だと思います？」彼らはつい昨夜、察するにビルと彼女の二人だけで、ロンドンを出て六月の道路を抜けてやって来たのだった。そしてすぐ自堕落になって汚れ果てて、晩餐会に出ることなど望むべくもない格好になったのだった。「わたくしが何をするか、大声で申し上げてもいいでしょうか？　スウィズンさん、お許しくださいます？　ええ、こちらのお宅でなら何でも申し上げてかまいませんわね。わたくし、コルセットを取って」（ここで彼女は両手を腰に当てた――彼女は小太りだった）「草の上をゴロゴロと転げ回るんです。ゴロゴロと――皆さん、信じてくださいますわね……」彼女は心から笑った。体型を気にするのをやめたら、こんなふうに自由になったんです。

「心からそう感じていらっしゃるのね」とアイサは思った。偽りなく、そう感じていらっしゃるのね。田舎を愛しているというのも、本当なのね。ラルフ・マンレサがロンドンにいなくてはならないとき、彼女はよく一人だけでこちらにやってきた。庭仕事をするときの古ぼけたガーデンハットをかぶり、村の女たちにはピクルスの漬け方などではなく、彩色した麦藁で、ささやかな籠を作る方法を教えた。愉しみってものがあの人たちには要るのよと、彼女は言った。彼女を訪問すれば、タチアオイの花に囲まれながらヨーデルを歌っているのが聞こえた――「ホイティ・テ・ドイティ・テ・レ・ド……」

とびっきりのいい人だなあ。彼女のおかげで老バートは若返った気がした。グラスを傾けた彼は、庭先で白いものがキラリと光るのを目の端で捉えた。だれかが通り過ぎていく。

食器洗いの女中が、お皿が下げられてくる前に、睡蓮池のそばで頬を冷やそうとしていたのだった。

池にはいつも睡蓮があった。風が運んできた種子から自生して、皿の形をした緑の葉に、赤や白の花を載せて浮かんでいた。数百年かけて窪地に集まった水が、黒い泥のクッションの上で四、五フィートの深さで溜まっていた。分厚い一枚の皿のような緑の水面の下、自分たちだけの世界に閉じこめられ、魚たちは泳いでいた――金色の魚、白い斑点の魚、黒や銀の縞模様の魚たち。魚たちは水の世界で静かに軍事演習をしていた――空を映した青い溜まりで一時停止したり、池の端まで音もなく突撃したり。池の端の水際では草の葉が震え、頷く影となって池を縁取っていた。水の舗道に、アメンボが華奢な足を載せる。穀粒が落ち、クルクル旋回しながら沈んでいく。一枚の花びらが落ち、水を載せて沈んだ。その様子に、舟の形をした魚たちの艦隊は静止した。バランスを取りながら身構え、甲冑をまとった。そしてキラリと光ってさざ波を立てた。

その深い中央部、その黒い中心《ハート》で、かつて貴婦人がわが身を沈めたのだった。その十年後、池の底をさらうと大腿骨が出てきた。でもそれは羊の骨で、貴婦人の骨ではなかった。それに羊には魂がないから幽霊にはならない。それでも使用人たちは幽霊が絶対いるんですと主張した——高貴な女の方、愛のためにわが身を沈めた方の幽霊が。そういうわけで夜になるとだれも睡蓮池のそばを歩こうとはしなかった。いまだけ、陽が出ていて紳士淑女がテーブルについているときだけ歩けるのだった。

花びらは沈み、食器洗いの女中も台所に戻った。バーソロミューはワインを啜った。少年のように幸福だけれど、老人のように無謀——いつもと違う快い感覚だ。この素敵な女性に何か話をしたいと心を探って、最初に出てきた手頃な話として羊の腿の話をしたのだった。「使用人たちには幽霊が必要なんですね」と彼は言った。台所女中には、貴婦人が溺死したという話がどうしても必要なのですよ。

「でも、わたくしも同じです！」と、天然の野生児、ミセス・マンレサは叫んだ。にわかに梟《ふくろう》みたいに大真面目になって、わたくしには確信がありましたと言い、強調するようにパンをひとつまみ、ちぎった。ラルフが戦場に出ていたとき、もし死んだらきっとわたくしの前に現れるはずだと信じていました。「わたくしがどこで何をしていても」と、彼女は付け加えて手をひらひらさせたので、ダイヤモンドが陽に当たってきらめいた。

「わたしにはわかりませんね」ミセス・スウィズンは首を振って言った。

「そうでしょうとも」ミセス・マンレサは笑った。「おわかりにならないでしょうとも。皆さん、どなたもね。わたくしは同じレヴェルなんです……」――キャンディッシュが退がるのを待って、彼女は続けた――「使用人たちとね。わたくし、皆さんみたいに大人じゃありませんから」

ミセス・マンレサは気取って、わたくしは思春期なんですと請け合った。そうでしょ？　間違っています？　泥の中から感情がふつふつと湧き上がっていた。皆さんは心に大理石を敷き詰めていらっしゃるんでしょ。羊の骨と言ったら羊の骨に過ぎず、溺れた奥方、レディ・アーミントルードの遺骨なんかじゃないっておっしゃるんでしょ。

「あなたはどちらの陣営ですか？」と、謎の客のほうを向いてバーソロミューは尋ねた。「大人の陣営ですか、子どもの陣営ですか？」

イザベラは口を開いて、ドッジも口を開けばいいのに、そしたらどんな男《ひと》かわかるのに――と思った。でも彼は一点を凝視していた。「何でしょう？」と、彼は言った。みんなが彼を見た。「絵を観ていたものですから」

絵はだれのことも観ていなかった。絵はみんなを沈黙の小道へと導いた。

ルーシーが口を開いた。

「マンレサさん、お願いしてもいいかしら。今日の午後、もし困ったことになったら、歌を歌ってくださいますか？」

今日の午後ですって？　ミセス・マンレサは驚愕した。野外劇でしたか？　今日の午後なんて思ってもいませんでした。今日の午後とわかっていたら、お邪魔しませんでしたのに――。そしてもちろん、いま一度、鐘が鳴り響いた。アイサには一回目、二回目、三回目と聞こえた――もしも雨なら納屋の中。もしも晴れたら台地《テラス》の上。雨か晴れか、どっちだろう？　そしてみんなで窓の外を眺める。するとドアが開いた。ジャイルズさまがお戻りになりました――と、キャンディッシュが告げた。ジャイルズさまがじきに降りていらっしゃいます。


ジャイルズはもう帰宅していた。銀メッキの大きな車が、玄関の前に停まっているのを見ていた。車にはカーヴした字体でR《ラルフ》・M《マンレサ》とイニシャルがついていて、遠くから見ると小さな王冠のようだった。訪問客がいるんだなと、車の背後に回りこみながら彼は結論づけ、自室に行って着替えた。慣例が幽霊みたいに浮上してきたのだった。何かの感情によって頬が赤らんだり涙がこぼれ落ちたりするように、車がジャイルズの習慣に作用した。着替えないといけない。そのため食堂に入ってきたときには、彼はクリケット選手みたいな格好だった――フランネルのズボンを穿いて、真鍮のボタンのついた青いジャケットを羽織っていた。でも彼は憤怒に駆られていたのだった。列車の中で、俺は朝刊を読んだじゃないか――平らな地面に海峡が穿たれたせいでここは大陸と切り離されているけれど、でもそのすぐ向こう側で、十六人の男が銃殺され、他にも獄中に閉じこめられたままの人たちがいるんじゃなかったか？[*9] それなのに俺は着替えた。部屋に入った彼に、ルーシー叔母は手を振った――着替えたのは叔母さんのせいだ。まるでフックにコートを掛けるように本能的に、彼は叔母に八つ当たりをした。ルーシー叔母さんは愚かでお気楽だ。俺が大学を出てシティで働くという選択をしてからというもの、商売に人生を費やしている男たちのことを、叔母さんはいつも驚いたり面白がったりしている。あなたたち、鋤だったかガラス玉だったか、株だか株式だかを、未開人たち相手に売り買いしているのよね？　未開人たちって裸のままで綺麗なのに、イギリス人みたいな服を着て同じ生活をしたいなんて、ひどく変わっているわねえ。叔母さんがこうやって適当に意地悪なことを言うのが、ここ十年来ずっと苦痛だった。俺は特別な才能も元手もない、ただ妻をとことん愛しているだけの男だから――彼はテーブルの向こうの妻に頷いてみせた。もし選択できるなら、俺は農業をやりたかった。でも選択できなかった。一つまた一つと、出来事は積もり積もって俺にのしかかってきて、水中の魚みたいにしっかり捕らえられてしまった。だから俺は週末に帰宅して、そして着替える。

「こんにちは」と、彼はテーブルを囲んでいるみんなに言い、見知らぬ客には頷いてみせたものの反感を抱いた。そして舌平目の切り身を彼は食べた。

彼はまさに、ミセス・マンレサお気に入りのタイプだった。髪は巻毛。多くの人は顎の形がはっきりしないけれど、この人のはしっかりした形。鼻は高くないけれど、筋が通っている。もちろん金髪だから蒼い瞳。そして仕上げに、表情に何か強烈なもの、馴化《じゅんか》されていないものがある。そのため彼女は四十五歳にして、古びた砲列をもう一度磨きたてなきゃという気持ちに駆られた。

「この人はわたしの夫」と、色とりどりの花々を挟んで頷き合ったイザベラは思った。「子どもたちの父親」使い古されたそのフレーズは功を奏し、彼女はプライドと愛、そして彼の選んだ自分にもプライドを感じた。今朝、鏡に映った自分の瞳を見たあとでは、そして昨夜、あの農場経営者によって欲望の矢に射抜かれたあとでは驚きだったけれど——粋な都会の男というよりはクリケット選手のような格好で入ってきた夫に、こんなにも愛、そして憎しみを覚えるなんて。

二人が最初に出会ったのは、スコットランドで釣りをしていたときだった。彼女はこちらの岩の上で、彼はあちらの岩の上で釣りをしていた。彼女の釣り糸は絡まってしまったので、彼女は諦めて彼を見ていた。彼の両脚のあいだを急流が流れていくのが見えた。彼は釣り糸を投げ、ふたたび投げ、最後には真ん中で二つ折りになった分厚い銀塊みたいに鮭が跳ねて捕獲され——そして彼女は彼を愛したのだった。

バーソロミューも息子を愛していた。そして息子の怒りに気づいた——何を怒っているんだろう？　でも客人たちをなおざりにもできなかった。他人の前では、家族といっても家族ではない。ジャイルズが入ってきたとき、バーソロミューはちょっと苦労しながら、見知らぬ客が観ていた絵の話をしようとしていた。

「あれは」と、彼は馬を連れた男を指差した。「ぼくの先祖なんです。犬を飼っていまして。その犬は有名でした。歴史に名を留めています。記録によると、先祖はその犬といっしょに埋葬してほしいと望んでいたんだそうです」

みんなが絵に見入った。

「いつも思うのだけれど」ルーシーが静寂を破った。「あの人、『わしの犬を描いてくれよ』って言ってるみたい」

「でも、馬はどういう馬なんですの？」とミセス・マンレサ。

「馬ですか」とバーソロミューは言って眼鏡をかけた。馬を見た。後ろ脚がうまく描けていないな。

それでもなお、ウィリアム・ドッジはまだ貴婦人のほうを見ていた。

「ああ」気に入ってその絵を買ったバーソロミューは言った。「あなたは芸術家ですからね」

ドッジは違いますと言い、この三十分で二回目になるとアイサは気づいた。

マンレサみたいないい女が、どうしてこんな雑種を連れ歩いているんだ?——と、ジャイルズは自問した。こいつが黙っているせいで会話が——するとドッジが首を振った。「あの絵は好きですね」彼はそれしか言わなかった。

「お目が高い」バーソロミューは言った。「ある人が——名前は忘れましたが——どこかの美術研究所とつながりのある人で、ぼくたちのような子孫、学のない子孫に無料で助言をしてくれる人が言いました……こう言いましてね……」彼は言葉を途切らせた。みんなが絵の中の貴婦人を見ていた。しかし彼女の視線はみんなの頭上を通り過ぎ、何も見ていなかった。緑の樹陰を抜けて沈黙の中心《ハート》へと、彼女はみんなを導いた。

「ジョシュア・レノルズ〔十八世紀イギリスの肖像画家〕の作と言ったのでしょ?」ミセス・マンレサが唐突に沈黙を破った。

「いやいや、違いますよ」とウィリアム・ドッジが慌てて、でも小声で囁くように言った。

「この人、何を恐れているんだろう？」イザベラは自問した。哀れな人——確信のあることを口にするのも怖いなんて——でもそれは、わたしが夫を恐れているのと同じだ。わたしだってジャイルズに疑われないように家計簿に見せかけたノートに詩を書いている。彼女はジャイルズを見た。

ジャイルズはもう魚を食べ終えていた。みんなを待たせないように急いで食べたのだった。今度はチェリータルトが配られた。ミセス・マンレサは種子の数を数えた。

「金物屋さん、仕立て屋さん、兵隊さん、水兵さん、薬屋さん、お百姓さん……それがわたくし！」〔イギリスの伝統的な遊び歌で、歌いながら果物の種を数えて将来の職業を占う〕あなたは天然の野生児です、とチェリーの種に請け合ってもらって、彼女はうれしそうに叫んだ。

「そんなものまで信じていらっしゃるんですか？」と、老紳士バーソロミューは、礼を失わないようにしながらもからかった。

「当然です、当然信じております！」彼女は叫んだ。いま一度、彼女は軌道に乗った。いま一度、とびっきりのいい人になった。それでみんなもうれしくなった。これで彼女のあとに続いていける——銀やグレーの物陰が沈黙の中心《ハート》へと続いていることなんか、忘れていられる。

「ぼくには」と、ドッジは隣席のアイサに小声で囁いた。「絵が大好きな父がいたんです」

「ああ、わたしも！」アイサは答えた。慌てたせいでまごつきながら、彼女は説明した。子どものとき百日咳になって、叔父のところにやられたんです。叔父は牧師で、頭にぴったりの帽子を被って何もしないでいた。説教もしなかった。それでも詩は作って、庭を歩き回りながら大声で諳《そら》んじていたんです。

「みんなは叔父の頭がおかしいって言っていました」と彼女は言った。「わたしはそうは思わなくて……」

彼女はそこで口をつぐんだ。

「金物屋さん、仕立て屋さん、兵隊さん、水兵さん、薬屋さん、お百姓さん……。どうやら」老バーソロミューはスプーンを置いて言った。「ぼくは泥棒ですね。コーヒーは庭で飲みましょう」彼は立ち上がった。

アイサは砂利の上でデッキチェアを引きずりながら口ずさんだ。「だれも訪れたことのない大地の、いかなる闇の洞穴へとゆくのでしょう？　風に揺れる森へとゆくのでしょうか？　あるいは星から星へと飛び移り、月の迷路で踊るのでしょうか？　あるいは……」〔エドワード・リアのナンセンス詩「梟と子猫」からの借用がある〕

アイサはデッキチェアを持つ向きを間違えていた。刻み目のついたほうを上にしていた。

「わが叔父の教えたまいし歌？」〔歌曲「わが母の教えたまいし歌」のもじり〕彼女の呟きを聞きつけてウィリアム・ドッジが言った。彼はデッキチェアを広げて、正しい刻み目に枠を差しこんでくれた。

彼女は赤くなった。空っぽの部屋で独り言を呟いたつもりだったのに、だれかがカーテンの陰から出てきたみたいだった。

「何か手作業をしているときって、意味のないことを言ったりしません？」口ごもりながら彼女は言った。でもこの人はその手で何をするんだろう――白くて手入れの行き届いた、形のよいその手で？

ジャイルズは屋敷の中に戻って、デッキチェアをもっと運び出した。そして古い壁に守られながら風景をいっしょに眺められるように、半円形に並べた。幸いなことに屋敷から壁が続いていた。もう一棟、陽の当たる台地《テラス》に建て増そうとしていたのかもしれない。でも資金不足で計画は断念され、壁が――一面だけの壁が残った。その後の世代になって何本か果樹が植えられ、やがて風雨を受けて赤っぽいオレンジ色になった煉瓦の壁に跨るように、果樹たちは枝を張った。ミセス・サンズは、それらの果樹から採れたアンズでジャムが六瓶できた年には――デザートとしてそのまま食べるには甘味の足りないアンズだったので――今年は豊作ですと言った。たぶん、アンズは布袋に包んだほうがよかったのだろう。でも、こちらで赤い頬、あちらで緑の頬をしたアンズは、裸のままのほうが綺麗だからとミセス・スウィズンが言うので、蜂に穴を開けられてしまうのだった。

地面はなだらかにせり上がっていたので、フィゲスのガイドブック（一八三三年版）〔架空の本〕にはこう記されていた。「周辺の素晴らしい田園風景が見渡せる……ボルニー教会堂の尖塔、ラフ・ノートンの森、そして少し左手にはホグベンの装飾塔《フォリー》が際立っている。その名の由来はというと……」

ガイドブックはいまなお真実を語っていた。一八三三年の記載は一九三九年にも当てはまった。新たに建てられた家はなく、町が出現したりもしていなかった。ホグベンの装飾塔はいまなお際立っていた。畑に区切られた、実になだらかなこの地で変化したことといえば、ある程度は鋤ではなくトラクターが使われるようになったことと、馬はいなくなったけれども牛は残っているということくらいだった。フィゲス氏がいまここに来ても同じことを書いたでしょうね——と、夏にコーヒーを飲むようなとき、訪問客がいれば、みんなはいつもそう口にした。自分たちだけなら何も話さなかった。ただ風景を見た——知っている風景を、それが今日も違わないか確認するために。たいがいの日は、同じだったのだが。

「風景がとても物悲しいのはそこなんです」と、ジャイルズに運んでもらったデッキチェアに身を沈めながら、ミセス・スウィズンは言った。「とても綺麗だと思わせるのもそこ。このままなんでしょうね」薄い紗が掛けられたような遠くの野に向かって、彼女は頷いた。「わたしたちがいなくなってもね」

　ジャイルズは自分のデッキチェアをガタンと音を立てて組み立てた。そうすることでしか、座ってコーヒーにクリームを入れ、風景を眺めている年寄りどもへの苛立ち、憤怒を示すことができなかった。ヨーロッパ全土が――すぐ向こう側が――満身創痍で、まるで……。比喩表現は苦手だった。ただ「ハリネズミ」というパッとしない言葉が、ヨーロッパについての彼のイメージ、つまり無数の銃を突き立てられ、無数の飛行機が舞い飛んでいるというイメージを如実に表していた。いますぐにも銃があの大地を機銃掃射し、飛行機がボルニー教会堂をこっぱみじんに粉砕して、装飾塔を吹き飛ばしてしまうかもしれない。彼自身、この風景を愛していた。そしてルーシー叔母さんを非難した。風景なんて眺めていないで代わりに――でも何をしろっていうんだろう？　叔母がしたことといえば、いまはもう亡くなった地方判事と結婚して子を二人産んだことだった――一人はカナダに、もう一人は結婚してバーミンガムにいた。彼は父が大好きだったので、父のことは非難の対象から外した。そして俺はといえば、一つまた一つと出来事が続いたせいで、年寄り連中とここに座って風景を眺めている。

「綺麗ですねえ」とミセス・マンレサは言い、「綺麗ですね……」とモゴモゴ呟いた。煙草に火をつけようとしていた。そよ風がマッチの火を消してしまった。ジャイルズは手を窪ませてマッチの火をつけてやった。この女《ひと》も対象外だ――どうしてかはわからないが。

「あなたは絵に関心がおありだから」と、寡黙な客人のほうを向いてバーソロミューが言った。「教えていただけませんか。一民族としてのわれわれは、絵画という気高い芸術には実に無関心、無反応、無感覚だけれども」――シャンパンのせいで、いつもは使わないような単語が三つも飛び出した――「でも年寄りの無作法をお許しいただくなら、ミセス・マンレサは、きっとシェイクスピアを諳んじていらっしゃるはずです」

「シェイクスピアを諳んじるですって！」ミセス・マンレサは抗弁したけれど、大仰な身振りで応じた――「生きるべきか死ぬべきか、それが問題だ。どちらが崇高なのだろうか〔シェイクスピア『ハムレット』より〕……。続けて！」彼女は隣に座ったジャイルズをつついた。

「彼方へと消え、葉むらのお前が知らないことなど、すべて忘れてしまおう……」夫の窮地を救うつもりで、アイサは頭に浮かんだ最初の言葉を口にした。

「倦怠、拷問、焦燥を……*10」ウィリアム・ドッジがあとを続けて、煙草の吸殻を二つの石のあいだの墓所に埋めこんだ。

「ほらね！」バーソロミューは人差し指を挙げて叫んだ。「おわかりでしょう！　でもたとえばこう言ったら、バネが開いたり、秘密の引き出しからお宝が出てきたりするでしょうか」――彼は他の指も立てた――「レノルズ！　コンスタブル！　クロム！」〔いずれもイギリスの画家の名前〕

「どうして老クロムというのか、というのはいかが」と、ミセス・マンレサは茶化した〔クロムは父と息子が同姓同名の画家なので、父のほうを「老クロム」と呼んで区別する〕。

「表す言葉がない——言葉がないのよ」ミセス・スウィズンが異を唱えた。「目の奥には言葉があっても口には出されない。それだけのことよ」

「言葉のない想い」兄は反芻した。「そういうことだろうか？」

「わたくしにはすっかりお手上げ！」ミセス・マンレサは叫んで首を振った。「高尚すぎてついていけません！　わたくし、好きにいただいていいでしょうか？　いけないのはわかっています。でも自分のしたいことをしていい年齢になりましたし、もう体型も気にしなくていいでしょう」

彼女は小さな銀のクリーム入れを取り、滑らかなクリームをたっぷりコーヒーに注ぎ入れ、クリームが渦を巻いているところへ、さらにスプーン山盛りのブラウンシュガーを加えた。感覚を愉しむようにリズミカルに、クリームと砂糖を入れたコーヒーをグルグル、グルグルと掻き混ぜる。

「お好きなように召し上がれ！　ご自由にどうぞ！」バーソロミューは叫んだ。シャンパンの酔いが醒めていくのを感じた彼は、陽気な気分がすっかり消えてしまう前にできるだけ堪能しようと急いだ——まるでベッドに入る前に、灯りのついた部屋を最後に見納めするときみたいに。

老人の陽気さに誘われ、いま一度潮に乗った野生児は、コーヒーカップを傾けながらジャイルズを眺めた。彼女はジャイルズと共謀しているように感じていた。一本の見え隠れする糸で二人は結ばれていた――秋になって朝陽が昇る前、震える草の葉どうしが、見えたり見えなかったりするクモの糸で結ばれるのに似ていた。彼とは一回だけ、クリケットの試合で会ったことがあった。そのとき、早朝のクモの糸のようなものが二人のあいだには張られたのだった――本物の友情が枝をつけ葉を茂らせる前のものが。彼女は見て飲んだ。見ることが飲むという行為の一部になっていた。この感覚をどうして無駄にしなくてはならないの？――と、彼女は問いかけているみたいだった。この豊かな世界、この溶け合う素敵な世界から絞り出せるものを、どうして一滴だって無駄にしなくてはならないの？　そして彼女は飲んだ。すると彼女を取り囲む空気には興奮が漲《みなぎ》った。バーソロミューがそれを感じ、ジャイルズも感じた。ジャイルズが馬だったら、まるで蠅が一匹止まったかのように、薄茶色の皮膚をピクッとさせただろう。イザベラもピクッとした。嫉妬と怒りが、彼女の肌を貫いた。

「それで」と、ミセス・マンレサはカップを置いて言った。「このお愉しみが――わたくしどもが偶然にも遭遇したこの野外劇が」――まるで野外劇は熟したアンズ、蜂たちが穴を開けようとしているアンズというような言い方だった――「どんなものになるのか、教えていただけませんか？」彼女は向きを変え、「聞こえませんか？」と耳をそばだてた。台地《テラス》の向こう、灌木の点在する低地から笑い声が聞こえたのだった。

睡蓮池の先で地面はまた低くなり、その窪地には灌木や茨が点在していた。つねに陰の多い場所だった。夏には日向と日陰がまだらになり、冬には暗く湿っぽくなった。夏にはいつも蝶がいた――ヒョウモンチョウが一直線に突き進み、アカタテハチョウが花の蜜を吸ったりふわりと漂ったりしていた。モンシロチョウはモスリン地の作業着をまとった乳搾り女のように、一生をそこで終えてもかまわないみたいに、慎ましく一つの茂みのまわりを巡った。代々、蝶の採集はここで始まった。バーソロミューもルーシーも、ジャイルズもそうだった。ジョージは、ほんの一昨日始まったばかりで、小さな緑の昆虫網を手にモンシロチョウを捕まえた。

そこは役者が衣装替えをする楽屋にぴったりだった――台地が上演に適しているのと同様に。「ぴったりです！」ミス・ラトローブは、初めて屋敷を訪れこの場所に案内してもらったとき、そう叫んだ。それは冬の日で、樹々の葉はすっかり落ちていた。

「オリヴァーさん、野外劇にぴったりの場所です！」と、彼女は叫んだのだった。「樹々のあいだを出たり入ったり……」一月の澄んだ光の中、裸樹になって立っている樹々を指して彼女は手を振り回した。
「あちらが舞台で、こちらが観客席で、向こうの茂みは役者用の楽屋にちょうどいい」

彼女はいつも、いろいろなことをやろうとして湧き立っていた。でもどこから来た人なんだろう？　名前からして、たぶん純粋なイギリス人ではないかもしれない。もしかするとチャンネル諸島出身？[*11]　だけど目の感じとか雰囲気からどことなく、あの人にはロシア人の血が混じっているんじゃないかと、ミセス・ビンガムは思っていた。「あの窪んだ目と、あのしっかりした四角い顎」は——自分でロシアに行ったことはないけれど——タタール人〔ロシアの少数民族〕みたいじゃないかしらと、彼女はいつも思うのだった。噂では、ウィンチェスター〔イングランド南部、ハンプシャー州の町〕で軽食店を経営したのだが失敗したらしい。女優だったこともある。でも失敗した。四部屋の小さなコテージを買って、女優といっしょに暮らした。でも喧嘩別れになってしまった。ミス・ラトローブのことで実際に知られている事実はほとんどなかった。外見は浅黒くて頑丈で筋肉質、仕事着のまま野をよく歩き回っている。ときどき口には煙草を咥え、手には鞭を持っていることもある。そしてちょっと強い言葉を使った——だとすると、たぶん育ちのいいご婦人とは言えないのかもしれない。でもともかく、いろいろなことをやろうとする情熱があった。

笑い声はやんだ。

「あの人たちがお芝居をやるんですか？」ミセス・マンレサが尋ねた。

「芝居とダンスと歌、すべてを少しずつ」ジャイルズが言った。

「ラトローブさんは素晴らしく元気な方なんですよ」とミセス・スウィズン。

「みんなに何かをさせるんです」とイザベラ。

「ぼくたちの役目は」とバーソロミュー。「観客になること。でも、これもとても大事な役目だからね」

「それにお茶も出しますよ」とミセス・スウィズン。

「行ってお手伝いはできないかしら？」とミセス・マンレサ。「バターを塗ったパンを切り分けるとか？」

「いや、いや」とオリヴァー氏。「ぼくたちは観客なんですよ」

「ある年は『ガートン婆さんの針』〔作者不詳。イギリス最古の喜劇の一つ〕をやりました」とミセス・スウィズン。

「わたしたちが脚本を書いた年もありました。鍛冶屋の息子が――トニーでしたっけ？　トミーでしたっけ？――素晴らしい声の持ち主でしてね。それにクロスウェイさんのところの女中のエルシーは、物真似がとても上手だった！　わたしたちみんなの真似をしました。バートもジャイルズも「ぼんやり婆さま」も――わたしのことね。あの人たちには才能があります――たいへん豊かな才能が。問題はどうやって引き出すか。ラトローブさんは、それがとてもお上手なんです。もちろん、イギリス文学全体から選べるわけですからね。でもどうやって選べばいいんでしょう？　雨の日などに、わたしは数えてみようとすることがよくありますよ。これは読んだ、これは読んでいないって」

「それで床にあちこち本を広げて、そのままにしておくんだろう」と兄。「お話に出てくるブタみたいに――それともロバだったかな？」

ミセス・スウィズンは笑って、兄の膝を軽く叩いた。

「干し草を食べるかカブを食べるかが選べなくて、ロバは飢え死にしてしまうんです」〔ビュリダンのロバと呼ばれる、自由意志についての有名な寓話〕とイザベラは解説して、叔母と夫のあいだに何であれ緩衝材を挟みこもうとした。今日のこの午後、夫はこの手の話が大嫌いらしい。開いたままの本――結論は出ないまま――そして自分は観客としてじっと座っているしかないというのが。

「ぼくたちはじっと座っているしかない」――「ぼくたちは観客」今日のこの午後、言葉たちはセンテンスの中にじっと留まっていてはくれなかった。立ち上がって居丈高になり、こちらに向かって拳を振り回してきた。今日のこの午後、彼は毎年恒例の野外劇、村人たちの演じる野外劇を観に帰ってきた、ただのジャイルズ・オリヴァーではなく、岩につながれ、筆舌に尽くしがたい恐怖をなすすべもなく見ているしかない役回りだった〔ギリシャ神話のプロメテウスのイメージ〕。彼の表情はそう語っていた。アイサはどう言えばいいのかわからなくなって、唐突に、半分わざとコーヒーカップを引っくり返した。

ウィリアム・ドッジは落下したカップを受け止めた。カップを摑み、裏を見た。カップの裏側に、短剣を交差させた薄い青のマークが入っていることから、カップはイギリス製、たぶんノッティンガム製で、一七六〇年頃の製品だと彼にはわかった。その表情から、短剣のマークをためつすがめつして結論を出したことを見て取ったジャイルズは、彼にも憤怒をぶつけた――壁の釘を都合よくコート掛けに使わせてもらうみたいに。ご機嫌取りめ――舌先だけの奴め。まっとうで良識ある普通の男じゃない、弄んだり引っ張ったり、指先で快感を引き出すことしかやらない奴。コソコソ選んで、グズグズ時間潰しをして、女をしっかり愛してやることもできない男で――ウィリアム・ドッジの頭はアイサの頭に近づいていた――ただの――。人前では口に出せないその言葉の前で、彼は唇を引き結んだ。[*12] そして小指に嵌めた印章指輪〔紋章入りの指輪〕はさらに赤く見えた――デッキチェアの肘掛けの部分をぐっと摑んだせいで、指輪をつけた小指が白くなったのだった。

「それは面白そうですね!」ミセス・マンレサがフルートのような声音で言った。「すべてを少しずつなんて。歌とダンスと、それから村人が自分たちで演じるお芝居なんですね。でもね」と、ここで彼女はイザベラのほうを向いて言った。「台本をお書きになったのはこちらの方でしょ? ジャイルズさんの奥さま、そうじゃないかしら?」

アイサは赤面して、違いますと言った。

「わたくし自身は」ミセス・マンレサは言葉を継いだ。「正直に申しまして、言葉を二つとつなげられないんです。こんなにおしゃべりなのにどうしてかはわかりませんが、ペンを持つと——」彼女は顔をしかめながら、指を曲げてペンを持っている真似をした。でもそうやって小さなテーブルの上で彼女の握ったペンは、ピクリとも動かなかった。

「それにわたくしの字は——とても大きくて——とても不格好——」もう一度顔をしかめた彼女は、見えないペンを投げ出した。

とても繊細な手つきで、ウィリアム・ドッジはカップを受け皿に戻した。「ですがこの方は」とミセス・マンレサは、カップを戻した際の繊細さを、彼がものを書くときも発揮してくれるというように言った。「綺麗にお書きになるんです。どの字も完璧でしてね」

いま一度、みんなが彼を見た。すると即座に、彼は両手をポケットに突っこんでしまった。

イザベラはジャイルズが語らなかった言葉を察した。でも、もしこの人がその言葉どおりの人だとして、どうしていけないの？　どうしておたがいを裁こうとするの？　わたしたち、おたがいがわかっているの？　いまここでは、わかっていない。でもどこか彼方なら、この雲《クラウド》もこの殻《クラスト》もこの迷い《ダウト》もこの混乱《ダスト》も——。彼女は韻を踏む言葉を続けようとしたけれど、失敗してしまった。でもどこか彼方ならきっと、一つの太陽が輝きわたり、いかなる疑いも消えて晴れわたる場所があるに違いない。

彼女はびくっとした。また笑い声が聞こえたのだった。

「聞こえますね」彼女は言った。「あの人たち、準備を始めています。茂みで衣装をつけています」

ミス・ラトローブは、かしいだ白樺の合間を縫って歩き回っていた。片方の手をジャケットのポケットに深く突っこみ、もう片方の手にフールズキャップ判〔A4判よりもやや大きいサイズ〕の紙を一枚握っていた。彼女はそこに書いたことを読んでいた。甲板を歩き回る司令官といった格好だった。かしいだ優雅な白樺には、銀色の幹に黒い輪がついていて、いま、船一艘分くらい離れた距離にあった。

雨になるだろうか、晴れるだろうか？　陽が出てきた。船尾甲板の司令官にふさわしい態度で片手を目の上にかざし、彼女は野外で上演することに決めた。迷いのときは終わった。すべての舞台道具を納屋から出して茂みに移動させるようにと、彼女は指示した。そのとおりに事は運ばれた。彼女が歩き回り、すべての責任を引き受け、雨ではなく晴れのほうに賭けているあいだに、役者たちは茨の合間で衣装を着た。それで笑い声がしていたのだった。

草の上に衣装が広げられていた。ダンボールの王冠、銀紙で作った剣、六ペンスの布巾で作ったターバンが、草の上に置かれるか灌木に掛けられていた。日陰には赤や紫が溜まり、日向では銀色がキラキラ光った。衣装が蝶たちを引き寄せていた。赤と銀、青と黄色が、暖かさと甘さを放っていた。アカタテハチョウは芳醇な布巾を美味しそうに貪り、モンシロチョウは氷のように冷たい銀紙を味わった。せわしなく飛び回っては味わい、また戻ってきて、蝶たちはさまざまな色を試していた。

ミス・ラトローブは歩き回るのをやめ、その情景を吟見した。「これはまさに……」彼女は呟いた。書き上げたばかりの芝居の背後には、また別の芝居が隠れているものだ。片手を目の上にかざして彼女は見た。蝶たちが円を描き、陽が出たり入ったりして、子どもたちが飛び跳ねて母親たちが笑っている――「いや、まだ捕まらないな」彼女は呟き、また歩き始めた。

ミセス・スウィズンが「ぼんやり婆さま」と呼ばれているように、ミス・ラトローブは密かに「親方」と呼ばれていた。ぶっきらぼうな仕草とずんぐりした体型、太い足首に頑丈な靴、さっと決断してはガラガラ声で吠える――そのすべてに、みんなは「山羊が盗られた」〔イライラするという意味の慣用句〕ような気分になるのだった。一人だけ選び出され命令されるのは、だれもがお断りだった。でもみんなは小さな集団になって、彼女にお伺いを立てた。だれかが先頭に立たねばならない。先頭に立ってくれるなら、責任も引き受けてくれるだろう。雨が本降りになったら彼女の責任だ。

「ラトローブさん！」いま、彼女は引っ張りだこだった。「これはどうするんですか？」

彼女は立ち止まった。デイヴィッドとアイリスが、それぞれ片手を蓄音機に掛けていた。隠しておかないといけないけれど、観客たちに聞こえるくらいの近さに置かなくてはならない。ええっと、でももう指示しておいたんじゃなかったかな。葉っぱをつけた柵はどこ？　取って来て。ストリートフィールド先生が、ご自分で持ってくるっておっしゃってました。ストリートフィールド先生はどこ？　どこにもいらっしゃいません。納屋じゃない？「トミー、ちょっと行ってお連れして」「トミーは第一場で出番があります」「だったらベリルが……」母親たちの意見はまとまらなかった。出番のある子とない子がいた。金髪の子が選ばれて黒髪の子が選ばれないなんて不公平よ。ミセス・エベリーは、蕁麻疹になったのでうちのファニーは出られませんと言った――村では婉曲表現として蕁麻疹と言うのだった〔シラミ感染のことか？〕。

ミセス・ボールのコテージは、みんなが「清潔」と呼ぶようなものではなかった。先の戦争で夫が塹壕戦に耐えているあいだに、ミセス・ボールは別の男を泊めていたのだった。それをミス・ラトローブは知っていたけれど、だからといって態度を変えようとはしなかった。まるで大きな石を睡蓮池にドボンと投げこむみたいに、細かい網目の張り巡らされた中に彼女はドボンと飛びこみ、網目を破ってしまった。彼女に必要なのは、水底の根っこだけだった。たとえば、みんなは見栄を張り合った。男の子は大役をほしがり、女の子は立派な衣装を着たがった。出費は抑えないといけない。十ポンドが上限。だから慣習なんて無視しないといけなかった。本物のシルクよりも布巾を頭に巻いたほうが外ではずっと見映えがするのに、慣習に目を曇らされているせいで、他の人にはわからなかった。それでみんな文句を言ったけれど、彼女は取り合わなかった。ストリートフィールド先生を待ちながら、彼女は白樺のあいだを歩き回った。

　他の樹々は見事にまっすぐ伸びていた。ぴったり等間隔ではないけれど、教会の柱を連想させるくらいには均等に立っていた。屋根のない教会、屋外にしつらえられた大聖堂。樹々がほぼ均等に立っているので、一直線に飛びこんでくるツバメたちもパターンをなし、バレエ・リュス〔ロシア出身のセルゲイ・ディアギレフがパリで結成したバレエ団（一九〇九～二九年に活動）。モダンバレエの基礎を作った〕のダンサーさながらに踊っているように見えた。音楽こそ流れてはいなかったけれど、その野生のハートのリズム、人の耳には聞こえないリズムに合わせて踊っているみたいだった。

笑い声がやんだ。

「なんじら耐え忍んで魂を獲得せよ〔新約聖書『ルカによる福音書』第二十一章第十九節で、キリストが弟子たちに語る言葉〕、ってことかしら」ミセス・マンレサがまた口を開いた。「あるいは、あの椅子運びを手伝いましょうか?」と、肩越しに振り返って言った。

キャンディッシュと庭師と女中が、三人で観客のための椅子を運び出していた。観客にできることは何もなかった。ミセス・マンレサはあくびを噛み殺した。みんなは黙っていた。風景をじっと見ていた――あの野のどこかで何かが起きて、ただ何もしないでみんなでじっと座っているという耐えられない重荷から解放してくれるといいのに。みんなの心も体も近すぎるくらい近いのに、充分な近さではなかった。一人で気ままにものを感じたり考えたりできないと、一人ひとりが別々に考えながら、でも居眠りすることもできなかった。近すぎるくらい近いのに、充分に近くはない。近すぎるのに、充分な近さじゃない。だからみんなソワソワしていたのだった。

気温は上昇していた。雲はどこかに消えていた。太陽だけが出ていた。陽に照らされて剝き出しになった風景は、平坦でしんと動かなかった。牛たちも動かなかった。煉瓦の壁は、もう日陰を作ってくれることもなく、熱の粒々を照り返すだけだった。老オリヴァー氏は深い溜め息をついた。頭がガクンと落ち、手がだらんと垂れ、かたわらで草の上に寝そべる犬の頭すれすれに落ちた。それからまた彼は、手を膝の上に引き戻した。

ジャイルズはただ睨んでいた。膝を立てて両手を回し、なだらかな野を凝視していた。凝視し睨みながら、黙って座っていた。

イザベラは牢獄に囚われているような気がした。牢獄の鉄格子が眠気の中で見え隠れし、その合間から鈍い矢が、愛の矢、憎しみの矢がいくつも射かけられ、傷つけられた。他の人の体に対しては、愛着も憎しみも彼女には湧かなかった。強く意識していたのは、昼食のときに甘いワインを飲んだせいで、水が飲みたいということだった。「冷たい水の入った水差し——冷たい水の入った水差し」と彼女は唱え、きらめくガラスの壁に囲まれた水を思い浮かべた。

ミセス・マンレサは、部屋の片隅でくつろぎたい、クッションと雑誌とキャンディひと袋を抱えて丸くなっていたいと願った。

ミセス・スウィズンとウィリアムは、われ関せずという様子で超然として風景を眺めていた。風景に降参するのは魅力的——とても魅力的なことだった。その起伏をなぞるうちに心も同じように波打ち、事物の輪郭が細長く伸び、縦に揺れて——そして——急にカクンとする。

ミセス・マンレサはうとうとし、揺れてこっくりしたあとで体を立て直した。

「素敵な風景ね！」と彼女は叫び、煙草の灰を落とすためにかがむふりをしながら、こっそりあくびを嚙み殺した。それから溜め息をつき、眠いのではなく景色に感心しているふりをした。

だれも彼女に応えなかった。なだらかな野は、黄緑に、青みがかった黄色に、赤みがかった黄色に鈍く光り、それからまた青くなった。それは意味のないおぞましい反復で、見る者を麻痺させるばかりだった。

「それでは」と、ミセス・スウィズンは低い声で言った。お約束していた演説のときが来ました、いまこそ約束を果たしましょう、とでも言いたげだった。「どうぞいらっしゃいな、お屋敷《うち》をご案内しましょう」

彼女はだれにともなく言った。でもウィリアム・ドッジは、自分に向けられた言葉だとわかった。彼はガタンと立ち上がった——まるで操り人形が急に糸を引っ張られたみたいに。

「元気なのねえ！」ミセス・マンレサは溜め息混じり、あくび混じりに言った。

「わたしも行く勇気があるだろうか?」イザベラは自問した。あの人たちは行こうとしている。何よりも冷たい水、水差しに入った冷たい水がほしかった。でも他の人たちへの鉛のような義務に押さえつけられ、望みは萎んでいった。二人が立ち去っていくのを彼女は見守った——ミセス・スウィズンがよろけながらチョコチョコと歩く横を、ドッジは折り目正しくまっすぐ、熱い壁際の燃えるようなタイルの上を大股で歩いていった。そして二人は屋敷の影が落ちているところに入った。

マッチ箱が落ちた——バーソロミューのだった。指先から力が抜けたために落ちたのだった。起きていられるかどうかという競争《ゲーム》など、彼は放棄していた。もうかまっていられなかったのだった。頭を片側にかしげ、手を犬の頭すれすれに垂らして眠りこみ、鼾《いびき》を掻いた。

玄関ホールで、金の猫脚のついたテーブルに囲まれて、ミセス・スウィズンは少し立ち止まった。

「こちらが階段です」と彼女は言った。「さあ——上がりましょう」

客の二段先を、彼女は上がった。二人が上がるにつれ、ひび割れたキャンヴァスに黄色いサテンのドレスが描かれているのが、次第に見えてきた。

「ご先祖ではありません」と、絵の中の頭部と同じ高さまで上がったとき、ミセス・スウィズンは言った。「でももう長いあいだ――ほんとに長いあいだこうして見慣れているので、わたしたちはご先祖というつもりでいます。どなただったんでしょうね？」彼女はじっと見つめた。「だれが描いたんでしょう？」彼女は首を振った。陽光が降り注いでいたので、絵の中の女性はこれから宴に出席するというように華やいで見えた。

「でも月光を浴びているときが、わたしはいちばん好きですね」と、ミセス・スウィズンは考えを口にして、また階段を上がった。

上がるにつれて彼女は少し息を切らせた。そして踊り場の壁に本棚があつらえられているところに差しかかって、並んだ本の背に手を滑らせた――まるで牧神《パン》の笛だとでもいうように。

「こちらは詩人の方々で、わたしたちは心に関してこの方々の末裔に当たります。えーっとね……」彼女は口ごもった。彼の名前を忘れてしまったのだった。それでも、一人だけ選んで案内しているのだったが。

「わたしの兄は言うんですよ。ここの人たちは避難したくてお屋敷を北向きに建てた、陽当たりを求めて南向きには建てなかったって。だから冬は湿っぽいんです」彼女は口をつぐんだ。「さあ、お次は何でしょう？」

彼女は立ち止まった。ドアがあった。

「朝の間です」彼女はドアを開けた。「母はここにお客さまをお通ししました」細かい溝の模様のついたマントルピースが据えられ、その両側に、二つの椅子が向かい合わせに置いてあった。彼女の肩越しに、彼は覗きこんだ。

彼女はドアを閉めた。

「さあ上へ、また上へ行きましょう」二人はまた上がった。「上へ上へとみんなが行きました」息を切らしながら、まるで目に見えない行列を見ているかのように彼女は言った。「上へ上へとベッドに向かいました」

「司教さまも、旅人もいました――お名前も忘れてしまいましたが。わたしは覚えていられません。忘れてしまうんです」

彼女は廊下の窓辺で立ち止まり、カーテンをめくった。眼下には陽光を浴びた庭があった。草の葉がつやつや光っていた。三羽の白鳩が、舞踏会用のドレスを着た貴婦人のように飾り立て、戯れながらチョコチョコ歩いていた。小さなピンクの脚で草の上を小股で気取って歩いていくと、それにつれて優雅な体が揺れる。突然パタパタと舞い上がり、円を描いて飛び去る。

「さあ」とミセス・スウィズン。「寝室を見ましょう」コツコツと、彼女はドアをはっきりと二回叩いた。そして首をかしげて耳を澄ませた。

「だって、どなたかいらっしゃるかもしれないでしょう?」と、彼女は小声で言った。そしてドアを大きく開けた。

彼は、だれかがそこにいるような気がしかけていた——裸か、着替えている途中か、跪《ひざまず》いてお祈りをしているだれかが。でも部屋は空っぽだった。部屋はきちんと片づけてあった。予備の部屋で、何ヶ月もだれもここで休んだことはないのだった。化粧台の上には数本の蠟燭が立っていた。ベッドカヴァーには皺一つなかった。ミセス・スウィズンはベッドの脇で立ち止まった。

「ここでした」彼女は言った。「そう、ここでした」彼女はベッドカヴァーをパタパタと叩いた。「わたしはここで生まれたんです。このベッドの上で」

彼女の声は消えかけた。彼女はベッドの端に沈みこむように座った。階段を上がったせいで、この暑さにやられて疲れてしまったらしかった。

「でもわたしたちには他の生があるってわたしは思うんです。そう思いたい」彼女は呟いた。「他の人たちの中でわたしたちは生きる。えーっとね——。いろんなものたちの中でわたしたちは生きるんですよ」

彼女は簡単な言葉を選んで話していた。苦労して話していた。初めてお会いした方には、お客さまには親切にしなくてはいけない、だから疲れても頑張らなくちゃというように話していた。彼の名前は忘れてしまっていた。二回、「えーっとね——」と言いかけてやめてしまった。

家具はヴィクトリア朝中期、たぶんメイプル家具店〔ロンドンに実在した高級家具店〕で一八四〇年代に購入したもの。絨毯には小さな紫の水玉模様が入っていた。洗面台の横には、バケツを置いた跡が白い円になって残っていた。

「ウィリアムです」と、ぼくは言えるだろうか？　彼はそう名乗りたかった。老いた華奢な体で階段を上がってくれた。思っていることを話してくれた。支離滅裂だとかセンチメンタルだとか愚かだとか思われるんじゃないか、なんてことは無視して——実際ぼくはそう思ったのだけれど——気にしないで話してくれた。剣呑なところを切り抜けるのに手を貸してくれた。ぼくが困っているのを察してくれた。ベッドに座った彼女が小さな脚を揺らしながら歌うのを彼は聞いた——「わたしの海藻を見に来てちょうだい、わたしの貝殻を見に来てちょうだい、わたしの小鳥が小枝で跳ねるのを見に来てちょうだい」——子どもを誘い出すために作られた、昔のわらべ歌だった。隅の簞笥の近くに立った彼は、鏡に映った彼女を見た。体から離れた目、体のない目が、鏡の中の目に微笑みかけた。

　そして彼女はベッドから滑り降りた。

「さてと、お次は何でしょう？」と彼女は言って、パタパタと廊下を進んだ。ドアが一つ、開けっ放しになっていた。みんなが外の庭に出ていたのだった。部屋はまるで乗組員がすっかり出ていったあとの船みたいだった。子どもたちは遊んでいたらしい——絨毯の真ん中に、水玉模様の木馬が置いてあった。子守り役は縫いものの途中だったようだ——テーブルの上にはリネンの布地が置いてあった。赤ん坊はベビーベッドにいたらしかった。いま、ベビーベッドは空っぽだった。

「子ども部屋です」とミセス・スウィズンは言った。

言葉が立ち上がって象徴性を帯びた。「われらが種族の揺籃の地です」と言われたみたいだった。

ドッジは暖炉に近づき、クリスマス特別号から切り抜いたニューファンドランド犬の挿絵が、壁にピンで留めてあるのを眺めた。部屋は暖かい甘い匂いがした——干した衣類の匂い、ミルクの匂い、ビスケットとお湯の匂い。挿絵には「すてきなお友だち」と書いてあった。開いたドアの向こうから、何かが走り過ぎる音が聞こえてきた。彼は振り返った。老婦人は廊下に彷徨《さまよ》い出て、窓にもたれていた。

乗組員が戻ってこられるようにドアを開けたままにして、彼は彼女の隣に行った。

窓の下の中庭に、車が集まってきていた。車の細長く黒い屋根が、床にブロックを敷き詰めたみたいに並んでいた。運転手たちが跳び降りた。こちらでは老婦人たちが銀のバックルつきの靴と黒いストッキングを履いた両脚を出して、そろそろと車を降りようとしている。ストライプのズボンを穿いた年配の男たちもいる。半ズボンの若い男たちが車の片側から、肌色ストッキングの若い女たちがもう片側から跳び降りた。黄色い砂利がゴロゴロ、ザーッときしむ。観客が集結しつつあった。でも窓から見下ろしている二人はこっそり休憩中で、下の彼らとは離れていた。二人はいっしょになって窓からなかば身を乗り出した。

そしてそよ風が吹き、薄いモスリン地のブラインドがいっせいに翻った。まるで巨大な女神が、神々の見守る中、玉座から立ち上がり琥珀色の上着をさっと揺らしたみたいだった。他の神々も、女神が立ち上がって行こうとしているのを見て笑いさざめき、そしてその笑い声が女神をふわりと乗せていくみたいだった。

そよ風に髪を乱されて、ミセス・スウィズンは手を髪にやった。

「えーっとね――」と彼女は言いかけた。

「ぼくはウィリアムです」彼女の言葉を遮って、彼は言った。

それを聞いた彼女は、少女のような魅惑的な笑みを見せた――冬空のような彼女の青い瞳がそよ風に温められ、琥珀色に変わったみたいだった。

「ウィリアムさん、お友だちから引き離してしまいましたね」と彼女は詫びるように言った。「わたし、ここが締めつけられるみたいな感じだったんです……」骨ばった額の、青い血管が青い虫みたいにのたうっているところを彼女は触った。でも頭蓋骨の窪みに収まった彼女の瞳は、いまなお柔らかい光を放っていた。彼は彼女の瞳だけを見た。そして彼女の前で跪いて、手にキスをしてこう言いたいと思った——「スウィズンさん、学校の連中はバケツの汚水にぼくの頭を突っこみました。スウィズンさん、見上げると世界は汚れていました。それからぼくは結婚しましたが、スウィズンさん、ぼくの子はわが子ではありませんでした。スウィズンさん、ぼくは男として半人前でしかありません。スウィズンさん、ジャイルズが見破ったとおり、ぼくは草むらのちっぽけな蛇でしかなく、舌をチロチロさせながら心は千々に乱れているんです。でも、あなたはぼくを癒してくださいました……」彼はそう言いたかったけれど、何も言わなかった。そしてそよ風は廊下のあちこちを吹き抜け、ブラインドを膨らませていった。

もう一度彼が見ると、ミセス・スウィズンは玄関を三日月型に囲んだ黄色い砂利を見下ろしていた。身を乗り出した彼女からはペンダントが垂れ、その先で十字架が揺れて陽に当たっていた。あんなツルツルした象徴に、どうしてこの人は身を預けられるんだろう？　こんなにも移り気な人、こんなにも気まぐれな人が、どうやってあんな象徴を崇めていられるんだろう？　彼が十字架を見つめているあいだにも、二人の休憩はもう終わりつつあった。車輪がゴロゴロ軋む音は声に変わっていた。「急いで、急いで、急いで」と、その声は言っているようだった。「遅れますよ。急いで、急いで、急いで。いい席がなくなりますよ」

「ああ」ミセス・スウィズンが叫んだ。「ストリートフィールド先生がいらっしゃる！」牧師が肩から紐を下げ、柵を、葉っぱで覆った柵を運んでいた。大股で車の脇を縫って歩いていく様子は、いかにも権威者という様子で、みんなを待たせ、早く来ないかなと思われ、そしてようやく現れたという雰囲気だった。

「そろそろ時間かしらね」とミセス・スウィズン。「行って参加しないと――」彼女は言葉を途切らせた。まるで草の合間から飛び立とうとしている鳩たちのように、二つの心がフラフラ彷徨っているみたいだった。

観客は集結しつつあった。小道を次から次へと流れ出てきて芝生に広がった。年寄りも、いまが人生の盛りという若者たちもいた。大人たちに混じって子どもたちもいた。フィゲス氏〔六六頁参照〕なら気づいただろうが、みんなが大いに敬意を持って接する家々――デントン在住のダイス家や、アウルズウィック在住のウィッカム家など――からも、その代表たる人たちが来ていた。一エーカーたりとも土地を売らずに何世紀もこの地に定住している人々も、マンレサ家のように新参者で、古い屋敷に手を加え、バスルームを建て増して現代風に改造する人々もいた。また変わり者もちらほらいた。たとえばコブズコーナーのコベットは、引退後、紅茶のプランテーションから年金をもらって暮らしているらしかった――資産を持たず、自分で家事をしては菜園を耕していた。近くに自動車工場と飛行場[*13]が建設されたため、それまでの住民とはかかわりのない、流動的な住民も大勢増えていた。そして地域の新聞社からは、記者のページ氏が来ていた。それでも、フィゲス氏その人が出席を取ったとしたら、集まった紳士淑女のほぼ半数がこう答えただろう――「はい、祖父に代わってわたしが来ました」「曽祖父に代わってわたしが来ました」などというように。一九三九年六月某日三時半という現在この瞬間に、人々は挨拶を交わし、可能であれば隣どうしの席に座って言うのだった――「パイズコーナーのあの新築のひどいこと！　目の毒ですね！　それにあのバンガローときたら！　ご覧になりました？」

　また、フィゲス氏その人が村人たちの名前を呼んだら、村人たちもまた返事をしただろう。ミセス・サンズはイリフ家出身。キャンディッシュの母親はペリー家出身。教会墓地の緑の盛り土は何世紀にもわたって掘り返されてきたので崩れやすくなっていた。たしかにストリートフィールド先生が教会で名前を呼べば、欠席者はいた。先生は名前を読み上げながら、バイクのせいだ、バスのせいだ、映画のせいだと嘆くのだった。

　椅子が――デッキチェア、金メッキの椅子、借りてきた籐椅子、もともと庭に置いてあったガーデンチェアが――何列も台地《テラス》に並べてあった。全員が座るのに充分な数の椅子だった。でも地面に座るほうがいいと言う人もいた。ミス・ラトローブが「野外劇にぴったりの場所です！」と言ったのは、まさにそのとおりだった。芝生はまるで劇場の床のように平ら。台地《テラス》はせり上がって天然の舞台になっている。樹々は柱のように舞台を区切っている。空を背景に、人の姿もとてもよく映えた。天気はと言えば、みんなの予想を裏切って快晴になっていた。完璧な夏の午後。

「運がいいわね！」と、ミセス・カーターは言いかけた――「去年はね……」そこで芝居が始まった。でも始まったのだろうか、それともまだ？　チャフ、チャフ、チャフという音が、茂みから聞こえていた。調子の悪いときの機械の音。慌てて座る人、気まずそうに話を中断させる人。みんなが茂みを見た。というのも舞台上は空っぽだったから。チャフ、チャフ、チャフと、機械は茂みの中で唸った。不安げに見ている人、言いかけていたことを最後まで言い終える人がいる中、ピンクの薔薇のつぼみのような小さな少女が進み出てきた。葉を飾りつけた巻貝のうしろのマットに立ち、甲高い声で――

紳士淑女の皆さま、そして一般の方々、すべての皆さまに申し上げます……

だとすると芝居が始まったのだ。いや、前口上かな？

わたしどものお祭りのために、ここにお集まりいただきました（と、少女は続けた）

これは皆さまご覧のとおりの野外劇

わたしたちの島の歴史から採りました

イングランドはわたし……

「あの子がイングランドだって」みんなは囁いた。「始まったんだ」「前口上だ」と言い、プログラムに目を落とした。

「イングランドはわたし」と、もう一度甲高い声。そして止まった。

台詞を忘れてしまったのだった。

「静粛に！　静粛に！」白いヴェストの老人が大声で叫んだ。「ブラヴォー！　ブラヴォー！」

「うるさいってば！」ミス・ラトローブは樹の陰で罵った。彼女は最前列を見た。最前列で舞台を見ている人たちは、霜にやられてかじかんだみたいに、一様な大きさに縮こまっていた。牛飼いのボンドだけがしなやかで自然に見えた。

「音楽を！」と、彼女は合図をした。「音楽を！」でも機械は相変わらずだった。チャフ、チャフ、チャフ。

「生まれたばかりの幼子《おさなご》で……」と、彼女は小声で台詞を教えた。

「生まれたばかりの幼子で」と、フィリス・ジョーンズは言葉を継いだ。

海の中から生まれ出で
大嵐の波を受け
フランスともドイツとも切り離されて
この島はできました

ミス・ラトローブは肩越しに振り返った。チャフ、チャフ、チャフと、機械は唸った。小麦袋で作ったシャツを着た村人たちが、彼女の背後で長い一列になり、樹々を縫って歩いていた。彼らは歌っていたのだが、観客には一語も届いていなかった。
「イングランドはわたし」と、フィリス・ジョーンズは観客に向かって続けた。

いまはか弱く小さく
皆さまご覧のとおりの幼子です……

言葉が硬い小石のあられとなって観客に降り注いだ。中央のミセス・マンレサはにっこり微笑んだ。でも笑ってみると、肌にひび割れが入ったみたいに感じた。彼女、歌う村人たち、甲高い声の子ども——それぞれのあいだには大きな隙間があった。

チャフ、チャフ、チャフと、暑い日に小麦を機械で刈り取るときのような音が続いた。村人たちは歌っていたけれど、歌詞の半分は風に吹き飛ばされてしまった。

道を切り拓いて……丘の頂上まで……われらは登った。谷間を下り……イノシシ、野ブタ、サイ、トナカイに出会った。丘の頂上に穴を掘り……根っこを石に挟んで挽いた……小麦を挽いた……最後にはわれらもまた……地面に身を横たえ塵となった……

言葉は次第に消えていった。チャフ、チャフ、チャフと、機械は音を刻んだ。そしてようやく、機械は曲を絞り出した！

運命に抗わんと
勇士ロデリックは甲冑まとう
甲冑まとい勇壮にして
大胆にして剛毅にして
断固として背筋を伸ばす
見よ——勇士らいま馳せ参ずるを……

派手な流行歌が高々と鳴り響いた。ミス・ラトローブは樹陰から見守った。緊張が緩み、氷が溶けていく。中央の小太りのご婦人が、椅子を手で叩いて拍子を刻んでいる。そのご婦人、ミセス・マンレサは口ずさんだ。

わたしの家はウィンザー、酒場のすぐ近くなの
ロイヤル・ジョージが酒場の名前
それでねえ、信じてちょうだいね
お願いなんて嫌だけど……〔ウィンザーはロンドンの西、イギリス王室の居城がある〕

彼女はメロディに乗っていた。王族みたいに自信たっぷりで上機嫌で、この野生児こそ野外劇の女王だった。お芝居が始まった。

だが、ここで中断があった。「ああ」ミス・ラトローブは樹のうしろで歯ぎしりした。「こういう中断は拷問みたいだ！」

「こんなに遅刻してごめんなさいね」とミセス・スウィズン。椅子のあいだを抜けて、兄の隣の椅子に座った。

「何のお芝居なの？　前口上を聞き逃したのね。イングランド？　あの小さな女の子が？

ああ、退場なのね……」

フィリスはマットから降りていた。

「そしてあれはだれ？」とミセス・スウィズンは尋ねた。

大工の娘のヒルダだった。イングランドが立った場所に、今度は彼女が立った。

「ああ、イングランドは成長し……」ミス・ラトローブが台詞を補った。

「ああ、イングランドは成長し、乙女になりました」ヒルダは歌い始めた。

(「なんて綺麗な声！」と、だれかが感極まって声を上げた)

髪に薔薇を挿すのです
野の薔薇を、赤い薔薇を
乙女は小道をさすらい
冠を編んで髪に載せるのです

「クッション？　どうもありがとう」ミセス・スウィズンはクッションを背中に押しこんだ。

それから前に身を乗り出した。

「チョーサーの時代のイングランドなのね〔ジェフリー・チョーサーはイギリス中世の詩人、カンタベリー大聖堂への参詣者たちを描いた『カンタベリー物語』がある〕。お花を摘んで樹の実を採ったのね。髪にお花を挿している……。でもうしろを歩いているのは——」彼女は指差した。「カンタベリーへの巡礼かしら？　見て！」

この間ずっと、村人たちは樹々を縫って歩き続けていた。歌ってはいたのだが、切れ切れにしか聞こえなかった。「……草地に轍《わだち》を刻みつけ……小道に面して家を建て……」斉唱のつなぎの部分は風に吹き飛ばされてしまった。いちばん端の樹に達すると、彼らは歌った——「聖人を祀る祭壇へ……墓所へ……恋人たちは……信者らは……われら来たりて……」

彼らは一ヶ所に固まった。

そこでまたざわついて中断があった。椅子がうしろに引かれた。アイサはうしろを振り返った。道路の通行止めのせいで遅れていたルパート・ハイネス夫妻が、ようやく到着したのだった。グレーの服を着た彼は、右側の何列かうしろに座った。

そのあいだ、巡礼たちは墓所にお参りを済ませ、熊手で干し草を掬い上げるような仕草をした。

キスした娘《こ》に逃げられちゃった
二人目はうまく転がした

## 藁の上、干し草の上に……

彼らはそう歌いながら、目に見えない干し草を掬っては放り上げていた。そしてアイサはもう一度、うしろのほうを見た。

「イングランド史の名場面です」ミセス・マンレサがミセス・スウィズンに解説した。老婦人の耳が遠いかのように、ミセス・マンレサは大きな明るい声で話した。「陽気《メリー》なイングランドですよ」〔産業革命以前のイギリスについてのノスタルジックで牧歌的なイメージ。絵画や文学作品に繰り返し描かれる〕

彼女は盛んに拍手を送った。

歌い手たちは点在する灌木の奥へと散った。歌は止んだ。チャフ、チャフ、チャフと、機械は音を刻んだ。ミセス・マンレサはプログラムを見た。省略しないと真夜中までかかるんじゃないかしら。古代ブリトン人。プランタジネット朝。テューダー朝。ステュアート朝——指折り数えてみたけれど、一つか二つ、王朝を抜かしたかもしれない。

「野心的じゃありませんか」と彼女はバーソロミューに言い、いっしょに待った。チャフ、チャフ、チャフと機械は鳴った。おしゃべりしてもいいだろうか？　動いてもいいだろうか？　いやいや、劇は続いていた。でも舞台は空っぽ。牛だけが牧草地で動いていた。蓄音機の針の音だけが聞こえた。ティック、ティック、ティックという音がみんなを一つにして、恍惚状態に導いた。舞台にはまったく何も登場しなかった。

「わたしたちがあんなに素敵だったなんて、思ってもみませんでした」ミセス・スウィズンがウィリアムに言った。思ってもみなかった、だって？　子どもたち、巡礼、巡礼の背後の樹々、樹々の背後の野――目に見える世界の美しさに、彼は息を呑んでいた。チャフ、チャフ、チャフと、機械は続いた。

「ときを刻んでいるんだな」老オリヴァーが小声で言った。

「わたしたちにはもう残っていないのにね」ルーシーが呟いた。「わたしたちには現在しかないのに」

「充分ではないだろうか？」ウィリアムは自問していた。美しい――それだけで充分ではないだろうか？　でも、ここでアイサがそわそわした。剝き出しの陽灼けした腕を、神経質そうに頭にやった。席に座ったまま、うしろを向きかけた。「いいえ、未来のあるわたしたちには充分じゃない」と、彼女は言いたげだった。未来が現在を掻き乱していた。だれを探しているんだろう？　ウィリアムも振り返って彼女の視線の先を探したけれど、そこにはグレーの服を着た男しかいなかった。

ティックという音は止まった。ダンスの曲がかかった。曲に合わせてアイサは口ずさんだ。

「何を望みましょう？　夜から逃れ、昼から逃れて、お別れのないところに行くことかしら

――視線を交わし合えるところに行って――そして……ああ」彼女は大声で叫んだ。「見て！」みんなが手を叩いて笑っていた。茂みの背後から登場したのは女王エリザベス〔イギリス女王。一五三三～一六〇三〕――煙草販売の許可を受けたイライザ・クラークだった〔イライザはエリザベスの愛称、女王と同名の役者という設定〕。ほんとに村のよろず屋のクラークさん？　彼女の扮装は見事だった。真珠を垂らした頭が、大きな襞襟から聳え立っていた。キラキラしたサテンのドレープが彼女を包んでいる。六ペンスのブローチが、猫目石や虎目石のようにあちこちでギラギラ輝いている。真珠の粒々がこちらを睥睨する。銀色の布で作ったケープは、本当はフライパンの焦げ落としで作ったものだった。彼女はエリザベス朝そのものに見えた。中央に置いた木箱――おそらく波間の岩を表したもの――に登ると、もともと大柄なせいで巨人みたいに見えた。よろず屋で働いているときも、片手をさっと伸ばせばベーコンの塊に届いたし、油がいっぱいに入った缶も片手でさっと持ち上げる女《ひと》だった。少しのあいだ彼女は木箱の上に立ち、背後に青空とたなびく雲を従え、屹立してあたりを支配した。そよ風が吹いていた。

「この大いなる地の女王は……」というのが、みんなの大笑いと拍手喝采の中から最初に聞こえた言葉だった。

幾多の船の女主人にして、髭面の男どもの女主人である（と彼女は声を張り上げた）

ホーキンズ船長、フロビッシャー船長、ドレーク船長〔いずれもエリザベス朝の私掠船の船長〕、
彼らはオレンジを、銀の延べ棒を、
ダイヤモンドと金貨の詰まった積荷を、
西の地の桟橋より運び入れる――
（燃えるような青い空に、彼女は拳を突き出した）
幾多の城塞、教会、宮殿の女主人である――
（彼女は屋敷のほうに向かって腕を振った）
妾《わらわ》のためにシェイクスピアは歌った――
（牛が啼いた。鳥が囀った）
歌ツグミが、宿り木ツグミが（と彼女は続けた）
緑の森、野生の森で、
祝歌を歌ってイングランドを、女王を讃える
すると花崗岩と丸石を敷き詰めた舗道づたいに、
ウィンザーからオックスフォードまで、
戦う者、恋する者、
挑む者、歌う者の

大いなる哄笑、低き哄笑が響いてくる
灰白色の髪の赤ん坊も
（陽灼けした逞しい腕を伸ばして）
うれしげに腕を伸ばす
島々から故郷を目指し
船乗りたちが帰ってきた……

ここで、風が彼女の頭飾りをグイと引っ張った。真珠を何重にも垂らしているせいで重いのだった。風に吹き飛ばされそうになった襞襟を、彼女は押さえねばならなかった。

「哄笑、大いなる哄笑」ジャイルズは呟いた。蓄音機の曲は、酔って浮かれているみたいに右へ左へと揺れた。ミセス・マンレサは曲に合わせて足を踏み鳴らし、ハミングを始めた。

「ブラヴォー！　ブラヴォー！」彼女は叫んだ。「老犬だって生きている！〔老いてなお元気という意味の慣用句〕」そして体面などかなぐり捨て、歌詞を大声で口ずさんだ。それは俗っぽくはあったけれど、エリザベス朝にとっては大いなる救済だった。襞襟のピンが外れたせいで、イライザ女王は台詞を忘れてしまったのだ。でも観客たちは大笑いして、気にも留めていなかったが。

「どうにも頭がはっきりしないのだ」〔シェイクスピア『リア王』より〕同じ曲に合わせてジャイルズは呟いた。

言葉たちが表面に浮かび上がってきたので、思い出したのだ。「鹿の痩せた横腹に、世間の尖った嘲笑の矢が刺さる〔ウィリアム・クーパーの詩「任務」第三章への言及〕……。祭りから追われ、音楽は皮肉な調子を帯びた……。教会墓地をさすらう人を、梟はホーホーと野次り、蔦《つた》は窓をパタパタ叩いて嘲る〔エドガー・アラン・ポー「大鴉」からのイメージの借用がある〕……。彼らは死んだ、なのにわたしは……わたしは……わたしは」続きを忘れて同じ言葉を繰り返しながら、彼はルーシー叔母を睨みつけた——叔母は鶴みたいに首を前に伸ばし、口をぽかんと開け、骨ばった小さな手を叩いていた。

なんで笑ってるんだ？

村の愚か者アルバートを笑っているらしかった。アルバートに衣装を着せる必要はなかった。彼は登場して、自分の役割を完璧に演じてみせた。しかめ面で、草の上をぶらぶら歩いて登場。

鳥の巣がどこにあるか知ってるよ、と彼は始めた。
垣根だよ、ぼくだってわかってる、わかってるってば——
ぼくが知らないことって何だろうね？
ご婦人方の秘密は知らないなあ
殿方の秘密も知らないねえ……

彼は一列目の観客の前をスキップして回り、一人ひとりに流し目を送った。それから女王イライザのスカートをつまんで引っ張った。彼女は彼の耳を引っ張った。彼は彼女の背中をつまんだ。彼は大いに面白がっていた。

「アルバートは絶好調だなあ」バーソロミューが呟いた。

「引きつけを起こさないといいけど」ルーシーが囁いた。

「ぼくだってわかってる……わかってるってば……」アルバートはクスクス笑いながら、木箱のまわりをスキップした。

「村の愚か者だわ」と、太った黒服の婦人――ミセス・エルムハースト――は囁いた。十マイル離れた彼女の村にも愚か者がいた。いいことじゃない。急に何か恐ろしいことをしでかしたらどうするんでしょう？　ほら、女王役のスカートをつまんだ。彼女は目を塞ぎかけた。ひょっとして何かしでかすのではないかと思ったのだった――何か恐ろしいことを。

ホパティ、ジゲティ――と、アルバートはまた始めた。*14
窓から中に入って、ドアから外に出て、
小鳥には何が聞こえるのかな？（彼は指を唇に当てて指笛を吹いた）
そらご覧！　ネズミだよ……

（彼は草むらからネズミを追い立てる真似をした）

今度は時計が鳴るよ！

（彼はまっすぐ立って、タンポポの綿毛を吹き飛ばすときみたいに頬を膨らませた）

一回、二回、三回、四回……

そして出番は終わったというように、スキップして行ってしまった。

「終わってよかった」ミセス・エルムハーストは、顔から手を外した。「さあ、お次は何でしょう？ 活人画《タブロー》〔役者が場面を構成し、静止してポーズを取ること〕かしら……？」というのも、茂みの奥からさっと出てきた黒子たちが、手にそれぞれ柵を持って女王の玉座を囲っていたのだった。柵には紙が貼ってあり、壁を表しているらしい。黒子たちは地面にイグサを撒いた。すると、うしろで歌いながら行進を続けていた巡礼たちが、木箱に立っているイライザのまわりに集まった。芝居の観客を表すみたいだ。

エリザベス女王のための御前公演ということかしら？ そうすると、これはたぶんグローブ座[*15]だろうか？

「プログラムには何と書いてあるんでしょう？」ミセス・ハーバート・ウィンスロップはそう問い、持ち手のついた眼鏡を目に当てた。

ぼやけた印刷を、彼女はモゴモゴ言いながらたどった。そうね、劇の一場面なのね。「にせものの公爵と、男装の王女。長いあいだ跡継ぎが失踪していたが、頰にホクロのある物乞いが跡継ぎと判明する。ファーディナンドは赤ん坊だったとき、老婆によって籠に入れられたのだった。公爵の娘カリンシアは、洞窟で迷子になってファーディナンドと恋に落ちる。そして二人は結婚する。こういうことが起きるみたい*16」彼女はプログラムから目を上げて言った。

「芝居を上演しなさい」イライザ女王が命令した。老婆が前方にヨロヨロと進み出た。

（「エンド屋敷のミセス・オターだ」だれかが小声で言った）

彼女は荷物保管用の箱に座り、乱れ髪をいじりながら体を左右に揺すった——炉端の老女といった格好だった。

（「正統な跡継ぎの命を救ったお婆さんね」ミセス・ウィンスロップが解説した）

冬の夜だったよ（しわがれ声で、彼女は始めた）

冬の夜だったことは覚えてる、いまのあたしにとっちゃ、夏も冬も同じだけどさ。

お陽さまが照ってるって？　あなたさまがそうおっしゃるなら、そうでしょうとも。

「ああ、でも冬だよ、霧が出てるよ」

このエルスベスにとっては、夏も冬も同じこと、
暖炉の前で、火に当たって数珠《じゅず》を繰って祈るばかり。

お祈りするわけがあってね。

数珠の粒ひと粒ずつが（彼女は親指と人差し指でひと粒挟んだ）

罪なんだよ！

冬の夜だったよ、鶏がときを告げる前、
でもあの男がいなくなるまでには、鶏も啼いたんだ――

あの男、顔に血糊をつけて、両手も血だらけだった。

そして籠には赤ん坊。

「ケラケラ」って、赤ん坊は小さく笑うんだよ。「オモチャちょうだい」って言うみたいに。

可哀想なお馬鹿ちゃん！

「ケラケラ、ケラケラ！」そんな子を殺せるもんか！

あたしは鶏が啼く前に罪を犯したけれど〔大罪を匂わせる表現で、聖書に由来する〕、
天のメアリさまもあたしを許してくださるはず！

夜明けの小川に、あたしはそっと流したんだ。

カモメが舞うあたり、

沼地の端に立つ杭みたいに、アオサギが休むあたりにね……
だれだい？
（三人の若者が威勢よく舞台に登場し、彼女に詰め寄る）
――お前さんたち、あたしをいじめに来たのかい？
この腕に、血なんてからっきし残っちゃいないよ。
（彼女は、ボロボロの寝間着から痩せた前腕を突き出した）
天にまします聖なる皆さま、どうかあたしを助けてください！

　彼女は叫んだ。若者たちも叫んだ。四人はいっせいに叫び、それは大きな叫喚となって何を言っているのか判別しがたかった。たぶん、こんなことだった――二十年ばかり前、揺り籠に入った赤ん坊をイグサの下に隠したのを覚えているかい？　婆さん、籠の中の赤ん坊だよ！籠の中の赤ん坊は？　若者たちは叫んだ。風が騒ぐからヨシゴイ〔沼地に生息する鳥の一種〕が啼いただけだよと、老婆は答えた。

「この腕に、血なんてからっきし残っちゃいないよ」と、イザベラは復唱した。

　イザベラに聞き取れたのはそれだけだった。老婆は耳が遠いし若者たちは叫ぶしで、話の筋がもつれて彼女には理解できなかった。

話の筋って重要だろうか？　彼女は体を動かして右肩越しにうしろを見た。筋なんて感情を生むためだけのもの。感情には二つしかない――愛と憎しみの二つしか。筋を無理してわかろうとしなくていい。たぶんミス・ラトローブはそのつもりですぐさま山場を持ってきたんじゃないだろうか？

筋なんて気にしなくていい、筋なんて何でもない。

でも何が始まろうとしているんだろう？　王子が登場した。

王子の袖をめくった老婆は、そこにホクロがあるのを見つけ、椅子にへたりこんで叫ぶ。

あたしの坊や！　あたしの坊や！

確認の場面が続いた。若い王子（アルバート・ペリー扮する）は、老婆の痩せた腕に抱かれて窒息寸前になった。それから突如、彼は身を振りほどいた。

あの女性《ひと》がこちらに来るのをご覧！　彼は叫んだ。

みんながその人――白のサテンを着たシルヴィア・エドワーズ――の登場を見守った。

だれが来たというの？　アイサは見た。ナイティンゲールの歌？　夜の黒い耳を飾るひと粒の真珠〔シェイクスピア『ロミオとジュリエット』に出てくる言葉〕？　肉体をまとった愛そのもの。

みんなの手が挙げられ、みんなの顔が見つめた。

愛しいカリンシアに万歳！　王子はそう言い、帽子をさっと脱いでお辞儀をした。そして彼女も目を上げて彼を見て言った。

わたしの愛しい人！　あなた！

「これで充分。ここまで。ここまで」アイサは繰り返した。

他のすべては余計な反復になるだけ。

そのあいだ老婆は――もう思い残すこともなくなって――椅子に沈みこんでいた。指から数珠がぶら下がって揺れている。

あちらのご婦人が大変だ――エルスベスさんのお加減が悪い！（みんなが彼女を取り囲んだ）

皆さま、お亡くなりです！

ぐったりした老婆は事切れていた。みんなはうしろに退がった。


この方に平和あれ。いまでは夏も冬も同じになったお方に。


平和が三番目の感情だった。愛。憎しみ。平和。これら三つの感情が人の生の三層をなす。

いま、牧師が前に進み出てお祈りを唱える――綿で作った口髭のせいで、何を言っているのか聞き取りにくかったが。

人生のもつれた糸を巻きつけた糸巻棒から、この方のお手を離しなさい。
（みんなは彼女の手を離した）
この方の弱さについて、いまは何も思い出すことはありますまい。
赤い胸のコマドリとミソサザイを呼びましょう。
薔薇の花びらを敷き詰め、紅い屍衣としましょう。
（籐籠の中の花びらが振り撒かれた）
お体を覆いましょう。よくお休みになれるように。
（みんなは遺体を覆った）
美しいあなた方には（牧師は幸せなカップルのほうに向き直った）
天が祝福の雨を降らせるでしょう！
急ぎましょう、あなた方を羨んで赤く輝く太陽を
夜のカーテンが覆い隠してしまう前に。音楽を鳴らし
天の気ままな音楽に、あなた方を夢見心地にいざなってもらいましょう！
ダンスを始めてください！

蓄音機が鳴り響いた。公爵、牧師、羊飼い、巡礼、おつきの男たちが手を取り合ってダンスをした。愚か者が跳ね、出たり入ったりした。みんなが手に手を取り、会釈を交わし、エリザベス朝を表す大いなる人――木箱に立った、煙草の販売許可を得ているミセス・クラーク――を取り巻いてダンスをした。

それは色とりどりの集合で、（ウィリアムにとって）うっとりする眺めだった――衣装をつけたりつけなかったりの手足が、幻想的な色をまとい、跳ねたりグイと動いたり揺れたりしているところに光と影のまだら模様が落ちている。彼は手のひらが痛くなるほど拍手をした。

ミセス・マンレサも大きな音を立てて拍手した。なぜかはわからないけれど、彼女が女王で、彼（ジャイルズ）が不機嫌な英雄なのだった。

「ブラヴォー！　ブラヴォー！」と彼女は叫び、その興奮に不機嫌な英雄は座ったままたじろいだ。すると車椅子に座った高齢のご婦人も手を叩き、慌てたカケスみたいな笑い声をにわかに上げた。このご婦人は、田舎貴族と結婚したせいで、彼のつまらない称号を自分も名乗るようになったのと引き換えに、昔から――いま教会の建っているその場所に木イチゴや茨の茂みしか生えていなかった昔から――伝わってきた名字を消滅させてしまった人だった。ずっとこの地で暮らしてきた彼女の体は、関節炎のせいであちこち曲がり、絶滅しかけた野育ちの夜行性動物のようだった。
「ハ、ハ、ハ!」彼女は笑い声を上げ、手袋を嵌めていない曲がった手で、車椅子の肘掛けをぎゅっと摑んだ。

お祝いだ、お祝いだ——彼らは大声で歌った。
出て入ってクルクル回って、お祝いだ、
お祝いだ……

どんな歌詞かとか、だれがどんなことを歌うのかはどうでもよかった。音楽に陶酔しながら、彼らはクルクル旋回した。そしてミス・ラトローブが樹陰から指示を出すと、ダンスは終わった。列が作られた。イライザ女王は木箱から降りた。手でスカートをつまみ、公爵や王子に囲まれながら、〈エリザベス朝〉は大股で退場していった——そのあとには腕を組んだ恋人たち、列から出たり入ったりするアルバートが続き、棺を載せた台がしんがりを務めた。

「まったくもう! 消えてしまえ! あんな奴ら!」ミス・ラトローブは憤然として樹の根

を蹴り飛ばした。ここにわが失墜——休憩時間だ。この苦心作をコテージで書き進めていた最中に、ここで中断を入れると彼女は承諾したのだった。彼女は観客の奴隷で、ブッブッと注文をつけてきたミセス・サンズ——だってここでお茶にしないとディナーがですね——の奴隷だった。ミス・ラトローブはここで場面を中断することにしていた。せっかく感情を抱かせたのに、消えるがままにしなくてはならなかった。だから彼女はフィリス！　と合図し、呼ばれたフィリスはもう一度中央のマットの上に乗った。

紳士淑女の皆さまに一般の方々、すべての皆さまに申します……（彼女は甲高い声を張り上げた）
われらのひと幕、われらの一場面が終了しました。
老婆と恋人の時代は過ぎました。
つぼみは花開き、そしてその花も枯れました。
しかし次の夜明けがまもなくやってまいります、
時間《とき》の子どもであるわれらは小さいですが、
時間とともにやがては成長していきます。皆さまご覧になるでしょう、
ご覧に……

彼女の声は先細りになった。だれも聞いていなかったのだ。みんなは頭を垂れ、プログラムの「休憩」の字を読んでいた。それにメガフォンが彼女の台詞を縮め、「休憩です」と平易に伝えた。三十分の休憩です、紅茶を召し上がってください。それから蓄音機が鳴り響いた。

運命に抗わんと
勇士ロデリックは甲冑まとう
甲冑まとい勇壮にして
大胆にして剛毅にして――

これを受け、観客は動き始めた。さっと立ち上がる人も、身をかがめて杖や帽子やバッグを摑む人もいた。そしてみんなが立ち上がって向きを変える頃には、音楽の調子も変わっていた。音楽は唱和していた――われら散り散りに。[*17] 音楽は呻いた――われら散り散りに。音楽は嘆いた――われら散り散りに。そのあいだも観客は流れ出て、草地を色とりどりに染めながら、芝生を横切り小道を歩いていった――われら散り散りに。

ミセス・マンレサはその調べを口ずさんだ。われら散り散りに。「自由で大胆、だれをも恐れず」（行く手にあったデッキチェアを脇にのけた）「若者らよ、乙女らよ」（うしろを振り返ったけれど、ジャイルズは背を向けていた）「続きなさい、続きなさい、わたしのあとに続きなさい……。ああパーカーさん、ここであなたにお会いできるなんて！　わたくし、紅茶をいただきたいんです！」

「われら散り散りに」彼女のあとに続きながら、イザベラは口ずさんだ。「すべてが終わった。波は砕けた。われら乾いた陸地に取り残された。一人ずつバラバラに、砂の上に取り残された。あの三層も壊れてしまった……。さああとに続きましょう」（彼女は自分の椅子をもとに戻した……。グレーの服を着たあの人は、モチノキの陰で人ごみに紛れてしまった）「あの忌々しい浮気女に続きましょう」（ぴったりした花柄のドレスを身にまとって前を行く、ミセス・マンレサのことを彼女は当てこすった）「紅茶をいただきに」

ドッジは客席に残っていた。彼は呟いた。「行こうか、ここにいようか？　何か他の道を通ってここを抜けようか？　あるいはただ、散り散りになりゆく人々に続こうか？」

われら散り散りに――と、音楽は咽《むせ》び泣いていた。われら散り散りに。ジャイルズは流れる人波の中の杭みたいに、その場から動かなかった。

「続きなさい、だと?」彼は椅子を蹴り戻した。「だれに? どこに?」軽いテニスシューズで、彼は椅子の木枠をぎゅっと踏みつけた。「どこにだろうがお断りだ。どこにだろうと」彼はまっすぐ立った。

このときコブズコーナーのコベットは、モンキー・パズル・ツリー〔尖った葉が特徴的な樹で、猿にも登りにくいためにこの名がある〕の下に一人取り残され、立ち上がって呟いた。「彼女はどんなつもりだったんだろう? どんな考えでああしたんだろう? 昔のものにどうしてあんな輝き、あんな偽物の輝きをつけて、モンキー・パズル・ツリーにみんなを登らせるような真似をしたんだろう?」

われら散り散りに——と、音楽は咽び泣いた。われら散り散りに。彼は向きを変え、退場していく人々のあとをぶらぶらと追った。

そのときルーシーは、椅子の下においたバッグを手に取りながら、囁るように兄に話しかけていた。

「ねえバート、いっしょに行きましょう……。覚えているかしら、まだ子どもだった頃、子ども部屋でお芝居を演じたこと?」

彼も思い出した。レッド・インディアンというゲームだった。紙にくるんだ小石を錘《おもり》に、葦を並べたっけ。

「でもシンディ、ぼくらにとってはもうゲームもおしまいだな」彼は帽子を摑んだ。あの興奮も睨み合いも、太鼓をドンドン打ち鳴らすのもおしまいだと、彼は言いたいのだった。彼は彼女に腕を貸した。二人はゆっくり歩き始めた。すると新聞記者ページ氏は、「ミセス・スウィズン、B・オリヴァー氏」と書き留めた。それから向きを変えて「ハスリップ屋敷のレディ・ハスリップ」と書き留めた。車椅子のあの老婦人が、従僕に車椅子を押させて列のしんがりを務めているのが見えたのだった。

茂みに隠した蓄音機の別れの挨拶に送られながら、観客たちは去っていった。散り散りにと、蓄音機は咽び泣いた。われら散り散りに。

ミス・ラトローブは、隠れていた場所からようやく一歩を踏み出した。草地から砂利道へと流れ出ていった人々を、彼女はまだ一瞬だけつないでいた――分散していく人々を。二十五分間だけ、彼らに見せたのではないだろうか？　ヴィジョンを分け与えるという行為は苦悩からの解放だった……ひとときだけ、たったひとときだけの解放ではあったけれど。すると音楽が最後に「われら」と言って途切れた。そよ風が小枝をさやさや揺する音が、彼女の耳に入ってきた。ジャイルズ・オリヴァーが観客たちに背を向けているのが見えた。コブズコーナーのコベットも同じ姿勢だった。あの二人には見せられなかったのだ。失敗、またもや愚かな失敗！いつもと同じ。わたしのヴィジョンもどこかに行ってしまった。そして彼女は向きを変え、窪地で着替えている役者たちのほうに大股で歩いていった――蝶たちが銀紙で作った剣の上に群がり、日陰に置いた布巾が黄色の陽溜まりを作っているところへ。

コベットは懐中時計を取り出した。七時まであと三時間、と確かめた。七時になったら草木に水をやらないと。彼は向きを変えた。

ジャイルズも椅子をガタンと嵌めてから、向きを変えた——ただし正反対の方向に。畑のあぜ道づたいに近道して納屋に向かおう。この乾いた夏に、畑のあぜ道は煉瓦のように固かった。この乾いた夏に、あぜ道には小石がゴロゴロしていた。彼は蹴った——火打石みたいな黄色い石、尖った石、未開人が矢尻にするために削ったみたいな石を。未開人の石、先史時代の石。石蹴りは子どものゲーム。俺はルールを覚えている。このゲームのルールだと、一つの石、同じ石を、ゴールまで蹴らねばいけない。たとえば門とか、樹とかまで。彼は独りでやってみた。門がゴールで、十回でたどり着かねばならないことにしよう。最初のひと蹴りはマンレサ（性欲）に。二蹴り目はドッジ（倒錯）に。三蹴り目は自分（臆病）に。四蹴り目、五蹴り目、それ以降もすべてその繰り返し。

十回蹴って門に行き着いた。そこの草むらにうずくまり、オリーヴ色の輪になった蛇がいた。死んでいるのか？　いや、口にヒキガエルを咥えてむせている。蛇は呑み込めず、ヒキガエルも死ねないでいた。痙攣が走って蛇の肋骨が収縮し、血が滲み出る。出産のあべこべだ——おぞましい逆転だ。だから脚を上げ、彼は蛇とヒキガエルを踏みにじった。塊が砕けてぬめった。

テニスシューズの白いキャンヴァス地に、血とネバネバしたものがついた。でもそれは行動だった。行動したおかげで解放された。テニスシューズに血をつけたまま、彼は納屋へと大股で歩いていった。

高貴な納屋《ノーブル・バーン》という名のこの納屋は、七百年以上前の建物だった。古代ギリシャの神殿みたいだとか中世の建物みたいだとか言う人もいた。昔のものですねと言う人がほとんどで、いまのものですねという人はめったにいなかった。いま、その納屋は空っぽだった。

大きな扉は開放してあった。一条の光が、黄色い旗みたいに屋根から床まで斜めに射しこんでいた。薄紙で作った薔薇飾り——戴冠式のときの残りもの——が、垂木から下がっていた。一方の端には長テーブルが置かれ、お湯を沸かす銅製ポット、お皿とティーカップ、ケーキ、バターを塗ったパンが並べられていた。納屋は空っぽだった。ネズミたちは穴から出たり入ったり、まっすぐ立って何かを齧ったりしていた。ツバメたちは垂木の上に泥で作った巣穴で、藁を咥えて忙しかった。甲虫やら何やらの無数の昆虫たちが、乾いた木材に穴を開けていた。はぐれた雌猫が、小麦袋が置いてある暗い片隅を子猫たちのねぐらにしていた。この全員が、光または闇に適応して瞳を大きくしたり細くしたりしながら、さまざまな角度であちこちの物陰から見ていた。ものを齧る小さな音、カサカサ動く音が沈黙を破った。甘く豊かな香りが、ほのかに宙に漂った。一匹の蒼蠅がケーキに止まり、短いドリルのような口吻を、黄色い岩のような塊に突き刺した。陽に当たった黄色いお皿の上で、一匹の蝶が日向ぼっこを愉しんでいた。

しかしながらミセス・サンズが接近しつつあった。彼女は人ごみを掻き分けて進んだ。角を曲がった。開放した大きな扉が見えた。でも蝶のことなんて、まったく眼中になかった。ネズミたちのことも、いつも台所の引き出しの中にある黒い粒々くらいにしか思っていなかった。蛾がいても、両手で捕まえて窓の外に出してやるだけだった。「雌犬《ビッチ》」という言葉にも、若い女中がいかがわしい真似をしたのだろうというくらいの連想しかなかった〔英語の bitch には性的に放縦な女という意味がある〕。そんな彼女でも、猫がいたらしっかり見たはずだった。どんな猫であろうと、それがお腹を空かせ、疥癬《かいせん》のせいでお尻の毛が抜け落ちてしまった猫であろうと、子のいない彼女の心《ハート》の水門は全開になるのだった。でも猫はいない。納屋は空っぽ。納屋にたどり着かなくては、みんなが来る前にポットのうしろで待機していなくてはと、彼女は走って息を切らしながら納屋に到着した。すると蝶と蒼蠅が舞い上がったのだった。

彼女に続いて、召使いと手伝いの一団――デイヴィッド、ジョン、イレーヌ、ロイス――がやってきた。お湯が沸き、蒸気が出てきた。ケーキが切り分けられた。ツバメたちは垂木から垂木へと勢いよく飛んだ。そして人々が入ってきた。

「この素敵な古い納屋は……」ミセス・マンレサは入り口で立ち止まって言った。村人たちの先頭に立って紅茶を求めるつもりはなかった。納屋の美しさにみとれて立ち止まり、脇に寄ってじっくり眺め、そのあいだ他の人たちに先に行ってもらうほうがよかった。

「ラソムのわたしたちの村にもこういう納屋がありましてね」ミセス・パーカーも同じ理由で立ち止まった。「たぶんこんなには大きくありませんが」と、彼女は付け加えた。

村人たちは尻ごみした。それからおずおずと、一人、二人と入っていった。

「それに飾りつけも……」ミセス・マンレサは、だれか賛辞を贈ることのできる相手はいないかと、周囲を見回した。微笑みながら佇んで待った。すると老ミセス・スウィズンが入ってきた。同じように上を見上げたけれど、飾りつけを見ているのではなかった。ツバメを見ているらしかった。

「毎年来るんですよ」彼女は言った。「同じツバメがね」ミセス・マンレサは鷹揚に微笑み、老婦人の突飛な発言を面白がった。まったく同じツバメなんてあり得ないのにと思ったのだ。

「飾りつけは戴冠式のときの残りものでしょうね」ミセス・パーカーは言った。「わたしたちも取ってあるんですよ。村役場を建てましてね」

ミセス・マンレサは笑った。思い出したのだ。あるエピソードが口の端まで出かかった。戴冠式のお祝いに公衆トイレを作ったら市長がね……。言ってもいいかしら？　いいえ駄目。ツバメをじっと見つめる老婦人はあまりに上品そうだった。「お上品そう」と、ミセス・マンレサは自分に都合のいいように言葉をいじって、野生児である自分こそ正しい、わたくしの性質こそ──なぜかはわからないけれど──「まさに人間らしい性質」に他ならないという確信を強めた。なぜかはわからないけれど、わたくしには老婦人がどのくらい「お上品」かも、あの青年がどんなことを面白がるのかもわかる──あの素敵な青年、ジャイルズはどこなの？　ジャイルズも、そしてビルも見当たらなかった。村人たちはまだ尻ごみしていた。だれか初球を投げる人が必要だったのだ。

「えー、わたくしは紅茶をいただきたくてたまらないんです！」みんなに聞かせるときの声音でそう言うと、彼女は大股で前に進んだ。厚い磁器のマグを手に取った。ミセス・サンズはもちろん上流階級を優先させ、すぐに紅茶を注いだ。デイヴィッドがケーキを差し出す。紅茶をいただくのも、ケーキを食べるのも彼女が最初だった。村人たちはまだ尻ごみしていた。「民主主義なんて所詮こんなもの」というのが彼女の結論だった。同じくマグを手にしたミセス・パーカーも同意見だった。民衆はわたくしたちを頼りにしています。わたくしたちが先頭に立てば、皆さんついていらっしゃいます。

「なんて美味しい紅茶でしょう」と、二人はそれぞれ大きな声で感心してみせた。紅茶は錆の味のお湯みたいで、ケーキも蠅のたかった代物だったけれど。でも二人には社交の義務があるのだった。

「毎年、アフリカから来ているんです」ミセス・スウィズンは、空っぽの空間に話しかけているという事実を無視して言った。納屋の建っているここが沼地だったときにも、こうやって来ていたのよ――と彼女は考えた。

納屋は人でいっぱいになっていた。蒸気が上がっていた。磁器のカチャカチャいう音と、おしゃべりの音。アイサは人ごみを縫ってテーブルに近づいた。

「われら散り散りに」彼女は呟いた。カップを差し出して注いでもらう。カップを受け取る。「離れましょう」呟いて向きを変え、わびしそうにあたりを見回す。「磁器のような顔から、釉薬をかけた硬い顔から。潮に乗って下りましょう、コラの樹とサンザシの樹の下をくぐり、願いの井戸に行きましょう。かつて洗濯女の幼い息子はそこに」――彼女は角砂糖を二個、カップに落とした――「ブローチを投げ入れました。息子は馬を手に入れたそうです。でもわたしは、井戸に何をお願いすればいいかしら?」彼女はあたりを見回した。グレーの服のあの人、あの農場経営者の姿は見当たらなかった。他に知っている人もいなかった。彼女は付け加えた。「願いの井戸の水よ、わたしにお水を被せてくださいな」

磁器の触れ合う音やおしゃべりが、彼女の呟きを掻き消していた。「お砂糖はいかが?」と、彼らは言っていた。「ミルクをちょっと入れますか? あなたは?」「紅茶にはミルクも砂糖も入れないんです。それが好きなんです」「ちょっと濃すぎませんか? お湯を足しましょう」

「わたしはそうやって願をかけた」アイサは言葉を継いだ。「ブローチを投げ入れて願ったのはそれだった。お水。お水を……」

「だけど」背後でだれかがこう語っていた。「国王も王妃も勇敢でいらっしゃる。インドに行かれるそうですよ〔植民地インドでは自治要求が高まっていた〕。王妃はとても可愛らしい方。わたしの知り合いが言うには、国王の髪は……」

アイサは思い巡らせた。「枯れ葉の落ちる季節になると、水の上にも枯れ葉が落ちてくるでしょう。コラの樹もサンザシの樹ももう見ることはないと、わたしは嘆くでしょうか? 揺れる小枝に止まったツグミの歌をもう聞くことはない、黄色いキッツキがまるで空《くう》で波を切るみたいに急降下したり潜ったりするのをもう見ることはないと、わたしは嘆くでしょうか？」

彼女は戴冠式のときの残りもの、カナリアみたいに黄色い花綵《はなづな》を見ていた。

「インドじゃなくてカナダに行かれるのだと思っていました」と、背後で声がした〔実際、ジョージ六世とエリザベス王妃は一九三九年五月にカナダを訪れた〕。もう一人の声が答える。「新聞で言っていることって、信じられますか？　たとえばウィンザー卿〔もとエドワード八世〕のこと。南岸に降りて、メアリ皇太后〔ウィンザー卿の母。実際には会っていない〕と会見したって書いてありました。皇太后が家具に散財しているのは本当。でも新聞は、皇太后がウィンザー卿にお会いになったって言うんですが……」

「樹陰で独り、日がな一日波の音を囁きかける枯れ樹の陰で独り、騎手が馬を駆る音を聞き〔三八頁参照〕……」

アイサは語句を探した。そしてびくっとした。ウィリアム・ドッジが横にいたのだ。

彼はにっこりした。彼女もにっこりした。二人は共謀者、わが叔父の教えたまいし歌〔六四頁参照〕を各々が呟いている。

「お芝居のせいなの」彼女は言った。「お芝居が頭の中で続いてるの」

「愛しいカリンシアに万歳！　ぼくの愛しい人。ぼくの生命《いのち》」と、彼は芝居の台詞を真似て言った。

「あなた、わたしの王子さま」彼女はお辞儀をしてみせた。

彼女は凛々しかった。ガラスみたいに透き通った緑の瞳、しっかりした体軀、円柱のようにまっすぐ伸びた首。紅茶のポットではなく、アラムリリーの花が咲いて蔦《つた》の絡まる場面を背景に彼女を見たいと、彼は願った。彼女が「いらっしゃい。温室、ブタ小屋、厩《うまや》を見せてあげましょう」と言ってくれたらいいのに。でも彼女は何も言わず、二人はカップを持ったまま、芝居のことを思い出しながら佇んでいた。すると彼女の表情が変わった——まるでいままでの服を脱いで別の服に着替えたみたいだった。小さな男の子が、人ごみを掻き分けて前に進もうとしていた。スカートやズボンを手で払いのけ、目を閉じたままやみくもに泳ぐみたいに。

「ここよ!」彼女は片手を上げて叫んだ。

男の子は彼女に向かって一直線に進んできた。明らかに、彼女の子どもらしかった——わたしの息子、わたしのジョージ。彼女は男の子にケーキをやり、ミルクの入ったマグを渡した。すると子守りの女性がやっと追いついた。そのあとまた、彼女は着替えたみたいになった。今回は、彼女の目に浮かんだ表情からすると、拘束衣のような性質のものを着こんだらしかった。整った顔立ちに、毛深くていかにも男らしい若い男が、真鍮のボタンのついた青いジャケットを羽織り、埃っぽい光線を浴びながら立っている。彼女の夫だ。そして彼女は彼の妻。この夫婦は、彼も昼食のときから気づいていたけれど、小説に出てくるいわゆる「緊張した」状態にあった。彼女が劇を見ながら、剝き出しの腕を神経質そうに肩に回しては振り返って、だれかを探しているのに彼は気づいていた。でも、ここに彼女の夫がいる。筋肉質で毛深くいかにも男らしいその姿は、彼をさまざまな感情に突き落とすものだった——精神とはまるで関係のない感情に。温室の蔦を背景に彼女を眺めてみたいと願ったことも、彼は忘れてしまった。ジャイルズだけを彼は見た——じっと目を離せなかった。俯《うつむ》いて立っているジャイルズは、だれのことを考えているんだろう？　アイサじゃない。ミセス・マンレサのことだろうか？

ミセス・マンレサは、納屋の奥で紅茶をごくごく飲み干してしまった。わたくし、どうやったらミセス・パーカーをお払い箱にできるかしら。同じ女でも、同じ階級の人ってうんざり！下々の階級なら——コックとか、小売店や農夫のおかみさんなら——違った。上の階級でも——貴族の奥方とか伯爵夫人なら——違った。うんざりするのは同じ階級の女。それで彼女は突然、ミセス・パーカーを置き去りにした。

「あら、ムーアさん」彼女は小売店のおかみさんに声をかけた。「お芝居をどう思いましたか？　赤ちゃんはどう思ったかしら？」そう言いながら赤ん坊をつついた。「わたくし、ロンドンで観たどんなものにもちっとも引けを取らないって思いました……。でもわたくしたち、負けてはいられません。自分たちでお芝居を上演しましょう。わたくしたちの納屋でね。あの人たちにわからせてあげましょう」（ここで彼女はウィンクして、さりげなくテーブルの上を指した。出来合いのケーキばかりで、お手製のケーキはごくわずかしかなかった）「わたくしたちなら、どんなふうにするかをね」

そうやって軽口を叩きながら向きを変えると、ジャイルズが見えた。彼の視線を捉え、手招きして呼んだ。彼はやってきた。それで何を——彼女は足もとを見た——靴で何をしたのかしら？　血痕がついていた。この人は自分が勇敢だと証明したかったのね、おぼろげに、わたくしに褒めてほしくてそうしたのねという気がして、彼女は有頂天になった。おぼろげではあっても甘美な感覚。彼をうしろに従えながら、彼女は思った——わたくしが女王で、この男性《ひと》はわたくしの英雄、不機嫌な英雄。

「あちらはニールさん！」彼女は叫んだ。「実に素晴らしい方なんですよ、ニールさんは！　わたくしたちの村で郵便局を開いているんです。暗算がおできになるんでしょ、ニールさん？　半ペニー切手を二十五枚、切手つきの封筒を二枚、絵葉書を一パック——合わせておいくらでしょう、ニールさん？」

ミセス・ニールは声を上げて笑った。ミセス・マンレサも笑い声を上げた。ジャイルズもにやりとして、自分の靴を見下ろした。

納屋の中で、彼女はジャイルズを連れ回した——こちらへ、あちらへ、こちらの人からあちらの人へ。わたくし、皆さんを存じております。皆さん、とびっきりのいい方々。いえいえ、ピンセントさんは脚がお悪いなんて、そんなの駄目ですよ。「いいえ駄目。ピンセントさん、それは言いわけになりません」投手にはなれなくても打者にはなれるでしょ。ジャイルズも頷いた。釣り針に掛かった魚の意味するところは、ジャイルズもピンセントも同じだった。カケスやカササギも同じだった。ピンセントはこの地の農夫でジャイルズは都会の会社員、ただそれだけの違い。そして彼女はとびっきりのいい女、彼女のあとについて納屋の中を歩き回るだけで、観客ではなく行為者《アクター》なのだと思えてくる。

そして、突き当たりの扉の横には二人の老人、ルーシーとバーソロミューがいた。二人はウィンザーチェア〔木製の椅子で、座板に窪みがつけてある〕に座っていた。

ウィンザーチェアは、彼らのために用意したものだった。ミセス・サンズは二人のために紅茶を運ばせた。民主主義は原則どおり守るべしと言い張り、テーブルの前で皆さんといっしょに紅茶を受け取ってくださいなどと言ったら、余計な手間がかかるだけだから。

「ツバメよ」と言い、ルーシーはカップを手に鳥たちを見つめていた。ツバメたちは大勢の人々がいるせいで興奮して、垂木から垂木へとせわしなく飛び移っていた。アフリカを越えフランスを越え、はるばるここまで来て巣を作ったのよ。[*18] 毎年毎年、来ているんです。海峡ができる前、ウィンザーチェアを載せたこの大地がシャクナゲの密林で、ハチドリが赤いトランペットみたいな大きな口に捕らえられて震えていたときだって――今朝『歴史概説』で読んだみたいなときだって――ツバメたちは来ていたんですよ……。ここでバートが椅子から立ち上がった。

しかし、ミセス・マンレサはバートの椅子に座るのをきっぱり断った。「座っていてください、座っていてください」と、彼を促してまた座らせた。「わたくし、床に座りますから」彼女は床に座りこんだ。お供の不機嫌な騎士は、付き従ってそばに立っていた。

「それで、お芝居をどう思われました？」彼女が尋ねた。

バーソロミューは息子を見た。息子はむっつり黙ったままだった。

「では、スウィズンさんはいかが？」ミセス・マンレサは老婦人に尋ねた。

ルーシーは、ツバメを見ながらもぐもぐ呟いた。

「教えていただけると思っていたんです」ミセス・マンレサが言った。「古いお芝居なんでしょうか？　新しいお芝居なんでしょうか？」

だれも答えなかった。

「見て！」ルーシーが大声を上げた。

「ツバメですか？」ミセス・マンレサは言い、見上げた。

くちばしに藁を咥えていたツバメが、藁を落としてしまったのだった。

ルーシーは両手を叩いた。ジャイルズは顔を背けた。叔母さんは、またいつもみたいに笑って俺をからかってやがる。

「行くのか?」バーソロミューが言った。「次の幕の時間なのかい?」

そして彼は椅子から立ち上がった。ミセス・マンレサにもルーシーにもかまわず、ぶらぶらと歩き出した。

「ツバメよ、わたしの姉よ、ああ、姉ツバメよ」[*19]煙草入れを探りながらモゴモゴと呟いた彼は、息子のあとに続いた。

ミセス・マンレサは苛立った。これじゃあ何のために床に座りこんだっていうんだろう? わたくしの魅力が衰えているということかしら? 二人とも行ってしまった。でもわたくしは行動する女、男性陣がいなくなったいま、お上品な老婦人のお相手なんかで退屈などするものですか。よろけながら立ち上がって、行かなきゃというように髪に手をやった——そんな時間でもなかったし、髪も完璧に整っていたのだけれど。隅にいたコベットは、彼女のささやかな手口《ゲーム》を見抜いた。東洋にいたときに、人間の性質というものを彼は知り尽くすことになったのだった。西洋でも同じだな。植物は——カーネーション、百日草、ゼラニウムは——策略を弄さないんだがな。彼は反射的に時計を見た。七時の水やりを確認した。そして東洋と同様に西洋でも、女がささやかな手口《ゲーム》を使ってテーブルへと男を追っていくさまを見守った。

テーブルのかたわらで、ミセス・パーカーとアイサといっしょにいたウィリアムは、ジャイルズが近づいてくるのを見守った。甲冑まとい勇壮にして、大胆にして剛毅にして、断固として背筋を伸ばす〔劇中の曲への言及〕――流行のマーチが頭の中で鳴った。そして英雄が近づくにつれ、ウィリアムの左手は密かにぎゅっと握られた。[*20]

ミセス・パーカーはアイサに向かい、村の愚か者のことを低い声で嘆いていた。

「ああ、あの愚か者は！」と、彼女は言っていた。でもアイサは微動だにしないで夫を見守っていた。マンレサが彼を追っているのも、アイサには感じられた。寝室の暗がりで、いつもの弁明が始まるのが彼女には聞こえた。どうってことないんだよ、俺の浮気は――でもわたしの浮気は違うのね。

「あの愚か者のことですか？」アイサに代わって、ウィリアムがミセス・パーカーに答えた。「昔からよく出てくる役柄ですよ」

「でもね」とミセス・パーカーは言い、あの愚か者にはゾッとしたのです、とジャイルズに話した。「うちの村にも一人おりまして。ねえジャイルズさん、わたしたちって、もっと文明人じゃないでしょうか？」

「「わたしたち」？」とジャイルズ。「「わたしたち」とおっしゃいましたか？」ジャイルズは、ウィリアムを一瞥した。お前がどんな名に当たるかは知ったことじゃないが、左手が何をしているのかはわかってるからな。[*21] それはちょっとした幸運だった――自分ではなくて彼を侮蔑できるというのは。それにミセス・パーカーも、侮蔑の対象になる。でもアイサ――自分の妻を嘲るわけにはいかない。彼女は俺に口をきいていない、一言も発していない。俺を見ようともしない。

「だってそうでしょう？」ミセス・パーカーは、一人ずつ見比べながら言った。「だってわたしたちって、もっと文明人ですよね？」

するとジャイルズは、アイサには小賢しい芝居と思えることをした。唇を引き結んで渋面を作ったのだった。それは、俺は世界の悲嘆を背負いながら、お前の遣う金を稼いでやっているというポーズだった。

「いいえ」と、アイサはできるかぎり明白に告げた。「わたしはあなたを称賛したりしない」そして彼の顔ではなく足を見た。「馬鹿な男の子、靴に血なんかつけて」

ジャイルズは足をもぞもぞ動かした。じゃあだれを称賛するんだ？ ドッジじゃないだろう。それは確かだ。他のだれだ？ 俺の知っている男だな。きっとこの納屋にいる男だな。どの男だ？ 彼はあたりを見回した。

そのときストリートフィールド先生が割りこんできた。彼はカップをたくさん抱えていた。「心で握手をしますよ！」と彼は叫び、格好よい白髪混じりの頭で頷きながら、抱えたカップを無事に返した。

ミセス・パーカーはその言葉に応じた。

「ストリートフィールド先生！」彼女は叫んだ。「いろんな仕事をしてくださって！　わたしたち、立って世間話をしているというのに」

「温室を見たい？」と、アイサはウィリアム・ドッジのほうを向いて唐突に言った。

ああ、いまじゃないと、彼は叫びたかった。でもジャイルズを残して、ついていく他はなかった。ジャイルズは近づいてくるマンレサを迎え、もう彼女の虜〔キーツの詩「つれない美女」より〕になってしまった。


小道は細かった。アイサが先を行った。彼女は大きくて、小道をほぼ塞いでしまうくらいだった。彼女は歩きながらわずかに左右に体を揺らし、垣根の葉をこちらで一枚、あちらで一枚とむしった。

「それなら飛んでおゆき」と、彼女は口ずさんだ。「杉林の中、まだら模様のシカたちについてておゆき。アカシカにノロジカ、雄ジカに雌ジカ、気ままに遊ぶシカたちのもとにおゆき。さあ飛んでおゆき。悲しいけれどわたしは残る。独りさすらい、崩れた塀、墓地の塀の脇で苦い薬草を摘み、親指と人差し指でその細長いグレーの葉をつまむ——その苦い葉、甘い葉、苦い葉をつまむ」*22

彼女は通りすがりに〈老人の鬚《サルオガセ》〉*23をひと摑みむしり、放り投げ、そして温室のドアを足で蹴り開けた。ドッジはまだうしろだった。彼女は待った。板の上に載っていたナイフを取った。ナイフを手に、緑のガラスとイチジクの樹と青い紫陽花《あじさい》を背景にアイサが立っているのが、彼には見えた。

「彼女は語った」アイサは呟いた。「そして雪のように白い胸もとから、きらめく刃《やいば》を取り出した。「刃よ、刺しておくれ!」と言い、突き立てた。「裏切り者!」と彼女は叫んだ。刃までも! 刃は折れていた。そしてわたしの心も折れてしまった」〔ルクレティアの主題の変奏か。古代ローマの武将の妻ルクレティアは、夫の同僚にレイプされ、夫や父の前で真実を語って短剣で自害する〕。

彼が近づくと、彼女は皮肉な微笑みを見せた。

「頭の中のお芝居が止まるといいんだけど」と、彼女は言った。それから葡萄の下に渡した板に座った。彼も隣に座った。頭上の小さな葡萄は、緑のつぼみをつけていた。葉はまるで、鳥の足指のあいだについた膜みたいな薄黄色だった。

「まだお芝居が?」と、彼は尋ねた。彼女は頷いた。「納屋にいたのは坊ちゃん?」と彼は言った。

娘もいるのよと、彼女は彼に言った。揺り籠の中にね。

「そしてあなたは——結婚してるのね？」彼女は尋ねた。その言い方から、彼女がすべてを察しているのだと彼にはわかった——女たちがいつもそうするように。女たちはただちに、何も恐れなくていいし期待しなくていいと悟る。最初だけ、女たちは腹立たしく思う——温室で、眺められるだけの存在でしかないことを。でもそのあとで、そのことを好ましく思う。だって頭に浮かんだことを何でも言えるから——彼女がいま、そうしているみたいに。それに花を手渡すこともできる——彼女がいま、花を手渡しているみたいに。

「あなたのボタン穴にどうぞ、えーっと……」と彼女は言い、香り立つゼラニウムの小枝を渡した。

「ぼくはウィリアム」と彼は言い、産毛の生えた葉を手に取って、親指と人差し指でつまんだ。

「わたしはアイサ」と彼女は答えた。それから二人は、生まれてこの方ずっと知り合いだったみたいに話しこんだ。おかしいわね、一時間くらい前に会ったばかりなのに——と彼女は言った。女たちはいつもそう言うのだった。でもわたしたちって、隠れた顔を探し回る共謀者みたい。そう認めてしまうと、彼女は話をやめて言った。わたしたちって、どうしてこんなにあけすけにものが言えるのかしら——これもいつも女たちが言うことだった。そして彼女は付け加えた——「たぶん初対面で、今後また会うこともないからね」

「突然死の運命が、ぼくらの頭上にのしかかっているから」と彼は言った。「退却もできないし、前進もできない」——彼は屋敷を案内してくれた老婦人のことを思い浮かべた——「年寄りもぼくらも、同じだね」

未来が現在に影を落としていた。それはまるで陽光が、葡萄の葉の透き通った細かい葉脈を抜けてくるのに似ていた。縦横に走った線は、何のパターンも示してはいなかった。

開けたままにしておいた温室のドアの外から、音楽が聞こえてきた。A《ラ》・B《シ》・C《ド》、A《ラ》・B《シ》・C《ド》、A《ラ》・B《シ》・C《ド》——だれかが音階練習をしているみたいだった。C《シー》・A《エー》・T《ティ》、C《シー》・A《エー》・T《ティ》、C《シー》・A《エー》・T《ティ》……。するとバラバラのアルファベットから「Cat」の一語ができた。他の単語も続いた〔子どもの遊び歌への言及か〕。わらべ歌みたいな簡単なメロディだった——。

王さまは会計院で、
お金を数え上げている
お妃さまは謁見の間で、
蜂蜜パンのお食事中……〔イギリスのわらべ歌「六ペンスの歌」第三連〕

二人は耳を澄ませた。二番目の声、三番目の声が続いて、何かごく簡単なことを歌っていた。こうして二人は温室で、葡萄の下に渡した板に座り、ミス・ラトローブかだれかの音階練習を聞いたのだった。

彼には息子が見つけられなかった。人ごみの中で見失ってしまった。それで老バーソロミューは納屋を出て、わが家の一室に戻った。手にはチェルート〔安価な紙巻き煙草〕を持ち、口ずさんでいた。

ああ姉ツバメ、ああ姉ツバメよ、
あなたの心《ハート》が春でいっぱいなんて、そんなことがあるだろうか？

「ぼくの心《ハート》が春でいっぱいなんて、そんなことがあるだろうか？」彼は声を上げてそう言い、本棚の前に佇んだ。書物とは――不滅の魂たちの貴重な生き血だ〔ジョン・ミルトンの抗議文「アレオパジティカ」より〕。詩人とは――人類の立法者だ〔サミュエル・ジョンソンの寓話『幸福論』やパーシー・ビッシュ・シェリー『詩の弁護』からの借用〕。なるほどそうかもしれない。でもジャイルズは不幸せだ。「ぼくの心《ハート》が、ぼくの心《ハート》が」と、彼はそう繰り返しながらチェルートを吸った。「人生という地獄の坑道に閉じこめられ、独り嘆き悲しむ運命を背負わされ

〔サミュエル・ジョンソンの挽歌「ロバート・レヴェット先生の死に際して」より〕……」両手を腰に当て、彼はいかにも田舎紳士らしい蔵書の前に立っていた。ガリバルディの海戦。ウェリントン〔十九世紀イギリスの軍人・政治家。ナポレオンをワーテルローの戦いで破ったことで有名〕伝。水利局の報告書。ヒバート著、馬の病気大全。精神はすでに多大な収穫を得た〔フィッツジェラルド訳『ルバイヤート』より〕。でも息子のことに比べれば、そんなものは一切合切、どうでもよかった。

「何のために、何のために」彼は椅子に身を沈めて呟いた。「ああ姉ツバメ、ああ姉ツバメよ、あなたは歌を歌うのだろうか？」彼についてきた犬が、足もとの床にどさっと座った。横腹を伸縮させ、長い鼻面を前脚に載せ、鼻先に泡をひと粒つけて、彼の使い魔、アフガンハウンドはそこにいた。

ドアが震えて半分だけ開いた。ルーシーが入ってくるときのやり方だ——そこに何がいるのかわからないとでも言いたげな様子だ。ほんとなの！　兄がいる！　兄の犬も！　まるで初めて彼らと会うみたいだった。妹は肉体を持たないのだろうか？　風船みたいに雲間で夢ばかり見ているから、たまに精神が地面に触れるとびっくり仰天してしまうんだろう。ジャイルズのような男を地面に留まらせるだけの錘《おもり》になるものを、妹はまったく持ち合わせていない。

彼女は椅子の端にちょこんと座った——まるで電線に止まった鳥、これからアフリカに飛び立とうとしている一羽の鳥みたいだった。

「ツバメよ、ぼくの妹、ああ、妹ツバメよ……」彼は呟いた。

庭から――窓は開いていたので――だれかの音階練習が聞こえてきた。A《ラ》・B《シ》・C《ド》、A《ラ》・B《シ》・C《ド》、A《ラ》・B《シ》・C《ド》。それからバラバラの文字が組み合わさって「Dog《ドッグ》」という一語になった。そして一つのフレーズが続いた。簡単な歌を、また別の声が歌っていた。

　聞いて聞いて、ワンちゃんがワンワン
　物乞いたちが街にやってくる……〔イギリスのわらべ歌〕

そして声は小さくなり緩やかになり、ワルツになった。二人は耳をそばだてながら庭の景色を見た。樹々は揺れ、鳥たちは旋回し、まるでそれぞれの個別の生から、個別の関心から呼び寄せられ、役割を演じているみたいだった。

　愛の灯火は高く燃える、暗い杉林の上で、
　愛の灯火は澄んで輝く、空の星のように澄んで……

老バーソロミューは、曲に合わせて膝を指で叩いた。

ご婦人よ、窓辺を離れてこちらにおいで、
わたしが死にゆくときまで愛を捧げよう。〔最後の一行のみ、作者不詳の詩「甘く優しいご婦人」より〕

椅子にちょこんと腰かけたルーシーを、彼は嘲けるように見た。子を産むなんてことが、どうして妹にできたんだろう？

だってみんなが踊っている、退却したり前進したり、
蛾だってトンボだって……〔昆虫のダンスというイメージをウィリアム・ロスコーの物語詩「蝶の舞踏会とバッタの宴」から借用している〕

神は平和なりとか、神は愛なりとか妹は考えているんだろうと彼は思った。妹は何でも統合したい種族の人間だから。一方のぼくは、物事を分割しておきたい種族の人間だ。するると、同じところでいつまでも足を踏み鳴らしているような曲が、砂糖をかけすぎたみたいに甘ったるくなってきた。いつまでも愛してほしいといつまでも頼みこんで、一つのところに穴が穿たれそうだった。もしかして――彼は音楽用語を知らなかったのだが――これは短調に変わったということだろうか？

今日この日かぎり、このダンスも、この陽気な、陽気な五月もおしまいになるだろう（彼は人差し指で膝をトン、トン、と叩いた）クローヴァーを刈り取ったら、この退却したり前進したりも——アマツバメも軌道から逸れ、飛び去っていったようだし——おしまい、おしまい、おしまいになるだろう、そして氷がさっと触手を延ばし、冬が、そう冬が、暖炉を灰でいっぱいにするだろう、赤い熾火《おきび》も、赤い熾火もどこにも見当たらなくなるだろう。

彼はチェルートの灰を落として立ち上がった。「だったら行かないとね」とルーシーは言った。まるで彼が声に出して「行く時間だよ」と言ったのを聞いたみたいに。

観客たちは集結しつつあった。音楽が彼らを召喚していた。小道を歩き芝生を横切って、彼らはふたたび流れを作っていた。列の先頭はミセス・マンレサで、隣にジャイルズを連れていた。彼女のスカーフは風をはらみ、ピンと張り詰めたカーヴになって両肩を取り巻いていた。そよ風が吹いていた。蓄音機の調べに合わせて芝生を横切る彼女は女神のようで、快活にして豊満、その豊穣の角《つの》〔古代ギリシャ・ローマの豊穣のイメージで、円錐形の羊の角から果物や花が溢れる図像として表される〕からは中身が溢れ出していた。バーソロミューはあとに続きながら、人間の肉体に与えられた地を満たす力〔『創世記』第九章第一節より〕を祝福した。彼女がジャイルズを地につなぎ止めてくれるなら、ジャイルズは自分の軌道から外れないで済むだろう。バーソロミューの老いた心《ハート》の淀んだ水溜まりをも、彼女は掻き回した——骨の埋もれたその水溜まりでも、ミセス・マンレサが蓄音機の調べに合わせて芝生を前進すると、トンボが舞い、草の葉が震えるのだった。

　人々の足が砂利を軋ませていた。たくさんの声がおしゃべりを交わしていた。内心の声、もう一つの声が語っていた——この勇ましい音楽、茂みから漂ってくる音楽が、ある種の内的ハーモニーを表していることは否定できない、と。「目が覚めるとき」（と、数人が考えていた）「一日はまるで堅い木槌みたいにわれわれを叩く」「仕事のせいで」（と、数人が考えていた）「いびつになってしまう。あちこち呼び出され、駆けずり回ってくたくたになる。「リリン、リリン、リリン」と電話が鳴る。「行け！」「お客さまだ！」と店から声がする」そうやってわれわれは、上から降りてくる地獄めいた命令、永遠不滅の命令に応じる。そして服従する。「労働してお客さまに対応して、頑張って努力して、給料を稼ぐ——いますぐここで使う金のため？　いやいや違う。いまは使わない？　いまじゃない、近い将来に使うため。耳も聴こえず、心臓《ハート》も干上がった頃に」

コブズコーナーのコベットは一輪の花を見つけてかがみこんでいたけれど、あとからあとからやってくる人たちに押され、動かねばならなくなった。

だって音楽が聞こえるからと、人々は語っていた。音楽がわれわれを目覚めさせる。音楽のおかげで隠れていたものが見え、バラバラになっていたものがつなぎ合わされる。目で見て耳で聴いてごらん。ほら、花々をご覧――赤に、白に、銀に、青に輝いている。そして樹々は無数の舌で囁いている――緑の葉と黄色の葉が、われわれを鎮めて混ぜ合わせ、さあおしゃべりして陽気にやりなさい、群れ集うムクドリやミヤマガラスみたいにね、と誘いかけてくる――赤い雌牛が前進したけれど黒い雌牛はまだ動かないから、いまのうちにおやりなさい。

観客たちは席に戻った。すぐに座る人もいれば、少しのあいだ立って向きを変え、風景を眺める人もいた。舞台は空っぽだった。役者たちはまだ茂みのところで衣装をつけていた。観客たちはおたがいを見交わし、話を始めた。その切れ端と断片は、樹の陰で脚本を手に立つミス・ラトローブにも聞こえてきた。

「まだ準備中だな……笑い声が聞こえるよ」（と、観客たちは話していた）「……衣装をつけているんだね。衣装っていうのは大したものだね。いまは陽射しもそれほどきつくないから快適だなあ。……戦争のせいでよくなったのは、昼間の時間が長くなったことだよ〔イギリスではサマータイムが第一次世界大戦中の一九一六年に導入され、夏季に時計を一時間早めた〕。……どこで休憩になったのでしたか？　覚えていらっしゃる？　エリザベス朝の人たちのところかしら。……たぶん、彼女も省略すれば現代まで行くでしょうけれど。……人間って、変わるものだと思います？　もちろん服装は変わりますが。……でもわたしが言いたいのは、われわれの自己ってものは……。簞笥を片づけていたら父の昔のシルクハットが出てきました。……でも自己って――わたしたちって、変わるんでしょうか？」

「いいえ、政治家の言うことなんて信じません。ロシアに行ったことのある友だちがいるんです。彼が言うには……。それにぼくの娘はローマから帰ってきたばかりですが、カフェでお茶を飲んでいる一般の人たちは、独裁者たちを憎んでいたと言っていましたよ〔スターリンやムッソリーニへの言及〕。……ええまあ、いろんな人がいろんなことを言うものですが……」

「新聞でお読みになりましたか――犬の裁判のこと。子犬が産めないって、ほんとかしら？[24]……それに、メアリ皇太后とウィンザー公爵が南海岸で会見された〔一二九頁参照〕っていうのは、どうなんでしょう？　……新聞に書いてあることって、ほんとかしら？　わたしは肉屋とか八百屋のご主人に訊いちゃいますね。……あれはストリートフィールド先生、柵を運んでいらっしゃる。……素晴らしい牧師ですよ、だれよりも僅かな報酬でたくさん働いて。……面倒を起こすのは奥さん方です……」

「それでユダヤ人[*25]はどうなっているんでしょう？　難民になって……ユダヤ人は……。われわれと全然違わない人たちが、人生をすっかり最初からやり直すんですよ……でもいつも同じことですね……。わたしの義母は八十歳を越えたいまも覚えているんです……ええ、いまでも老眼鏡をかけずに字を読んでいます……。それは驚きですね！　だって八十歳を過ぎるとって言うじゃないですか……あ、登場かな……いえ、何でもありませんでした……。ゴミを捨てるのは罰金にしてほしいですね。でも、だれが罰金を取り立てるんだって、うちの夫は申しますが……。あ、あそこにいます、ラトローブさんがほら、あの樹のうしろ……」

樹のうしろで、ミス・ラトローブは歯ぎしりしていた。台本を握り潰していた。役者たちが揃わない。こうしているあいだにも、観客たちは首紐から逃れ、切れ端や断片になってしまう。

「音楽を！」彼女は指示した。「音楽を！」

「語源は何でしょうね？」とだれかの声。「「耳をノミに嚙まれて」って言い方があるでしょ？」〔犬が耳をノミに嚙まれたときの反応に由来する英語の表現で、身につまされる非難を受けること〕

断固として彼女は腕を振り下ろした。「音楽を、音楽を」と合図した。

すると蓄音機が鳴り出した——A《ラ》・B《シ》・C《ド》、A《ラ》・B《シ》・C《ド》、A《ラ》・B《シ》・C《ド》。

王さまは会計院で、
お金を数え上げている
お妃さまは謁見の間で、
蜂蜜パンのお食事中……

ミス・ラトローブは、観客が平和にわらべ歌に聞き入る様子を眺めた。両手を重ね、落ち着いた表情を浮かべるさまを眺めた。それから手招きした。するとようやくメーベル・ホプキンスが髪飾りを整えて——それで手間取っていたのだった——茂みの背後から歩み出て、舞台上の高くした場所に立ち、観客と向き合った。

たくさんの視線がいっせいに彼女に集まった——まるで水面に浮かんだパン屑を食べに来る魚みたいに。この人はだれかしら？　何の役なんだろう？　彼女は並外れて美しかった。頬には白粉が載り、その下の頬は赤みを帯び、滑らかに透き通っている。グレーのサテンで作ったローブ（ベッドカヴァーを利用した）をまとい、ピンで留めてできた襞は大理石のようで、石像のように威厳があった。手には笏《しゃく》と小さな球体〔いずれも権威の象徴〕を持っていた。イングランドなんだろうか？　アン女王〔イギリス女王。一六六五～一七一四〕だろうか？　この人はだれかしら？　彼女の声は、最初のうち低くて聞き取れなかった。みんなに聞こえたのは……理性が支配するのです——という言葉だけだった。

老バーソロミューは拍手を送った。

「いいぞ！　いいぞ！」彼は叫んだ。「ブラヴォー！　ブラヴォー！」

こうして声援を受けて、〈理性〉は声を上げた。[*26]

〈時間《とき》〉は鎌にもたれ、感嘆しながら佇んでいます。そのあいだにも〈交易〉は豊穣の角《つの》から、あちこちで採れた鉱石の贈りものを溢れさせます。彼方の鉱山では未開人が汗を流しています〔オリヴァー・ゴールドスミスの長詩「寒村」のもじり〕。物言わぬ大地から色とりどりの壺が作り出されます。わたくしの命令に従い、甲冑で身を固めた戦士も、盾を地に置きます。異教徒も、不浄な捧げものに湯気を上げる祭壇をあとにします。スミレと野バラがひび割れた大地を覆い、絡まり合いながら花を咲かせます。不注意な放浪者も、もう毒蛇を恐れなくてよいのです。兜の中では、黄色いミツバチが蜂蜜を作ります〔ジョージ・ピールのソネット「武器よさらば」の「これからは、彼の兜はミツバチの巣となるだろう」という一節より〕。

彼女はひと呼吸置いた。小麦袋をまとった村人たちが長い列となり、背後の樹々を縫って歩いていた。

掘ってもっと深く掘って、耕して種を蒔いて——と、村人たちは歌っていたが、風が言葉を吹き飛ばしてしまった。

風になびくローブでわたくしが守ってさしあげるので（と彼女はまた語り始め、両腕を伸ばした）各種の芸術が栄えます。音楽はわたくしのために天上の調べを奏でます。わたくしの命令に従い、欲深き者も、蓄えを丸ごと差し出します。平和のうちに、母は子どもらが遊ぶのを見守ります……。子どもらが遊ぶのを……。彼女がそう繰り返しながら笏を振ると、茂みから数人が出てきた。

若者らと乙女らに主役を務めてもらいましょう。西風の神《ゼピュロス》〔ギリシャ神話の風の神〕がまどろみ、わたくしが天上の粗暴な神々を抑えているあいだに。

陽気な昔ながらの小曲が、蓄音機から鳴り出した。老バーソロミューはメロディに合わせて指先を叩き、ミセス・マンレサは膝の上でスカートの皺を伸ばした。

青年デイモンが、乙女シンシアに言った〔デイモンやシンシアは、伝統的な田園詩でよく登場する名前〕

夜が明けたから出ておいで
きみの空色のケープを羽織っておいで
気苦労なんて置いてくればいい。
だってイングランドには平和が到来、
いまは理性の治める時代。

眠っていてはつまらない、
青と緑で一日が始まるときに。
さあ、気苦労なんて置いてくればいい。
夜が明けて――一日が始まる。

掘ってもっと深く掘って、と村人たちは歌いながら、一列になって樹々を縫い、歩いていた。大地はいつも同じだから、夏になって冬になって春になる、そしてまた春になって冬になる、耕して種を蒔き、食べてそして大きくなり、そして時間《とき》は過ぎゆく……。

風が言葉を吹き飛ばしてしまった。

ダンスが止まった。乙女たちと若者たちは退場した。〈理性〉だけが舞台中央に陣取っていた。両腕を伸ばしてローブをたなびかせ、笏と球を手に、メーベル・ホプキンスはすっくと立って観客たちの頭上を眺めた。観客たちは彼女を見つめた。彼女は観客たちを無視した。彼女が彼方を眺めやる中、茂みの背後から黒子たちが出てきて、彼女を囲むように部屋の三面の壁らしきものを置いた。中央にはテーブルを据えた。テーブルの上には磁器のティーセットが置かれた。〈理性〉はその高みから、この家庭的な場面を身じろぎもせずに眺めていた。それから間があった。

「また別のお芝居から、また別の一場面だと思いますよ」ミセス・エルムハーストはプログラムを見ながら言った。耳の悪い夫のために大声で読み上げた。「『意志《ウィル》あるところに道は拓ける』これがお芝居のタイトルです。そして登場人物は……」彼女は読み上げた。「レディ・ハーピー《性悪女》・ハラデンはスパニエル・リリリヴァー《臆病者》卿を熱愛中。デボラはレディ・ハラデンの女中。フラヴィンダはレディ・ハラデンの姪で、ヴァレンタインを熱愛中。スパニエル・リリリヴァー卿はフラヴィンダを熱愛中。スマーキング《気取って》・ピースビーウィズユーオール《皆さんに平和を》は牧師。フリブル《怠け者》公爵と公爵夫人。ヴァレンタインはフラヴィンダを熱愛中。本物の人たちにつけるには変な名前だこと！　でも見て――みんな出てきた！[*27]」

茂みの奥から人々が登場してきた――花柄ヴェストや白いヴェストにバックルつきの靴を履いた男たちと、錦織《ブロケード》のドレスをたくし上げたり垂らしたり、髷にしたりした女たちだった。ガラス製の星章をつけ青いリボンを掛け、模造真珠を下げている姿は、まさに貴族の男女そのものだった。

「第一場はね」ミセス・エルムハーストは夫の耳もとで囁いた。「レディ・ハラデンのお化粧部屋ですって……。あれがレディ・ハラデン……」彼女は指差した。「エンド屋敷のミセス・オター〔一〇九頁参照〕だと思う。でも見事に変身してる。そしてあれがデボラ、女中ね。だれが演じているのかはわからない」

「シーッ、シーッ、シーッ」と、だれかが咎めた。

ミセス・エルムハーストはプログラムから手を離した。芝居は始まっていた。

レディ・ハーピー・ハラデン、化粧部屋に登場。女中のデボラがあとに続く。

**レディHH** ……匂い箱を取ってちょうだい。次は付けボクロ。手鏡をちょうだい。いいわ。次はカツラを……。もう、この娘《こ》ったら勘弁してちょうだい――夢を見てるのね！

**デボラ** ……奥さま、公園でお会いになられたあの男の方が、奥さまのことをどんなふうにおっしゃったのかしらと考えていたんです。

**レディHH** （手鏡に見入りながら）あらそうだったの――どうおっしゃったんでしょうね？ 何か愚かな戯言《ざれごと》じゃないかしら！ キューピッドの矢がどうとか〔ローマ神話における愛の神で、ギリシャ神話ではエロス。金の弓で矢を射られた者は恋情を、鉛の弓で矢を射られた者は嫌悪感を掻き立てられる〕――ふふ！ あたくしの目を見ると――ああ――ぼくの蠟燭が灯るようだとか……あら！ これは旦那さまの言葉、もう二十年も昔のこと……。でもいま――

いま、あの方は何とおっしゃるかしら？（手鏡を覗きこむ）つまりね、スパニエル・リリリヴァー卿は……（ドアをノックする音）シーッ！　外にあの方の馬車が見える。お前、急いでお迎えして。ポカンと口を開けて突っ立っていないで。

**デボラ**　……（ドアに向かいながら）何とおっしゃるかしらですって？　ペラペラまくし立てますよ——賭博師がサイコロを箱に入れてジャラジャラ鳴らすみたいにね。奥さまにふさわしい言葉なんて、見つけられっこありません。きっと猫を被りますよ……。お待たせしました、スパニエルさま。

スパニエル卿、登場。

**SL卿**　これはこれは、わたくしの麗しい聖女よ！　こんな早朝に、もうお目覚めですか？　マル〔バッキンガム宮殿とトラファルガー広場を結ぶ大通り〕を歩いてこちらに向かいながら、空気がいつもよりどこか眩しいようだと思っていました。これが理由だったとは……。ヴィーナスとも、アフロディーテとも、言わせていただければ銀河そのものとも星座とも言えるお方！　罪びとであるわたくしを照らす、まさにオーロラのようなお方！

（スパニエル卿、帽子をさっと脱ぐ）

**レディHH**　ああ、なんてお上手なんでしょ！　あたくし、あなた方の手口は心得ておりますのよ。でもこちらにおいでください。お掛けくださいな……。ブランデーを召し上がれ。スパニエルさま、こちらにお座りください。実は折り入ってあなただけのお耳に入れたいことがあるのです……。あたくしの手紙はお持ちでしょうか？

**SL卿**　……わたくしの心臓《ハート》に縫いつけてあります！

（スパニエル卿、胸を叩く）

**レディHH**　……スパニエルさま、あなたにお願いしたいことがあるのです。

**SL卿**　……（歌う）お美しいクロエのお願いとあれば、このデイモンにできないことなどあるでしょうか？　……韻はやめましょう、韻はまだ休眠中。ざっくばらんにお話ししましょう。この卑しい従僕《しもべ》のリリリヴァーに、アスフォディラさまは何をお望みでしょう？　奥さま、はっきりおっしゃってください。鼻輪を嵌めた猿でもお望みでしょうか。それともわたくしども二人が死んだあと、二人についての真実を語る屈強な若者でもお望みでしょうか？

**レディHH**　（いたずらっぽく扇をあおいで）あらあらスパニエルさま。あなたのせいで赤面してしまいますわ——ほんとにあなたときたら。でももっと近くへ。（自分の椅子をスパニエル卿に近づける）ここだけの話を皆さんに聞かれたくありませんから。

**SL卿**　（傍白）もっと近くへ、だって？　勘弁してくれよ！　婆さんの臭いこととときたら、燻製ニシンをタール〔石炭から採れる黒い液体で、防水加工などに使った〕桶にぶちこんだって代物だ！　（声を上げて）奥さま、どういうことでしょうか？　どうぞお聞かせください。

**レディHH**　スパニエルさま、あたくしには姪がおりまして、フラヴィンダという名前です。

**SL卿**　（傍白）もちろんそれがわが愛しき人！[*28]（声を上げて）奥さま、姪御さんがいらっしゃるとのことですね？　そう伺ったことがあると記憶しております。奥さまのお兄さまの忘れ形見で、お兄さまが海でお亡くなりになったあと、奥さまが後見人になっておられると伺いました。

**レディHH**　おっしゃるとおりです。姪は成人し結婚できる年齢になりました。スパニエルさま、あたくしは姪をゾウムシみたいにひっつかせ、その処女性を蠟引き布にしっかり包みこませてまいりました。あたくしの知るかぎり姪の近くにいるのは女中だけで、男は一人もおりません。例外は下男のクラウトですが、鼻におできがあり、顔はおろしがねみたいな男です。それなのに、姪はどこかの馬鹿者にのぼせてしまいましたの。どこぞのチャラチャラした若者――どこぞのハリーだかディックだか、お好きに呼んでかまいませんが。

**SL卿**　（傍白）それが若造ヴァレンタインだな。二人が連れ立って芝居見物していたのを俺は見ている。（声を上げて）奥さま、左様でございますか。

**レディHH**　姪はそこそこの器量よしです、スパニエルさま――あたくしどもの家系には美人の血が流れておりますの。ですから、確かな目がおありでお育ちのよいあなたのような方でしたら、姪に情けをかけてくださるかもしれません。

**SL卿**　奥さまがおいでででないならそうかもしれませんが、一度太陽を仰ぎ見た目は、弱い光にはそれほど目を眩まされないものです。カシオペア座、牡牛座のアルデバラン星、大熊座、その他何であれ、お陽さまが昇ってしまえばお話になりません！

**レディHH**　（目配せをしながら）あなたが褒めていらっしゃるのは、あたくしの髪飾りか、あるいは耳飾りのことでしょう？（頭を揺り動かす）

**SL卿**　（傍白）ジャラジャラと市場の雌ロバみたいだな！　五月祭に床屋の柱をおっ立てたみたいにケバケバしい〔五月祭のリボンを垂らした柱と、床屋の三色柱を掛け合わせた罵倒〕。（声を上げて）奥さま、御意のままに。

**レディHH**　実はこうなのです。兄のボブは――と申しますのも、あたくしの父はしがない田舎紳士、外国の方々が持ちこんだ素敵な名前など嫌っておりました。あたくしもアスフォディラと名乗っておりますが、もとはただのスーという名でございます。さて話を戻しますと、兄のボブは家を出て船乗りになりました。そして西インド諸島の皇帝になりました。西インド諸島、そこは道端の石ころがエメラルド、羊の所有者を表す耳印にはルビーを使うところ〔『アラビアン・ナイト』「シンドバッドの冒険」に由来するイメージか〕。あれ以上心優しい人はいないというくらいの兄でしたから、かならずや兄は富を持ち帰って一族の財産に加えてくれたでしょう。でも、帆船《ブリッグ》だか快速船《フリゲート》だかが――あたくし海の言葉には疎く、溝を跨ぐときも主の祈りを逆から唱えるくらいなんです〔溝に嵌まらないためのまじないか。ただし一般には「逆から唱える」と悪魔を呼び出してしまうとされる〕――岩にぶつかりました。鯨が兄をひと呑みにしました。でも揺り籠だけは、天のお恵みで岸辺まで流れ着きました。女の子が中にいて、それがフラヴィンダでした。しかも揺り籠には遺言状《ウィル》も入っていたのです——羊皮紙にしっかり記されて。ボブ兄さまの遺言状。ねえデボラ！　デボラ、ねえ！　デボラったら！

（彼女は大声でデボラを呼ぶ）

**SL卿**　（傍白）そういうことか！　臭うな！　遺言状だと！　遺志《ウィル》あるところに道は拓ける、だな〔英語のwillには意志と遺志の二つの意味があり、掛詞になっている〕。

**レディHH**　（大声で）デボラ、遺言状を！　遺言状よ！　窓の前に置いた机の右手、黒檀の箱に入っているわ……。もう、あの娘ったら勘弁してちょうだい！　夢を見てるんですよ。スパニエルさま、小説です、小説がいけないんです。あの娘は蠟燭が溶けるのを見てもわたしの心《ハート》が溶けちゃうわなんて言うし、蠟燭の火を消すときも『キューピッドの暦』とかいう小説の登場人物の名前をみんな唱えたりして……。

（デボラが羊皮紙を手に登場）

**レディHH**　ああ……ここにちょうだい。遺言状です。ボブ兄さまの遺言状（遺言状をモゴモゴと読む）。簡潔に申しますわね。弁護士という種族は地球の裏側でも話の長ったらしい種族なので——。

**SL卿**　耳も長ったらしい種族です〔イギリスでは長い耳はロバを連想させ、愚かさのしるしとされる〕、奥さま——。

レディHH　まったくそのとおり。スパニエルさま、簡潔に申しますと、あたくしの兄ボブは、死亡した際の財産をすべて一人娘フラヴィンダに遺しましたが、いいですか、条件をつけたのです——叔母の認める相手と結婚するのであればという条件を。叔母とはこのあたくし。もしこの条件が守られないのであれば、いいですか、すべての財産——すなわちダイヤモンドを十ブッシェル、一、ルビーを同量、一、アマゾン河北北東の肥沃な土地二百平方マイル、一、兄の嗅ぎ煙草入れ、一、兄のフラジョレット〔縦笛の一種〕——ボブ兄さんはいつも音楽が大好きでした——一、死亡した際に飼育中であった六羽のコンゴウインコと、手もとに置いていた六人の愛人たち——これらの全財産、および明記するほどではないその他細々《こまごま》した遺産のすべてが、もしもフラヴィンダが叔母——つまりあたくし——の認める相手と結婚しない場合には、スパニエルさま、礼拝堂を建てる費用に充てられねばなりません。そして六人の哀れな乙女らが、ボブ兄さんの鎮魂のために永久に讃美歌を歌わねばならないのです——まあ正直申しまして、スパニエルさま、ボブ兄さんは海の妖精《セイレーン》たちを道連れにメキシコ湾流を回遊中、その魂を慰めてあげねばならないのも確かですが。さあお貸ししますわ——遺言状をどうぞご自分でお読みになってください。

SL卿　「叔母の認める相手と結婚しなくてはならない」明白《プレーン》にそう書いてあります。

レディHH　叔母、それはあたくし。明白《プレーン》にそう書いてあります。

SL卿　（傍白）叔母が醜悪《プレーン》っていうなら真実なんだがな！〔英語のplainには「明白に」「醜悪な」の両方の意味がある〕（大声で）奥さま、教えていただけますか……？

レディHH　シーッ！　もっと近くに。耳もとでこっそり言わせてくださいい……。スパニエルさま、あなたとあたくしは、長いことおたがいを好ましく思ってまいりましたわ。いっしょにボール遊びもいたしました。デイジーで花綵《はなづな》を作って、あなたの手首とあたくしの手首を結びもしました。記憶違いでなければ、あたくしを小さな花嫁と呼んでくださいました――五十年も昔のことですけれど。もしも運命が味方してくれていたら、あたくしたち、夫婦《めおと》になっていたかもしれません……。あたくしの申し上げたいこと、おわかりになるかしら？

SL卿　金文字で地上五十フィートの高さに大書して、セント・ポール大聖堂からもペカムの酒場〈山羊とコンパス〉〔セント・ポール大聖堂はロンドンのシティにあり、一七一〇年に完成。ペカムはロンドン南部の町〕からも眺められるように掲げたとしても、これほど明白にはわからないくらい理解いたしました……。シーッ、わたくしも小声で。わたくしスパニエル・リリリヴァーはここに誓いましょう――海藻の絡まったロブスター籠で打ち上げられた、青臭い娘っ子の名は何でしたっけ？　フラヴィンダでしたっけ？　ではフラヴィンダを――わたくしの妻とすることを誓います。ああ、弁護士にそう明記させてかまいませんとも！

レディHH　条件がありますわよ、スパニエルさま。

**SL卿**　条件でございますね、アスフォディラさま。

（二人は声を合わせて）

**SL卿**　財産はわれわれ二人で山分けにする。

**レディHH**　それを確約するのに弁護士など要りませんわ！　スパニエルさま、あなたの手を！

**SL卿**　奥さま、あなたの唇を！

（二人は抱き合う）

**SL卿**　ウヘーッ！　臭いな！

「ハ！　ハ！　ハ！」と、車椅子に腰かけた、地元のあの老婦人は声を上げて笑った。

「理性が聞いて呆れる！　理性が！」老バーソロミューは声を上げ、それから息子を見た。そんな女たらしめいた雰囲気は捨て、男になれ、と叱りつけるみたいに。

ジャイルズは矢のようにピンと背筋を伸ばしたまま、足先だけ下に隠した。

ミセス・マンレサは手鏡と口紅を取り出し、口紅を注《さ》し、鼻のまわりを直した。

場面転換のあいだ、蓄音機はみんながまったくそのとおりだと思うことを優しく告げていた。曲が告げていたのはおよそこんなことだった[*29]――〈夕べ〉はローブを搔き合わせて佇み、露にいでいます。羊の群れは——と曲は続く——平和に安らでいます。貧しい男は小屋に帰り、妻子が熱心に耳を傾ける中、野良仕事の素朴な話をするでしょう。畑の畝《うね》からどんな収穫があったか。鋤を引く雌牛が、巣の中のチドリをどうやってそっとしておいたか。ウサギがいつもの道を走ったこと。暖かな窪みにまだらの卵が産み落とされたこと。その話を聞きながらも、よき妻はテーブルに素朴な料理を広げます。羊飼いの笛に合わせ、仕事を終えた乙女たちと若者たちは、手に手を取り合って緑地でダンスをします。すると〈夕べ〉は焦げ茶色の髪をほどいて、村に、教会の尖塔に、牧草地に、その輝くヴェールを投げかけるでしょう——云々。そしてその歌はまた最初から繰り返された。

歌が語っていたのと同じ内容を、風景は風景なりに反復した。太陽は沈みかけています。さまざまな色が溶け合っています。そして風景は告げた——労働を終えた男たちは休息するでしょう。涼しくなり理性が行きわたるでしょう。雌牛から鋤を外した隣人たちが、コテージの菜園をいじり門にもたれます。

雌牛らは一歩進んでじっと立ち止まり、同じ内容を完璧に表現する。

この三重奏に囲まれて、観客たちはただ眺めながら座っていた。穏やかに、問いただすこともなく——必要だと思ったからだが——見守る中、レディ・ハーピーの化粧部屋が取り払われて緑の鉢に植わったツゲの樹が置かれ、壁面らしきところに大時計が掛けられた。針は七時三分前を指していた。

ミセス・エルムハーストは夢見心地から覚め、プログラムを見た。

「第二場。マル」と彼女は読み上げた。「ときは早朝。フラヴィンダ登場。彼女だわ！」

登場したのはミリー・ロウダー（生地専門店ハント＆ディキンソンズの販売員）、サテンで作った小枝模様のドレスをまとい、フラヴィンダ役を務めていた。

**フラヴィンダ**　あの人は七時と言い、時計を見ても七時を指している。でもヴァレンタインは──ヴァレンタインはどこ？　ああ！　心臓《ハート》がドキドキする！　でも朝早いからじゃない、だってわたしはお陽さまが牧草地を照らす前から起きていることだってよくあるから……。あらまあ──立派な方々が歩いていらっしゃる！　羽根を広げた孔雀みたいにしゃなりしゃなりと歩いてる！　ペティコートを穿いたわたしだって、叔母さまのひび割れた鏡で見たらとても素敵に見えたのに。でもここではお皿拭きをまとっているみたい……。それに皆さん御髪《おぐし》を結い上げて、ぐるりと蠟燭を並べたバースデーケーキを載せているみたい……。あれはダイヤモンドだし──あれはルビーだし……。ヴァレンタインはどこなの？　マルのオレンジの樹のところでと、あの人は言った。樹は──そこにある。ヴァレンタインは──どこにもいない。あれは宮廷にお仕えしている方ね、脚のあいだに尻尾を挟んだ古ギツネみたいだけど。あれはどこかの女中さん、ご主人に知られないようにそっと抜けてきたのよ。あの箒を持った男の人は、高貴な方々の鬘飾りが汚れないように、前もって道を掃いておくのね〔実際にあった慣習〕……。ああ、あの方々の頰の赤いことといったら！　絶対、野で働いてああなったんじゃない！　ああ、不実で残酷で心の冷たいヴァレンタイン。ヴァレンタイン！　ヴァレンタイン！

（彼女は手を揉みしだきながら、うろうろと歩き回る）

わたしは叔母さまを起こさないようにと、ベッドをこっそり抜け出して、羽目板のうしろのネズミみたいに忍び足で歩かなかったかしら？　叔母さまのお化粧箱から粉を取って、髪の毛いっぱいに振りかけなかったかしら？〔十八世紀の上流社会では、男女ともに髪に粉をつけるのがお洒落だった〕頰が輝くようにと、ゴシゴシ擦らなかったかしら？　星が煙突の煙出しの向こうを昇っていくのを、じっと横になって見守らなかったかしら？　去年の十二夜〔クリスマスの祝いの最終日〕に、教父さまがわたしのために宿り木の陰に隠してくださったギニー金貨を、口封じのためにデボラにやらなかったかしら？　叔母さまが目を覚ましてフラヴィ！　フラヴィ！　と叫び出さないように、鍵穴と鍵に油を注しておかなかったかしら？　ヴァル、ねえ、ヴァルったら——あの人かしら……。いいえ、あの人は絵本に出てくる何とかという神さまみたいに大波が来ても平気で闊歩するから〔かつてエーゲ海のロドス島に建っていたとされる、太陽神ヘリオスの巨像のことか〕、一マイル離れたところにいてもわかる……。あれはヴァルじゃない……。あれは都会の洒落男、片眼鏡を上げて、あらいやだ、わたしをじっくり観察しようとしている……。ならばお屋敷《うち》に帰りましょうか……。いいえ、わたしは帰らない……。だってそれじゃあ、また青臭い娘を演じて刺繍の練習でしょ……。聖ミカエル祭の日〔九月二十九日〕にわたしは成人に達する、そうじゃなかったかしら？　もう三回、月が満ち欠けを繰り返せば相続する……。わたしは遺言状を読まなかったかしら――フリルのついたお召し物を叔母さまがしまっている古い箱の上にボールが跳ねて、蓋が開いたのではなかったかしら？……「わたしが死亡した際の財産はすべて娘に……」そこまで読んだとき、叔母さまが手探りで歩いているみたいにパタパタ歩いていらしたんだった……。わたしが寄る辺ない流れ者なんかじゃないってことは、あの人にもわかってほしい。わたしは海藻のロープを巻きつけた、魚の尾びれをつけた人魚なんかじゃない、あなたにおすがりする他ないって境遇じゃない。あなたが戯れているどのお相手にも、わたしは引けを取らない――オレンジの樹のところで会おうとわたしに言っておきながら、あなたがひと晩をいっしょにまどろんでいるお相手なんかに。まったくあなたって人は、哀れな娘を笑い物にして……。泣かない、泣くもんですか。わたしをこんな目に遭わせた人に、塩水のひとしずくだって垂らすもんですか……。でも思い出しちゃう――〈猫が跳ねた〉〔形勢が変わるという意味の慣用句〕あの日、二人で酪農場に隠れたこと。ヒイラギの樹の下でいっしょに恋愛物語を読んだこと。ああ！　公爵さまが可哀想なポリーにお別れするのを読んで、わたしはひどく泣いちゃった……。そして叔母さまは、わたしの赤いゼリーみたいな目に気づいたの。「何に刺されたの？」と叔母さま。そして「デボラ、早く青い薬を！」だって……〔蜂刺されの薬として青い硫酸銅が使われていた〕。本で読んだだけなのに、実際のことみたいに思えてしまって！……シーッ、並木のあいだに見えたのは何？　ほら――でも見えなくなった。そよ風のせいかしら？　いまは日陰――いまは日向……。生命《いのち》を賭けてもヴァレンタインだわ！　あの人よ！　急いで隠れなきゃ。樹に隠してもらおう！

（フラヴィンダは樹陰に隠れる）

あの人がすぐそこに来た……。向きを変える……。あたりを見回す……。手掛かりを失ったのね……。じいっと見てる――こちらを見て、あちらを見て……。高貴な方々のお顔をじいっと見て――じっくり見て選り分けて、「あれはいっしょにダンスを踊ったご婦人……あれはいっしょに休んだ……あれは宿り木の下でキスをした……」あら！　どなたのことも眼中にないのね！　勇敢なヴァレンタイン！　しょんぼり地面を見ている！　しかめっ面もあの人らしいわ！　「フラヴィンダはどこだ？」と溜め息。「わが胸の心臓《ハート》と同じだけ愛しているあの人は」懐中時計を取り出したのね！　「なんて不実な女性《ひと》なんだ！」と溜め息。地団駄を踏んだ！　いま、踵《きびす》を返して……。わたしがわかった――いえそうじゃない、太陽を受けて眩しいのね。涙が目に溢れている……。ああ、指先で剣をいじってる！　きっと物語の公爵さまみたいに剣を胸に突き立てる！……やめて、おやめになって！

（彼女は姿を現す）

**ヴァレンタイン**　……ああフラヴィンダ、ああ！

**フラヴィンダ**　……ああヴァレンタイン、ああ！*30

（二人は抱き合う）

時計が九時を告げる。

「何でもないのに空騒ぎ！」声が叫んだ〔シェイクスピアの喜劇『空騒ぎ』の題名を意識した表現〕。みんなが笑った。声はそこで止まった。でもその声は見届け、聞き届けたのだった。少しのあいだだけ、樹陰のミス・ラトローブは栄光に輝いた。しかし次の瞬間、彼女は樹々を縫って歩いていた村人たちのほうを向いて吠え立てた。

「声をもっと大きく！　大きく！」

舞台は空っぽだったけれど、感情を持続させねばならない。感情を持ちこたえさせる手段は歌しかない。でも歌詞が聞こえない。

「大きく！　大きく！」彼女は握り拳を振り回して、村人たちを脅しつけた。

掘ってもっと深く掘って（と彼らは歌った）、生垣を作り溝を作り、われらは過ごす。……夏と冬、秋と春が繰り返す。……すべてが過ぎてもわれらは、すべてが変わっても……われらは永遠に変わらない（そよ風が吹きつけて、歌詞と歌詞のあいだに隙間を作った）。

「大きく！　大きく！」ミス・ラトローブは喚き立てた。

幾多の宮殿が倒壊した（彼らはまた歌い出した）、バビロン、ニネヴェ、トロイア〔それぞれ、繁栄ののちに破壊された古代都市〕……。ローマ皇帝の宮殿も……すべては陥落して廃墟になった……チドリの巣がアーチだったところに……ローマ人のくぐるアーチだったところに。……掘ってもっと深く掘って、鋤を入れて土を耕す。……クリュタイムネストラが夫アガメムノンを窺《うかが》い……丘の篝火《かがりび》を見たときも……われらは土くれだけを見ていた。……掘ってもっと深く掘ってわれらは過ごす……クリュタイムネストラも見張り塔も陥落……アガメムノンは馬に跨り去っていった。……クリュタイムネストラはただ[*31]……。

歌詞は消えてしまった。ただいくつかの有名な名前だけ——バビロン、ニネヴェ、アガメムノン、トロイア——が、開かれた空間に漂った。ところが風が立って樹の葉がざわめいたので、有名な言葉も聞こえなくなってしまった。観客たちは座ったまま、村人たちをじっと見た——彼らは口を動かしているのに、音は聞こえてこなかった。

そして舞台は空っぽだった。ミス・ラトローブは動けなくなって樹にもたれかかった。わたしの力は失われてしまった。額には玉の汗が浮かんだ。幻影が壊れてしまった。「これは死だ」彼女は呟いた。「死だ」

するとと突然、幻影がいよいよ消え去るかというそのときに、雌牛たちが責務を引き受けてくれた。一頭の雌牛が子を亡くしたのだった。まさにその瞬間、その雌牛は目を大きく見開き、頭を振り上げて大きな啼き声を上げた。同じように目を見開いた雌牛たちが皆、大きな頭を振り上げた。彼女らは次々と同じ追慕の啼き声を上げた。世界じゅうが声にならない追慕に満ちた。それは現在この瞬間の耳に大きく語りかける太古の声だった。すると雌牛たち全体に感染が広がった。火掻き棒みたいに先端に塊のついた尻尾を打ち振って、彼女らは頭を高く上げ、いっせいに啼いた——まるでエロスの神が彼女らの横腹に矢を射かけてあおったみたいだった。雌牛らは空隙を埋め、離れたところに橋渡しをしてくれた。空白を埋め、感情を持続させてくれた。

ミス・ラトローブは熱狂して雌牛らに手を振った。

「ありがたい！」彼女は叫んだ。

突然、雌牛らは啼くのをやめ、頭を下げて草を食《は》み始めた。同時に、観客たちも頭を下げてプログラムを読んだ。

「演出家は」ミセス・エルムハーストは夫のために声に出して読み上げた。「観客の皆さまのお許しを願います。時間がないために一場面を省略したので、以下の出来事を想像してください。この間、スパニエル・リリリヴァー卿はフラヴィンダと婚約し、フラヴィンダは貞節を奪われそうになります。ところがそのとき大時計の中に隠れていたヴァレンタインが歩み出て、フラヴィンダは自分の花嫁であると主張し、彼女の遺産を奪い取ろうとする企みを暴きます。その後の混乱に紛れ、恋人たちは逃げ出し、レディ・ハーピーとスパニエル卿の二人があとに取り残されるのです――」

「これをみんな想像してください、ですって」と、眼鏡を置きながらミセス・エルムハーストは言った。

「この演出家はとても賢明ですね」ミセス・マンレサは、ミセス・スウィズンに言った。「もし全部を上演しようとしたら、真夜中までここにいなくてはなりません。スウィズンさん、だから想像しないといけないんですよ」彼女は老婦人の膝を軽く叩いた。

「想像しないといけないですって?」とミセス・スウィズン――「いいことです! 役者はあんまり何でも見せすぎます。中国人はテーブルに剣を載せて戦闘を表すんですって。それにラシーヌ〔フランスの劇作家〕も……」

「ええ、だからあんなに退屈なんです」と、ミセス・マンレサは遮った。教養の匂いを嗅ぎ取り、人間らしい陽気な心に対する侮辱だとムッとしたのだった。「わたくしの甥はとても愉快な男の子で、サンドハースト陸軍士官学校にいますが、先日、『イタチがピョンと跳ねて出る』〔イギリスの有名なわらべ歌のタイトルを使った劇作品〕に連れていきましたよ」彼女はジャイルズのほうを向いて言った。

「街道を上って下って」彼は答えの代わりに歌ってみせた。

「子守りに歌ってもらったのね?」ミセス・マンレサは叫んだ。「わたくしの子守りも歌ってくれたのよ。「ピョン」って歌うときに、ジンジャービア〔生姜を入れた炭酸飲料〕のコルクの蓋を開けるみたいな音を立てたの。ポン!」

彼女はその音を立てた。

「シーッ、シーッ」だれかが小声で言った。

「わたくし、いたずらが過ぎてあなたの叔母さまを驚かせてしまいましたわ」彼女は言った。

「いい子にしてちゃんと観ていないとね。これから第三場。レディ・ハーピー・ハラデンの化粧部屋。遠くで馬の蹄の音が聞こえる」

馬の蹄の音は、愚か者アルバートが木のスプーンでトレイを威勢よく叩いて立てていたものだったが、やがてそれは小さくなっていった。

レディHH　グレトナ・グリーン[*32]までもうひと息で到着ですって！　なんて小賢しい姪！　海水から救い出してやったのはあたくし、まだ水の滴るお前を暖炉の前に立たせてやったのはこのあたくしなのに！　鯨がひと呑みにしてしまえばよかったものを！　ああ、不実なイルカよ！　なんじの叔母を敬えと、教訓本で学ばなかったのかしら？　読み書きを間違って覚えたせいで、ちょろまかしたり騙したり、古い箱の中の遺言状を読んだり、チャールズ二世の時代[*33]から一秒も誤ったことのない真面目な時計にゴロツキを隠したりしたお前！　ああフラヴィンダ！　ああイルカ！　ああ！

SL卿　（ブーツを履きながら）年寄り——年寄り——年寄り。あいつが俺を「年寄り」と呼んだ。「年寄りの馬鹿野郎、寝に行きな、あったかいミルク酒でも飲んでな！」

レディHH　そしてあの娘もドアのところで立ち止まり、馬鹿にしてあたくしを指差して「年寄り」と申しました——「年増女」と申しました——いまが盛りのレディであるこのあたくしに！

SL卿　（ブーツを引っ張って）だが俺はあいつと対等だ。奴らを法の裁きにかけてやる！　地の果てまでも追ってやる……。

（片方の足にはブーツを履き、片方は履かないまま、彼はヨタヨタと行きつ戻りつする）

レディＨＨ　（手を彼の腕に置いて）スパニエルさま、痛風のおみ足を大事になさいませんと。考えてもみてください――五十歳を越えて間もないあたくしたちですから、取り乱すのはよしましょう。若さがどうのと彼らはペラペラしゃべっていましたが、若さって何でしょう？　北風に吹き飛ばされる鵞鳥の羽根じゃありませんか。スパニエルさま、どうぞお座りください。足をお休めになってください――ほら――。

（彼女は彼の足の下にクッションを入れる）

ＳＬ卿　あいつは俺を「年寄り」と呼んだ……。びっくり箱から飛び出すように、時計から飛び出しやがって……。そしてあの娘も俺を馬鹿にして、足を指差して「スパニエルさま、キューピッドの矢が、キューピッドの矢が」と叫びやがった。あんな奴ら、二人まとめてすり鉢[*34]かなんかで煮こんでスープにして、湯気の立ったのを祭壇に供えてやる――ああ俺の痛風、痛風が！

レディＨＨ　そんなふうにおっしゃるなんて、良識あるあなたにふさわしくありませんわ。考えてもみてください、つい先日じゃありませんか、あなたが――エヘン――星座のことをおっしゃっていたのは。カシオペア、アルデバラン、オーロラって……。そのうち一つがいつもの場所から去った、飛び出した、ありていに申し上げるなら駆け落ちした、ということは否定できません――時計の中身、大時計のしがない振り子といっしょに。しかしスパニエルさま、他の星々は——エヘン——場所を変えてはおりません。端的に申し上げて、爽やかな朝に赤々と燃える石炭みたいに輝いている星もございます。

**SL卿** 俺が二十五歳で、小脇によく切れる剣を引っさげているならよかったものを！

**レディHH** (気取って) おっしゃりたいことはわかりますわ。ふふふ——実際、あたくしも同じ気持ちです。でも若さがすべてじゃありません。秘密を打ち明けますと、あたくしも盛りは過ぎました。あたくしも赤道のあちら側。夜は寝返りもせずぐっすり眠ります。夏の盛りはもう終わりました……。でもよくお考えになってください。意志《ウイル》あるところに道は拓ける、ですわ。

**SL卿** 奥さま、神に誓ってそのとおり……。ああ俺の足ときたら、悪魔が金敷で叩く真っ赤に焼けた蹄鉄みたいだ——それで、どういう意味なのでございましょうか？

**レディHH** 意味ですって？ あたくし、慎みを捨て、夫が二十年前に鉛の棺に入って——あの人よ安らかに——以来、ラヴェンダーの匂い袋といっしょに大事にしまってきたものを、もう一度広げねばならないのでしょうか？ 明白《プレーン》な言葉で申し上げましょう。フラヴィンダは飛んでいってしまいました。籠は空っぽ。でも、あたくしたちはカウスリップの花綵で手首を結び合わせたことがあるのですから、もっと丈夫な鎖で手首を結んでもいいのではないでしょうか。チャラチャラした装飾とか美辞麗句はもうおしまい。ここにあたくしはおります――アスフォディラと名乗っておりますが、もとはスーという飾りけのない名前です。アスフォディラでもスーでも、あたくしは元気いっぱいでここにおり、あなたのお役に立てるでしょう。はかりごとが露見したいま、ボブ兄さんの遺産は乙女たちに使わねばなりません。それは明白《ブレーン》です。ここにはクウィル弁護士の言葉もございます。「乙女らが……鎮魂のために永久に讃美歌を歌わねばならない」。それに兄さんにはそうしてあげねばならない理由がありますし……。でもそんなこと、大した問題じゃありません。あたくしたちを子羊の毛で暖かく包んでくれたかもしれないものを魚にやってしまうわけですが、あたくし、物乞いをしなくてはならない身の上ではありません。家屋敷その他の不動産、リネン類、家畜、あたくしの持参金、そしてそれらを記した財産目録がございます。羊皮紙に大きく書かれた目録を、あなたにお見せしましょう。生きているかぎり、あたくしたちは立派にやっていけます――夫婦《めおと》として。

**SL卿**　夫婦として！　それが明白《ブレーン》にして醜悪な真実ということか！　ああ奥さま、それならわたくしはタール桶に頭を突っこむほうがまし、冬の吹きさらしの中で茨の木にくくりつけられたほうがましだと申しましょう。ウヘッ！

**レディHH**　……タール桶とおっしゃいましたか！　茨の木とおっしゃいましたか！　銀河がどうの、天の川がどうのとおっしゃっていたあなたが！　そのどれよりもあたくしのほうが輝いているとおっしゃっていたあなたが！　あなたときたら——あなたの不実なこととときたら！　あなたはサメなのね！　ブーツを履いた蛇なのね！　つまりあたくしを娶《めと》らないということ？　あたくしの手を拒絶なさるの？

（彼女が手を差し出すと、彼はその手を撥ねのける）

**SL卿**　……痛風病みの手だな、コブがあっちにもそっちにもある、毛糸のミトンで隠すといい！　ウヘーッ！　俺はお断りだね！　あんたの喉もとにダイヤモンド、混じりっけないダイヤモンドがぶら下がっていたとしても、全世界のまるまる半分とそこに住む愛人全員が数珠つなぎでおまけについてくるとしても、俺はお断りだ……きっぱりお断りだ。俺から手を離せ、このギャアギャアとうるさいオウム、魔女、吸血鬼！　自由にしてくれ！

**レディHH**　……それじゃああなたの褒め言葉は、ただのクリスマス・クラッカーの飾り紙でしかなかったのね！

**SL卿**　……ロバの首に下げる鈴みたいなもんだね！　床屋の柱にくくりつけた薔薇の造花かな……ああ俺の足、俺の足……。キューピッドの矢がと、あの娘は俺を馬鹿にした……。年寄り、年寄り、あの男は俺を年寄り呼ばわりした……。

（よろよろと退場）

**レディHH**　（独りになって）みんな行ってしまった。風を追って去りぬ。あの方も、あの娘も。

振り子に化けたゴロツキを匿った古時計だけが残った。あの人たちときたら——この誠実な女の住まいを売春宿にしてしまった。オーロラだったあたくしが、しがないタール桶にされてしまった。カシオペアだったあたくしが、しがないロバにされてしまった。あたくしは頭《こうべ》を垂れる。男も女も信頼しては駄目。ご立派な弁舌も、ご立派な見せかけも信頼しては駄目。羊の皮から蛇が這い出してくる。[*35] 蛇なんかグレトナ・グリーンに行って、濡れた草むらにうずくまって毒蛇でも殖やせばいい。頭がクラクラする……。タール桶と言われた。カシオペアと……コブと……アンドロメダと……茨の木と……。デボラ、ねえデボラったら（大声で呼ぶ）レースをほどいてちょうだい。泣けてきそう……。緑の布張りのテーブルを持ってきて、カードを並べてちょうだい……。デボラ、ファーつきのスリッパもね。チョコレートもひと皿ね……。あたくしはあの人たちに負けない……。だれよりも長生きしてやる……。デボラ、ねえデボラったら！　まったくあの娘ときたら！　聞こえないの？　デボラ、ねえ、ジプシーに生まれたお前を垣根で拾って、見本どおりに刺繍できるように教えてやったのはこのあたくし！　デボラ！　デボラ！　デボラ！

（彼女は女中部屋へと通じるドアを大きく開ける）

空っぽ！　あの娘も行ってしまった！……あら、化粧台の上に何かがある。

（紙切れを手に取って読む）

「あなたの羽毛布団なんて、あたしにはどうでもいいんです。ああ、あたしはボロを着たジプシーたちといっしょに行きます、かつてあなたの女中だったデボラより」。なんてこと！　あたくしが手ずからリンゴの皮やらパン屑やらを食べさせてやったあの娘、クリベッジ〔トランプゲームの一種〕の遊び方やシュミーズの縫い方を教えてやったあの娘……。あの娘も行ってしまった。ああ恩知らず、その名はデボラ〔シェイクスピアの『ハムレット』で、王子ハムレットが述べる有名な言葉のもじり（「不実、その名は女」）〕！　これからはだれがお皿を洗うというの？　だれがあたくしのミルク酒を作り、あたくしの機嫌を宥め、あたくしのステイ〔女性の胴着、のちのコルセット〕をほどいてくれるというの？……みんな行ってしまった。そしてあたくしは独り。姪もいない、恋人もいない、そして女中もいない。

お芝居を終えるにあたっての教訓はこうです、
恋の神さまはいたずらがお好き、
足にも矢を射かけます。
それでも意志《ウイル》の赴くところは明らかですから、
聖なる乙女らには、永久に歌い続けていただきましょう
「遺志《ウイル》あるところに道は拓ける」と。
善良なる皆さま、さようなら。

（レディHH、お辞儀をして退場）

一場面が終わった。〈理性〉は台座を降りた。ローブを前で合わせ、観客たちの拍手喝采を冷静に受け止めながら舞台を去った。星章やガーターをつけた紳士淑女があとに続いた。スパニエル卿が足を引きずるかたわらで、レディ・ハラデンは気取って微笑んだ。ヴァレンタインとフラヴィンダは腕を組んでいた。ヴァレンタインは頭を下げ、フラヴィンダは膝を曲げてお辞儀をした。

「神さまのおっしゃるとおり！」バーソロミューは台詞に感染して叫んだ。「みんなに教訓です！」

彼は椅子に座ったままのけぞって、嘶《いなな》く馬みたいに笑った。

教訓。どんな？　ジャイルズが察するに、意志《ウィル》あるところに道は拓けるということ。言葉たちが立ち上がり、嘲って彼を指差した。女とグレトナ・グリーンへ——やっちまえ。結果なんか気にするな。

「温室を見たい？」彼はミセス・マンレサのほうを向いて、だしぬけに言った。

「ぜひ見たいわ！」彼女は叫んで立ち上がった。

休憩はあるだろうか？　あるらしい、プログラムに休憩と書いてある。茂みの奥の機械はチャフ、チャフ、チャフと鳴った。では次の場面は？

「ヴィクトリア朝」と、ミセス・エルムハーストが読み上げた。それならたぶん、庭をぶらぶら歩き回る時間、もしかするとお宅を外からよく眺めてみる時間もあるかもしれない。でもなんとなく彼らは――何と言えばいいのか――そこここにかすかな違和感を覚えていた。芝居のせいでボールが受け皿から転げ落ちたみたいで〔カップ・イン・ア・ボールと呼ばれる、けん玉に似た伝統的な子どもの遊びを使った比喩〕、自分と呼び慣わしているものがいつもの落ち着き先を失ったみたいだった。みんな、自分が自分じゃないみたいに感じていた。あるいはただ、服装に敏感になっているだけだろうか？　時代遅れの薄い[*36]ボイルワンピース〔ボイルは薄く透けるコットン地〕も、フランネルのズボンも、パナマ帽も、アスコット競馬場で王妃の代理を務めた公爵夫人が被っていたようなラズベリー色のネットのついた帽子も――どういうわけかペラペラな気がした。

「みんなの衣装が素敵でしたね」と、退場していくフラヴィンダに最後の一瞥を投げかけながらだれかが言った。「とてもよく似合っていたわ。思うに……」

チャフ、チャフ、チャフと、茂みの中の機械が鳴った。正確に音を刻み、しつこく言い張るみたいに。

空を雲が流れていった。天気は少し下り坂みたいに見えた。ホグベンの装飾塔が、少しのあいだ灰白色になった。それからボルニー教会堂の金の風向計に陽が当たった。

「少し下り坂みたい」と、だれかが言った。

「立ちましょう……。脚を伸ばしましょう」別の声が言った。やがて芝生の上には、色とりどりのワンピースが小さな動く島になってあちこち漂った。でもそのまま座っている観客もいた。

「メイヒュー少佐夫妻」と、新聞記者ページ氏は鉛筆を舐めながら書きつけた。芝居については、何とかさんを捕まえて梗概をもらおう。でも、そのミス・ラトローブは消えていた。

低くなった茂みのあいだで、彼女はあくせく働いていた。フラヴィンダはペティコート姿だった。〈理性〉はローブをすでに脱いで、ヒイラギの生け垣に投げていた。スパニエル卿はブーツを脱ごうとしている最中だった。ミス・ラトローブはあちこち走り回って集めていた。

「ボンボンのフリンジのついた、ヴィクトリア朝風マント……。いったいどこなの？　ここに投げて……。それから頬髯は……」

ひょいと立ったりかがんだりしながら、彼女は茂みの向こうの観客たちのほうをさっと見渡した。観客たちは動いていた。あちこちぶらぶら歩き回っていた。楽屋には近づかなかった――しきたりを守っているのだった。でも、もしもあまり遠くに行ってしまったら、敷地内の探索を始めて屋敷のほうまで行ってしまったら、そしたら……。チャフ、チャフ、チャフと機械が響いた。時間が経過しつつあった。いつまでだったら彼らを一つにまとめておけるだろう？　それは賭け、危険な賭けだった……。そして彼女は衣装を草の上に放り投げながら、精力的に動き回った。

茂みの上からは彷徨う声がいくつも漂ってきた――肉体を持たない声、象徴性をまとった声だと、彼女には思えた。聞くともなしに聞いていると、何も見えないながら、茂みの向こうで見えない糸が肉体を持たない声と声をつないでいるのが感じられた。

「ひどく暗くなってきましたね」

「だれも望んでいないのに――嫌ったらしいあのドイツ人ども以外は」〔ヒトラーとナチ党員への言及か〕

間があった。

「ぼくならあの樹は切り倒すね……」

「なんて見事に薔薇を咲かせているんでしょう！」

「ここには五百年前からお庭があるって話だよ」

「あのグラッドストン首相〔ウィリアム・グラッドストン。一八〇九～九八〕だって、公平に評価すれば……」

そして沈黙があった。声たちは茂みを通り過ぎていった。樹々がさやさやと音を立てた。たくさんの目が風景を眺めているということが、体の全細胞を使って物事を吸収しつつあるミス・ラトローブにはわかっていた。彼女は目の端でホグベンの装飾塔と、風向計がキラリと光るのを捉えた。

「気温が下がってきている」と、だれかの声。

彼女は、風景を眺める人々がわたしの指先からすり抜けていこうとしていると感じた。

「あの女性《ひと》、ミセス・ロジャーズはいったいどこなの？　だれかミセス・ロジャーズを見なかった？」ヴィクトリア朝風マントを鷲摑みにしながら、彼女は叫んだ。

するとしきたりを無視して、揺れる小枝の合間から顔が覗いた。ミセス・スウィズンの顔だった。

「ああ、ラトローブさん！」彼女は叫んだけれど、次の言葉が出なくなってしまった。それからまたやり直し。「ああ、ラトローブさん、おめでとうございます！」

彼女はためらった。「あなたはわたしにくださったんです……」彼女はぴょんと飛び、そしてまた降り立ったみたいに言った――「子どもの頃から思っていました……」目に薄い膜がかかって現在が締め出された。子どもの頃を思い出そうとしたけれど、諦めた。まるでミス・ラトローブに引っ張り出してとでもいうように小さく手を振って、彼女は続けた。「この日常。

階段を上がって下りて、「どうしてここに来たのかしら？　眼鏡？　でも眼鏡は鼻の上にあるわね……」」

老人らしい曇りのない眼差しで、彼女はミス・ラトローブを見つめた。いっしょに意味をなそうと努めながら、二人は目を合わせた。でも、できなかった。それでもミセス・スウィズンは意味のかけらを必死に摑みながら言った。「わたしが演じてきたのはごく小さな役でした。でもあなたは、わたしにも演じられると思わせてくれた……クレオパトラの役だって！」

揺れる茂みの合間で彼女は頷いて、そしてぶらぶら歩いていった。

村人たちはウィンクしあった。「いかれてる」という言葉こそ、ぼんやり婆さまにはお似合いだ——茂みのこっち側を覗きこんだりして。

「わたしは——クレオパトラだったかもしれない」ミス・ラトローブは繰り返した。「わたしの内部のまだ演じていない役柄を、あなたは揺り起こしてくれた」という意味だろう。

「ロジャーズさん、今度はスカートを穿いて」と彼女は言った。

ミセス・ロジャーズは黒いストッキングで不格好に立っていた。ミス・ラトローブはヴィクトリア朝風のたっぷりした襞飾りのついたスカートを頭から被せた。紐を結んだ。老婦人が言いたかったのは、「あなたは見えざる糸を引っ張った」ということ、そしてよりにもよってクレオパトラその人を露わにしたということ。彼女は栄光に包まれた。ああ、でもわたしはここで一本、あちらで一本と、糸をただちょいちょいとつまんでいるわけじゃない。幾多の彷徨う体、幾多の漂う声を大鍋に煮立て、その不定形の塊から世界を再現させるのがわたし〔シェイクスピア『マクベス』の魔女たちのイメージ〕。いまが最高峰——栄光のとき。

「できた！」と彼女は言って、ミセス・ロジャーズの顎の下で黒いリボンを結んだ。「これで完成！　次は男性、ハモンドさん！」

　彼女はハモンドを手招きした。彼はおとなしく前に進み出て、黒い頬髯をつけてもらった。なかば目を閉じて頭をのけぞらせていると、まるでアーサー王〔中世イギリスの伝説の王〕みたい——気高い騎士のようにほっそりしている——と、ミス・ラトロープは思った。

「少佐に借りた古いフロックコートはどこ？」と彼女は訊いた。フロックコートを着れば、彼は役柄そのものになりきるだろうと彼女は踏んでいた。

ティック、ティック、ティックと、機械は続いていた。時間が経過しつつあった。観客たちはあちこち歩き出て散り散りになりつつあった。蓄音機のティック、ティック、ティックという音だけが、みんなを一つにしていた。はるか向こうの花壇の脇では、ミセス・ジャイルズがぶらぶらと独り歩いて、逃れ出ていきそうになっている。

「歌を！」ミス・ラトロープが命令を下した。「急いで！　歌を！　次の歌を！　十番を！」

「さあ、わたしもお花を一輪摘みましょうか」アイサは薔薇を摘みながら呟いた。「白とピンク、どちらにしましょうか？　そして親指と人差し指でつまみましょう……」〔エドワード・トマス「老人」への言及〕通り過ぎていく顔に、グレーの服を着ているあの人の顔を探した。遠くにいるのがちらりと見えたけれど、人垣のせいで近づけなかった。そしてもう消えてしまった。

彼女は花を落とした。わたしにつまめる一枚の葉、剝がれた葉があるだろうか？　ない。花壇の脇で独りぐずぐずするわけにもいかない〔アルフレッド・テニスンの長詩「モード」の、花壇の脇で恋人を待ちわびるくだりへの言及か〕。行かなきゃ。それで彼女は厩のほうに向きを変えた。

「どこを彷徨うのでしょうか？」彼女は思い巡らせた。「風の吹き抜けるどんなトンネルを行くのでしょうか？　盲目の風の吹きすさぶところでしょうか？　そこでは目に見えるものなど何も育たない。薔薇もない。どこへ出るのでしょうか？　収穫のない暗い野へ、マントを脱ぐ夕べもなく、昇る太陽もないところへ〔アイルランドの詩人J・C・マンガン「励ましの声」への言及か〕。万物みな等しく、薔薇が育つことも風に揺れることもない。変化のないところ——うつろうものも愛すべきものもなく、出会いも別れもなく、こっそり何かを見つけて感じることも、俯きながら手で手を求める、そんなことも起きないところへ」

彼女は厩の前の庭にやってきた。そこでは犬たちが鎖につながれ、バケツが並び、大きな梨の樹が塀に向かって梯子のような枝を広げていた。敷石の下にまで根を広げたその樹は、硬い緑の梨をたくさんつけて枝をしならせていた。梨の実を一つ触りながら、彼女は呟いた。「みんなが大地から引き出したもの、たくさんの記憶とたくさんの財産が、わたしの背にのしかかる。これは過去がわたしの背に載せた重荷――砂漠を行く隊商の長い列、そのしんがりを務めるわたしという小さなロバの背に。「跪《ひざまず》きなさい」と、過去は言う。「われわれの樹から採れるもので荷籠を満たしてやろう。ロバよ、立ちなさい。お前の道を行きなさい――踵が水膨れになり蹄が割れるときまで」」

梨は石のように硬かった。彼女は俯いて、敷石が割れて根が張り出しているのを見た。彼女は思い巡らせた。「揺り籠の中のわたしに載せられた重荷とはそんなものだった。ささやく波が、絶え間ない楡の樹の呼吸が、女たちの甘い歌声がわたしに載せてきたのはそんなものだった――覚えておかねばならないものと、いつかは忘れてしまうものが載せられた〔スウィンバーン「イテュルス」への言及か〕」

彼女は見上げた。厩の時計には金色の針がついていて、定刻のきっちり二分前を指していた。時刻が告げられるのも、もうすぐだった。

「いま、稲妻が降ってくる」彼女は呟いた。「冷えた青い空から。死者たちが結んだ紐がちぎれ飛ぶ。われらのこだわりが解き放たれる*37」

声たちが遮った。厩の前の庭を歩いていく人たちが話していた。「われらが裸になる日はよき日なり、そう語る人もいる〔最後の審判への言及か〕。一日の終わりにすぎないと言う人もいる。行く手には宿と、宿の主人が見えると彼らは言う。でも一つの声のみで語る人はいない。古い振動をともなわせずに語る人はいない。わたしには腐敗に満ちた囁きが、黄金と金属の触れ合う音がつねに聞こえる。狂える音楽よ……*38」

声たちがもっと増えてきた。観客たちが台地《テラス》へと戻っていく流れができていたのだった。彼女は身を起こした。勇気を振り絞った。「小さなロバに跨り、苦労して前進せよ。指導者らの熱狂には耳を貸すな——導くふりをして裏切るのだから。磁器のような顔、釉薬をかけた硬い顔のおしゃべりにも耳を貸すな。むしろ聞くべきは、羊飼いが農場の塀の隣で咳きこむ音。騎手が馬を駆るときの枯れ樹の溜め息〔一二九頁参照〕。兵舎で衣服を剝ぎ取られた少女の怒号〔二八頁参照〕。ロンドンで窓を開け放つときに飛びこんでくるだれかの叫喚……」彼女は温室へと続く小道の前に来ていた。ドアが蹴り開けられた。ミセス・マンレサとジャイルズが出てきた。芝生を横切って観客席の最前列へと戻っていく二人を、見つからないように彼女は追った。

チャフ、チャフ、チャフと、茂みの中の機械が立てていた音は止まっていた。ミス・ラトローブの指示を受けて、別の歌が蓄音機にかけられた。十番。〈ロンドンの物売りの声〉というタイトルの「メドレー集」だった。

「ラヴェンダー、香り立つラヴェンダー、わたしの香り立つラヴェンダーを買いませんか」

歌声は鈴みたいにチリンチリンと響いて観客たちを呼び寄せようとしたけれど、うまくいかなかった。無視している観客もいた。まだぶらぶらしている観客もいた。立ち止まっても座ろうとしない観客もいた。メイヒュー大佐〔ここまでは「少佐」だったが、以降は「大佐」という表記も混じる〕夫妻のように席にずっと座ったまま、詳細を記載したぼやけた印刷を見ている人たちもいた。

「十九世紀」演出家がその特権を行使して、十五分にも満たない休憩時間のうちに二百年の歳月を飛び越えてしまうことを、メイヒュー大佐はとやかく言うつもりはなかった。でも場面の選択には戸惑った。

「なんでイギリス軍を除外するんだろうなあ？　軍隊あってこその歴史じゃないか、なあ？」と、彼は独り呟いた。ミセス・メイヒューは頭をかしげ、あんまり期待するものじゃありませんと戒めた。それに、締めくくりにはきっとイギリスの国旗が出てきて、全員が国旗を囲むフィナーレがありますよ。眺めだっていいですし。彼らは風景に見入った。

「香り立つラヴェンダー……香り立つラヴェンダー……」老ミセス・リン・ジョーンズ（マウント在住）は、椅子を少し前に引いた。「ほらエティ」と言い、エティ・スプリンゲットといっしょに自分も腰を落ち着けた。二人とも夫に先立たれ、一つ屋根の下で暮らしていた。

「思い出すわね……」歌に合わせて彼女は頷いた。「あなたもそうでしょ？——道でああやって物売りが呼んでたわね」二人とも思い出した——カーテンが風に揺れ、行商人たちが「風が吹いてみんな大きく育ったよ」と道を歩きながら大声で叫び、鉢植えのゼラニウムや美女撫子を売りに来ていたのだった。

「口琴〔口に挟んで鳴らす小さな弦楽器〕を鳴らしていたわね、それに二輪馬車と四輪馬車があったわね。あの頃、通りはとても静かだった。二輪馬車なら二回、四輪馬車なら一回の口笛だったかしら？  エレンが帽子を被ってエプロンをつけて、通りで口笛を吹いて呼んでたんじゃない？ 覚えてる？ そうよ、荷物があるときは、駅からずっとポーターが馬車のうしろを走ったのよ」

歌が変わった。「鉄屑、鉄屑を売りませんか？」「覚えてる？ 霧の中でああやって男たちが叫んでいたわね。セヴン・ダイアルズ〔ロンドンの中心部の、かつての犯罪多発地域〕から来てたのよ。赤いハンカチで顔を隠した男たち。絞殺屋《ギャロッター》って呼ばれてたかしら？ とても外を歩けなかった——そうよ——お芝居を観て歩いて帰るなんてできなかったのよ。リージェント・ストリート。ピカデリー。ハイド・パーク・コーナー。娼婦たち……。それに排水溝にはあちこちパンが投げてあった。アイルランド人たちがコヴェント・ガーデンにいた……。舞踏会の帰り道、ハイド・パーク・コーナーの時計塔の前を通り過ぎるあたりで白い手袋がどんな手触りだったか、思い出さない？

……わたしの父は、ハイド・パークで晩年のウェリントン公爵〔一四三頁参照〕にお会いしたことを覚えてた。二本の指でこうやって――帽子に触れて……。母の雑記帳をわたしは持っているの。湖上の二人の恋人たち〔バイロンの詩「エマへ」への言及〕。母はバイロンを書き写していたのよ、イタリア式書体って呼ばれていた書き方でね……」

「あれは何？　「オールド・ケント・ロードでみんなびっくり」〔十九世紀末の流行歌〕――下働きの少年が口笛で吹いていたのを覚えてる。ああ、召使いたち……。懐かしいエレン……一年に十六ポンドのお給料だったのよ。……お湯を沸かして運んでた！　それにクリノリン〔スカートの下に穿く下着の一種〕もあった！　それにステイ〔女性の胴着〕も！　あなた、水晶宮〔一八五一年の大英博覧会開催に合わせて作られたガラス張りの建物、一九三六年に火災で焼失〕を覚えてる？　打ち上げ花火を見に行ったら、マイラのサンダルが泥に嵌まってどこかに行ったんだった」

「あれはジャイルズさんの若奥さまね……。わたし、あの人のお母さまのことを覚えてる。インドでお亡くなりになったのよ……。あの頃はペティコートを何枚も重ねて穿いていたのよね。不衛生かしら？　そうねえ……。ねえ、わたしの娘を見てちょうだい。右のほう、あなたのすぐうしろ。四十歳だけど、小枝みたいにすらりとしてる。いまではどのアパートにも冷蔵庫がついてるのよ……。わたしの母なんて、ディナーの指示だけで午前中の半分を潰していたのに……。わたしたちは十一人だった。召使いも入れたら、屋敷《うち》全体で十八人だったのよ……。

いまじゃ、ただ百貨店に電話すればいいのね……。あそこにジャイルズさんが戻ってくる、マンレサさんといっしょなのね。マンレサさんはわたしの好きなタイプじゃないけど、間違っているかもしれない……。あちらはメイヒュー大佐、いつもきちんとなさって……。それからコブズコーナーのコベットさんがあそこ、モンキー・パズル・ツリーの下に。あの人をそんなに見かけないわね……。こういうところが素敵ね――みんなが集まるところが。最近は皆さんとてもお忙しいから、こういう機会はいいわね……。プログラム？　お持ち？　次は何か、見てみましょう……。十九世紀……。見て、コーラスの村人たちが出てきて、樹のあいだを歩き始めた。まずはプロローグね……」

赤いフェルトを被せ、大きな金色の房飾りをぐるりと垂らした大きな箱が、舞台中央に運びこまれた。服の擦れ合う音や、椅子を引く音がした。観客たちが急いで、バツの悪そうな様子で座ったのだった。ミス・ラトローブの目が観客たちに注がれた。十秒間、彼女は観客たちが落ち着いた表情になるのを待った。そして手を振って合図した。派手なマーチが鳴り響いた。「断固として背筋を伸ばす、大胆にして剛毅にして」云々……。そしていま一度、茂みの奥から、何かを象徴する大きな人物が登場した。酒場の主人バッジだったのだけれどうまく変身していたので、毎晩いっしょに酒を飲んでいる仲間ですら彼とはわからず、あれはだれかという囁き声が、村人たちのあいだに広がった。彼は長くて黒い、幾重にもケープのついたマントを着ていた――防水性でテカテカと光り、パーラメント・スクエアの彫像〔ロンドンの国会議事堂前広場にある政治家たちのブロンズ像〕と同じ素材でできているみたいだった。加えて警官であることを表すヘルメットを被り、胸もとにはずらりと勲章を並べ、右手からは（ホール屋敷のウィラート氏から借用した）特別巡査〔非常事態にのみ警官の役割を務める市民のこと〕用の警棒を突き出していた。たっぷりした黒い綿の顎鬚の下からハスキーなしゃがれ声が出てきて、それで正体がわかった。

「バッジだ、バッジだ。あれはバッジさんだよ」観客たちは囁き交わした。

バッジは警棒を突き出してしゃべった。

ハイド・パーク・コーナーで交通整理するってのは、並大抵の仕事じゃないねえ。乗合馬車も辻馬車も通るしねえ。みんな敷石の上をガタガタと走っていくよ。右側通行だよ、できないの？　ほらそこの、止まれ！

（彼は警棒を振った）

そこのお婆さん、傘が馬の鼻にぶつかりそうになってるよ。

（警棒ははっきりとミセス・スウィズンを指していた）

彼女は骨ばった手を挙げた。まるでお上《かみ》のもっともな逆鱗に触れて、とっさに舗道から本当に逃げ出そうとしているみたいだった。やったな、とジャイルズは思った――叔母でなく、お上のほうに加勢して。

霧だろうが晴れだろうが、俺は俺の責務ってもんを果たすのさ（バッジは続けた）。ピカデリー・サーカスで、ハイド・パーク・コーナーで、女王陛下の大英帝国を交通整理しているのさ。ペルシャの国王《シャー》もモロッコの国王《スルターン》も、それからもしかすると女王陛下ご本人も、クック社〔トマス・クックが一八七二年に始めた観光会社〕の観光客も、黒人も白人も、ここは大英帝国でございと宣言するために海洋を渡ってきた船乗りも兵士も、皆々さまにおかれては、俺の警棒の支配に従っていただく。

（右から左へと、彼は警棒を盛大に振り回した）

でも俺の仕事はそれだけじゃ終わらない。女王陛下の全領土内、すべての臣民の純潔と安全を、俺は守って取り仕切る。すべての臣民におかれては、神と人の掟〔古代ローマの詩人エンニウス『年代記』より〕に従っていただく。

神と人の掟とは――（と彼は繰り返し、ズボンのポケットからひどく勿体ぶった仕草で羊皮紙を取り出し、記された文言をしげしげと読んだ）

日曜は教会に行くべし。月曜には九時ちょうどに、シティ行きの乗合馬車に乗るべし。火曜はたぶんロンドン市長官邸へ、そして罪人の贖罪に関する会議に出席すべし。水曜は別の会議――海亀スープのディナーつき、たぶん議題はアイルランド問題だか、飢饉だか、フェニアン団〔一八六〇年代に結成された、イギリスによるアイルランド支配への抵抗組織〕だか、そんなところ。木曜はペルー人たちの保護および矯正についての会議――しかるべきものを彼らには与える。[*39] しかしよろしいか、われらの支配はそれだけじゃあ終わらない。われらが帝国はキリストの帝国、真白きヴィクトリア女王の統べるところだ。思想にも宗教にも飲酒にも服装にもマナーにも結婚にも――俺は警棒を振りかざす。繁栄と道徳《リスペクタビリティ》ってのは、いつだって手に手を取り合ってやっていくもんだからな。帝国の支配者たるものは、ベビーベッドにも目を光らせないといかん。台所、客間、書斎――人間が二人、隠れられるところならどこでも警戒しないといかん。合言葉は純潔、そして繁栄と道徳。もしも服従できないっていうなら、苦しんでいただく……。

（彼は口をつぐんだ――いや、でも台詞を忘れたわけではなかった）

クリプルゲートで、セント・ジャイルズで、ホワイトチャペルで、ミナリーズで〔いずれも十九世紀ロンドンの貧困地区〕。炭鉱で、汗を流していただこう。咳きこんでも布を織っていただこう。運命にしっかり耐えていただこう。それが帝国の代価、白人の責務〔ラドヤード・キプリングの詩「白人の責務」より。十九世紀イギリス帝国主義の正当化に使われた〕ってもの。そしてほんと、ハイド・パーク・コーナーでピカデリー・サーカスで、交通整理するっていうのは暇じゃない、白人の仕事だな。

　彼は話をやめ、足台の上にまっすぐ立ち、偉そうに睨んだ。みんなが認める押し出しのいい男――警棒を突き出して防水マントをまとっている。もしにわか雨が降り、頭のまわりで鳩が飛び交い、セント・ポール大聖堂とウェストミンスター寺院の鐘が鳴り響いたなら、まさにヴィクトリア朝の巡査そのものに見えただろう。ヴィクトリア朝の繁栄の只中でそうだったように、マフィン売りが鈴を鳴らすのと同時に教会の鐘が鳴り響いたなら、みんなが霧のロンドンの午後に飛んでいけたかもしれない。

間があった。巡礼たちが樹の合間を縫って歩いていて歌声も聞こえたけれど、何と言っているかはわからなかった。観客たちは座って待った。

「チッ、チッ、チッ」ミセス・リン・ジョーンズは舌打ちした。「中には立派な人もいましたよ……」なぜかはわからなかったけれど、なぜか自分の父が——そして自分自身が——嘲笑されているように感じたのだった。

エティ・スプリンゲットも舌打ちした。でも確かに炭鉱では子どもたちがトロッコを曳いていた。地下室もあった。でもパパはディナーのあとでウォルター・スコット〔ヴィクトリア朝の小説家〕を読んでくれた。それなのに女性は離婚すると宮廷に上がれなかった。結論を出すのって、難しい！ 早く次の場面を演じてほしいと彼女は思った。劇場を出るときにはどんな意図のお芝居だったのか、はっきりわかっているのが好きだった。もちろん、これは村のお芝居にすぎないけど……。赤いフェルトを被せた箱のまわりでは、別の場面の準備が進んでいた。彼女はプログラムを拾い読んだ。

「ピクニック・パーティ。一八六〇年頃。場面は湖。登場人物は――」
彼女は読むのをやめた。台地《テラス》に一枚のシートが広げられていた。湖のつもりかしら。ざっと描かれた波紋が水を表している。緑の杭のようなものはパピルスね。本物のツバメたちがシートの上を一直線に突っ切って飛んでいくのがちょっと可愛らしい。
「見てよ、ミニー！〔ミニーはミセス・リン・ジョーンズを指す〕」彼女は叫んだ。「本物のツバメよ！」
「シーッ、シーッ」と、だれかが咎めた。場面がすでに始まっていたのだ。先細りのズボンを穿き、頰髯を生やし、スパイクつきの杖を手にした若者が、湖のほとりにやってきた。

**エドガー**　……ハードキャッスルさん、手伝わせてください！　さあ！

（彼はミス・エレノア・ハードキャッスルの手を引っ張って、頂上に登るのを手伝う。エレノア・ハードキャッスルはクリノリンでスカートを膨らませ、マッシュルーム型の丸い帽子を被った若い女性。二人は僅かに息を切らしながら、少しのあいだ佇んで景色を見つめる）

**エレノア**　……樹々の向こうの教会がとても小さく見えるわ！

**エドガー**　……するとここが放浪者の泉、集合場所ですね。

**エレノア**　……ソロルドさん、他の人たちが来る前に、途中までおっしゃっていたことをどうか最後まで聞かせてください。「人生におけるわれらの目的とは……」と、おっしゃっていました。

エドガー　……同胞を助けることでなくてはならない、と申し上げたかったのです。

エレノア　……（深く溜め息をついて）まさしくそのとおり――実におっしゃるとおりですわ！

エドガー　……ハードキャッスルさん、どうして溜め息をつくのですか？　ご自分を責めることなど何もないあなたが――これまでの人生を、他の方々への奉仕に捧げてこられたあなたではありませんか。考えていたのはぼく自身のことでした。ぼくはもう若くはありません。二十四歳で、人生の盛りは過ぎてしまいました。ぼくの人生は過ぎようとしています――（湖に小石を投げて）水面《みなも》の波紋みたいに。

エレノア　……ああ、ソロルドさん、あなたはわたくしをご存じないのです。わたくしはご覧のとおりの人間ではありません。わたしもまた――

エドガー　……ハードキャッスルさん、どうぞおっしゃらないでください――いいえ、ぼくには信じられません――信仰が揺らいだことがあるとおっしゃるのですか？〔ダーウィンの進化論を背景に、宗教の失墜はヴィクトリア朝の懸案の一つだった〕

エレノア　……いいえ、そうじゃありません、そうじゃありません……。でも、わたしがいつもお屋敷《うち》にいてしっかり守られているのだと、あなたにはそう見えるのかもしれません、そうお思いなのかもしれません。ああ、わたしは何を言っているのでしょう？　でも、ええ、お母さまがいらっしゃる前に本当のことを申します。わたしもまた、異教徒を改宗させたいとつねづね思っているのです。

**エドガー**　……ハードキャッスルさん……エレノアさん……。いいのでしょうか！　あなたにお願いしてもかまわないのでしょうか？　いやいや――こんなにうら若くて美しくて清らかなお方に。お願いです、よく考えてからお答えになってください。

**エレノア**　……よくよく考えました――跪いて神に祈りながら！

**エドガー**　（ポケットから指輪を出して）それなら……。ぼくの母は、最期のときにこの指輪をぼくに託しました。アフリカの砂漠で異教徒に囲まれて一生を過ごすことのできる女性だけに渡しなさいと――

**エレノア**　……（指輪を受け取って）完璧なる幸福！　でも、シーッ！　（ポケットに指輪をしまって）お母さまだわ！（二人はパッと離れる）

（ミセス・ハードキャッスル登場。黒のボンバジン〔絹やウールの綾織〕のドレスを着た小太りの女性で、ロバに乗っている。隣には鹿撃ち帽を被った年配の紳士が付き添っている）

**ミセスH**　……お若い方々、わたしたちの先を越しましたね。ジョンさん、あなたとわたしが昔はいつも一番乗りでしたのに。ではお願いします……。

（彼は彼女を助け降ろす。子どもたちや、若い男たち、若い女たちも到着。それぞれピクニックのバスケット、虫取り網、双眼鏡、ブリキの植物採取箱を持っている。湖の脇に敷物が敷かれ、ミセス・ハードキャッスルとサー・ジョンはキャンプ用のスツールに座る）

**ミセスH**　……さて、やかんに水を汲んでくださるのはどなた？　小枝を集めてくださるのはどなた？　アルフレッド（幼い男の子）、蝶々を追いかけて走り回っていると気分が悪くなりますよ……。ジョンさんとわたくしはバスケットの中身を出します。ここに草が燃えた跡がある、去年ピクニックをした跡なのね。

（若い人たちは散り散りに退場。ミセス・ハードキャッスルとサー・ジョンが、バスケットの中身を取り出し始める）

**ミセスH**　……去年は、お可哀想なビーチ先生がごいっしょでした。あの方の最期は喜ばしいものでした。（黒の縁取りのついたハンカチを取り出して涙を拭く〔黒の縁取りは喪に服しているしるし。ミセスHは牧師の死を一年近く悼んでいるという設定〕）毎年、だれか一人が旅立ちますわね。こちらがハム……。こちらは雷鳥のロースト……。そちらの包みは鹿肉パイ……。（食べ物を草の上に広げる）わたし、お可哀想なビーチ先生のことを申し上げておりましたわね……。クリームが固まっていないといいのですが。赤ワインはうちのハードキャッスルが運んでいます。赤ワインはいつも夫にお任せなんです。夫がピゴットさんと古代ローマ人のことで言い争うのだけは……去年はほんとに罵り合いになってしまって。……でも男の方が趣味を持つのはいいことですわ、ただああいうもの、つまり頭蓋骨とか何とかって、埃を集めますでしょ……。ええと、わたし、お可哀想なビーチ先生のお話をしていたのでした……。あなたにお伺いしたかったのです。（声を低める）一家のお友だちとして、新しい牧師さまのことを――あの子たちに聞こえませんわね？　大丈夫、小枝を集めていますね……。去年はがっかりでした。いろいろ並べた途端に……雨が降ってきて。でも、あなたにお伺いしたかったのは、新しい牧師さまのこと、ビーチ先生の後任としていらした方のことなんです。お名前はシブソープさんとおっしゃると伺っています。本当にそうだといいのですが。と申しますのも、同じシブソープ姓の女性と結婚した従兄《いとこ》がおりまして、わたくしたち、従兄一家とはくだけたおつきあいをしているので……。それに何人も娘がおりますと――ジョンさん、本当にあなたが羨ましいですわ、あなたのお嬢さんはお一人、でもわたしには四人もおりますのよ！　それでそのお若い――ええっと――シブソープさんのことを、こっそり教えていただけないかというお願いなんです。というのも、一昨日うちのミセス・ポッツが申していたのですが、うちの洗濯物を持ってあれが牧師館の前を通りかかったら、ちょうど荷ほどきをされていたんだそうです。そしたらお洋服のいちばん上にティーポットカヴァー〔保温のための布製のカヴァー〕が載っているのを見たんですって！　もちろんミセス・ポッツの見間違えかもしれません……。でも一家のお友だちであるあなたに、こっそりお伺いしてみようと思ったのです。シブソープさんには奥さまがおありなんでしょうか？

ここで、ヴィクトリア朝風マントを羽織り、頬髯をつけ、シルクハットを被った村人たちのコーラス隊がいっせいに歌った。

ああ、シブソープさんには奥さまがおありなんでしょうか？　シブソープさんには奥さまがおありなんでしょうか？　これぞ核心、帽子にミツバチ〔「気になって仕方がない」という意味の慣用句〕、スズメバチ——コルクに栓抜き、コルクに錐《きり》。これぞクルクル、グルグルと、母の心を永遠に乱すもの。四柱式ファミリーベッドの羽根布団、その波間で娘を授かれば、母たるものは問わねばならない、ああ、あの方は荷ほどきをされていた、祈禱書、帯、ガウンに杖、釣り竿に釣り糸、家族のアルバム、それに銃。そのお隣にはあったでしょうか——夫婦の立派なティーテーブル、その証しとなるティーポットカヴァー、スイカズラ模様のついたのは。シブソープさんには奥さまがおありかしら？　ああ、シブソープさんには奥さまがおありかしら？

コーラス隊が歌っているあいだにピクニックに訪れた人々が集まった。コルクが抜かれた。

雷鳥のロースト、ハム、チキンが薄くスライスされた。モグモグと噛む口。飲み干されてグラスが空になる。顎を動かしてムシャムシャ食べる音、グラスがカチンと鳴る音以外、何も聞こえなかった。

「確かにああやって食べたわ」ミセス・リン・ジョーンズがミセス・スプリンゲットに囁いた。「それは本当。体にいいという以上に食べたと思う」

**H《ハードキャッスル》氏** ……（肉のかけらを頬髯から振り払って）さて……

「さて――何なのかしら？」茶化した場面がもっと続くのだろうと警戒して、ミセス・スプリンゲットが囁いた。

さて、われわれは食欲を満たしたのだから、今度は魂の欲求を満たすことにしようではないか。若いお嬢さま方、どなたか歌を。

**若いお嬢さま方のコーラス** ……いいえ、わたしは駄目……わたしは駄目……本当に無理なんです……。駄目よ、意地悪ね、わたしが喉を痛めているのをご存じでしょ？……わたしは楽器がないと歌えませんの……云々。

**若い男たちのコーラス** ……ああ、そんなつまらないことを言って。「夏の名残の薔薇」〔アイルランド詩人トマス・ムーア作詞、既存の曲に載せて歌われた。日本では「庭の千草」という名前で親しまれている〕を歌ってよ。「可愛いガゼルを愛したことなどなかった」〔トマス・ムーアによる物語『ララ・ルーク』に登場する、ムガル帝国の皇女が歌う歌。ガゼルはウシ科の動物で、「愛した」は「世話をした」の誤り〕にしようよ。

**ミセスH**　（きっぱりと）エレノアとミルドレッドが「蝶になりたい」〔トマス・ヘインズ・ベイリーの作詞・作曲による〕を歌いなさい。

（エレノアとミルドレッド、素直に立ち上がって、二人で「蝶になりたい」を歌う）

**ミセスH**　二人とも、どうもありがとう。お次は男性の方々、われらの国のために！

（アーサーとエドガー、「支配せよブリタニア」〔ジェイムズ・トムソン作詞、トマス・アーン作曲。一七四〇年初演の愛国歌〕を歌う）

**ミセスH**　……どうもありがとう。あなた――。

**H氏**　（立ち上がり、手には化石を握りしめて）みんなで祈りを捧げよう。

（全員が立ち上がる）

「これはやりすぎ、やりすぎよ」ミセス・スプリンゲットは文句を言った。

**H氏**　……全能なる神よ、あらゆるよきものをお恵みくださる方、あなたに感謝いたします。あなたは食べ物と飲み物をくださいました。美しい自然をくださいました。理解力を与えてくださって、われわれの蒙を啓《ひら》いてくださいました（彼は化石をいじった）。そして平和という多大な贈り物[*40]をくださいました。地上での従僕《しもべ》となることを、われわれにお認めください。光を広めることをわれわれにお認めください――あなたの……

ここでロバの後脚が活発になった――愚か者アルバートが務めていたのだった。わざとか、それとも偶然だろうか？　「ロバをご覧！　ロバをご覧！」囁き声が広がって、ハードキャッスル氏のお祈りが聞こえなくなってしまった。しかし、そのあとで彼がこう言うのは聞こえた。……あなたの豊かな恵みのおかげで元気になった体と、あなたの知恵のおかげで霊感を与えられた心とともに、幸せに家路につくことにいたします。アーメン。

化石を前に抱えたまま、ハードキャッスル氏は歩み去った。ロバは曳かれ、バスケットは中身を詰めこまれ、そして列ができた。ピクニックに訪れた人々は、丘の向こうに消えていった。

**エドガー** （エレノアと二人で、列の最後尾について）異教徒の改宗に！

**エレノア** 同胞を助けに！

（役者たちは茂みの奥に消えた）

**バッジ** ……時間です、紳士の皆さん、時間です、淑女の皆さん、荷物をまとめてお帰りください。俺のこの位置から、警棒を手に、女王ヴィクトリアの統べるこの地の道徳と繁栄と純潔を守るこの位置から、俺には目の前に見えるんです——（警棒の先にはポインツ・ホールがあって、ミヤマガラスがクワックワッと啼き、煙が上がっていた）

わが家、楽しきわが家がね〔ジョン・ハワード・ペイン作詞、ヘンリー・ビショップ作曲「楽しきわが家」、日本では「埴生の宿」の題名で知られる〕。蓄音機が続きを奏でた——歓楽に酔いしれ宮殿を訪ねもしたけれど……云々。わが家に勝るところはない〔「楽しきわが家」の歌詞より〕。

**バッジ** ……時間です、紳士の皆さん、時間です、淑女の皆さん、荷物をまとめてお帰りください。俺には見えるんです——暖炉の炎が（警棒の先には夕陽で赤く染まった窓があった）赤々と高く燃えているのが。台所の竈《かまど》で、子ども部屋の暖炉で、客間と書斎の暖炉で。ほらご覧！　うちのジェインがお茶を持って入ってきた。さあ子どもたち、玩具はどこなの？　ママ、早く編み物を。だってここに（彼は警棒を振ってコブズコーナーのコベットを指した）一家の大黒柱がお帰りだ——街から家へ、カウンターの奥から家へ、店から家へとお帰りだ。「ママ、お茶をちょうだい」「子どもたち、わたしの膝の近くにおいで。読み聞かせをしましょう。どれがいい？　船乗りシンドバッド？　聖書の中の簡単なお話？　挿絵を見せてあげましょうか？　どれも嫌なの？　だったら積み木をお出しなさいな。何か作りましょう。温室はどうかしら。実験所？　職工学校？〔科学技術や芸術などの知識を労働者に提供する社会人学校、十九世紀なかばにイギリス全土に七百以上作られた〕　それとも塔を作って、てっぺんに旗を飾りましょうか〔ウィンザー城には国王滞在中に特別な旗を掲げる慣わしがある〕。殿下を亡くされた女王も、お茶のあと、孤児となられたお子さまをお膝に集めていらっしゃるでしょう」〔ヴィクトリア女王の夫アルバートは早逝した〕　だってそれがわが家だからね、淑女の皆さま。わが家だからね、紳士の皆さま。どんなに慎ましくても、わが家に勝るところはないからね。

蓄音機は震える声で「わが家、楽しきわが家」と歌い、バッジは少しヨロヨロしながらも箱を降り、列に続いて舞台から退場した。

休憩だった。

「ああ、でも美しいところだったのよ」ミセス・リン・ジョーンズは文句を言った。わが家というところは美しかったと、彼女は言いたかったのだった。ランプを灯した部屋。ルビー色のカーテン。パパの読み聞かせ。

黒子たちは湖を巻き取り、パピルスを地面から抜いていた。本物のツバメたちが本物の草の葉をかすめて飛んだ。でも彼女はまだ〈わが家〉を見ていた。

「あそこは……」〈わが家〉について語ろうとして、彼女は繰り返した。

「安っぽくて嫌ね」エティ・スプリンゲットは芝居をそう断じながら、悪意のこもった眼差しをドッジの緑のズボン、黄色の水玉ネクタイ、前を開けたままのヴェストに投げた。

それでもミセス・リン・ジョーンズの目前にはまだ〈わが家〉が見えていた。ひょっとすると——と、バッジが立っていた箱の赤いフェルトが巻き取られていくのを見ながら、彼女は考えこんだ。〈わが家〉というところには、不純という言葉は当たらないまでも「不衛生」なところがあったんじゃないかしら？　あんなに頬髯を伸ばして、召使いたちがよく言っていた〈饐《す》えた〉肉みたいなところがあったんじゃないかな？　そうじゃなかったら、どうして廃れたんだろう？　時間って台所の時計の針みたいにクルクル回るもの。（機械は茂みの奥でチャフ、と音を立てていた）もしも何の抵抗にも遭わなかったとしたら――と、彼女は考えた。まだまだクルクルクルと、回り続けているんじゃないかしら。〈わが家〉はそのまま、パパの顎鬚は伸び放題、ママの編み物も――ところであんなに編んでいたものをママはどうしたんだろう？ 変わるしかなかった――彼女は一人思った。そうじゃなければパパの顎鬚もママの編み物も、何ヤードもの長さに伸びていただろう。近頃では、わたしの義理の息子は髭なんて残さず、綺麗さっぱり剃っている。娘は冷蔵庫を持っている……。あら、わたしの心はどこに彷徨い出ていくのかわからない――彼女は自分を抑えた。つまり言いたいのは、完璧じゃないなら変わるしかないってこと。完璧なら時間の経過に抵抗することもできるだろうけど。天国が不変であるみたいに。

「あんなふうでしたか？」アイサが唐突に尋ねた。彼女はミセス・スウィズンのことを恐竜か、極小のマンモスにでもなったかのように見ていた。ヴィクトリア女王の治世に生きていたなんて、いまにも絶滅してしまうかもしれない。

ティック、ティック、ティックと、茂みの中で機械が鳴った。

「ヴィクトリア朝人ねえ」ミセス・スウィズンは考えこんだ。「そんな人たちがいたとは思いませんね」と、彼女は奇妙な微笑みを浮かべて言った。「あなたやわたしやウィリアムさんが、違った衣装をつけていただけのことですよ」

「歴史なんてない、そうお考えなんですね」ウィリアムが言った。

舞台はまだ空っぽだった。雌牛たちは野を動いていた。樹々の下で、影が濃くなっていた。ミセス・スウィズンは十字架を撫でた。ぼんやりと風景を見つめた。想像の周遊旅行に出ているんだろう、あらゆるものを一つに結んでいるのだろうと、彼らは推測した。羊たち、雌牛たち、草の葉たち、樹々、わたしたち――万物は一つ。たとえ不協和音が混じろうともハーモニーは生まれる――われわれにはそう聞こえなくても、大いなる頭についた大いなる耳はそう聞き取ってくださる。だからこそ――彼女は穏やかに微笑んでいた――この一頭の羊、この一頭の雌牛、この一人の人間の苦しみは必然であり、だからこそ――遠くの金の風向計に向かって、彼女は熾天使《セラフィム》〔キリスト教で最上級とされる天使〕を思わせる顔つきで微笑んでいた――もしわれわれも聞き取れるものなら、すべてはハーモニーを奏でているという結論になる。だからそういう結論にしておきましょう。いま彼女の目は、一片の雲の白い頂に留まっていた。ああ、もしそう思うことでこの人が安心できるというのなら、そう思っていてもらいましょうと、ウィリアムとアイサはミセス・スウィズンの両側で微笑み合った。

ティック、ティック、ティックと、機械が繰り返した。

「彼女が――ラトローブさんが――何を言いたいのか、おわかりになりましたか?」と、ミセス・スウィズンは、にわかに地に降り立ったように尋ねた。

あたりに目を彷徨わせていたアイサが、首を振った。

「でもシェイクスピアについても同じようにおっしゃるんでしょう」とミセス・スウィズン。

「シェイクスピアとか水の入ったコップとかね!」〔オリヴァー・ゴールドスミスの小説『ウェイクフィールドの牧師』に登場するエピソードで、鑑識眼がないことを表す〕ミセス・マンレサが混ぜ返した。「ねえ、あなた方のお話を聞いていると、自分がとんでもない未開人に思えます!」

彼女はジャイルズのほうを向いた。人間らしい陽気な心《ハート》が攻撃を受けたのだから助けてちょうだいと、彼に助けを求めたのだった。

「くだらない」ジャイルズが呟いた。

何一つ、舞台上には現れなかった。

ミセス・マンレサの指に嵌められた指輪から、赤と緑の光の矢がキラリと放たれた。ジャイルズはその矢の向こうにルーシー叔母を見た。叔母の次にウィリアム・ドッジ。その次にアイサ。アイサは視線を合わせようとしなかった。そして彼は、血糊のついた自分の靴を見下ろした。

彼は（言葉にしないままに）言った。「俺はひどく不幸だ」

「ぼくもだ」ドッジがこだまする。

「そしてわたしも」アイサが考えた。

彼らはみんな、捕らわれ檻に入れられていた――見世物をなすすべもなく見ているしかない捕虜だった〔七五頁参照〕。何も起きなかった。機械がティック、ティックと鳴り続ける音のせいで、頭がおかしくなりそうだった。

「行け、小さなロバよ」アイサは呟いた。「砂漠を横切り……重荷を背に……」

唇を動かす自分をドッジが見ているのを感じた。いつもだれかの冷たい眼差しが表面を這い回る――冬の蒼蠅みたい！　彼女は彼を追い払った。

「なんて時間がかかるの！」彼女は苛立たしげに叫んだ。

「また休憩」ドッジはプログラムを見て読み上げた。

「そしてそのあとは何かしら？」ルーシーが訊いた。

「現在。われわれ自身」彼は読み上げた。

「それでおしまいだと神に願おう」ジャイルズがボソッと言った。

「あら、お行儀が悪いのね」ミセス・マンレサは咎めた――彼女の小さな男の子、彼女の不機嫌な英雄を。

だれも動かなかった。空っぽの舞台と雌牛たちと牧草地と風景に囲まれ、機械が茂みの中でティック、ティックと続く中、みんながその場に座ったきりだった。

「この催しの目的は何だろう？」突然、バーソロミューが体を起こして言った。

「収益は」アイサはぼやけた印刷を読み上げた。「教会に電灯をつける資金として使われます」

「この村の催しは全部」オリヴァー氏はミセス・マンレサのほうを向いて嘲るように言った。「金の要求で終わるんですよ」

「それはそうでしょう、そうでしょうとも」彼の厳しい口調を宥めるように呟いて、彼女はビーズのバッグの中の小銭をジャラジャラと鳴らした。

「イングランドでは何一つ無料ということはないんですよ」老人は続けた。ミセス・マンレサは反論した。たぶんヴィクトリア朝人はそうだったのでしょうけど、わたくしたちは違います。オリヴァー氏はムキになった。われわれが無私無欲だと、あなたは本当にお思いなんですか？

「まあ、あなたはわたくしの夫をご存じありませんのね！」野生児は気取ってそう叫んだ。たいした女だ！　目覚まし時計みたいに啼くべきときにはちゃんと啼くし、乗合馬車を曳く老馬みたいに、鈴の音でピタッと止まりもする。オリヴァーは何も言わなかった。ミセス・マンレサは手鏡を取り出して、顔の化粧を直した。

みんなの神経は張り詰めていた。みんな座ったまま無防備だった。機械がティック、ティックという音を続けた。音楽は鳴らなかった。幹線道路で、行き交う車がクラクションを鳴らすのが聞こえた。樹々がさやさやと鳴った。みんなが何者でもなかった——ヴィクトリア朝人でも自分自身でもなかった。宙吊りにされたまま、実在することもできず辺獄〔キリスト教で、洗礼を受けていない人が死後に留め置かれるとされる場所〕にいる。ティック、ティック、ティックと機械が続いた。

アイサがもぞもぞ体を動かした。肩越しに右を見て左を見た。

「二十四羽のクロウタドリが、糸で数珠つなぎになっていた」彼女は小声で言った。

「ダチョウにワシ、それに執行係がやってきて、

「どれがいちばん太ってて、パイにするのにちょうどいい？」と訊く。

「どれがいちばん太ってて、どれから先に焼くのがいい、

可愛い雄のクロウタドリさん、さあいらっしゃい、

可愛い雌のクロウタドリさん、さあいらっしゃい」……」〔「六ペンスの歌」の第一連より。作中で繰り返される「王さまは会計院で……」と同じ歌〕

どれだけ彼女は待たせるつもりなんだろう？「現在。われわれ自身」プログラムにはそう書いてあった。それからみんなは次の文章を読んだ。「収益は、教会に電灯をつける資金として使われます」教会はどこだろう？あそこだ。樹の合間から尖塔が見える。

「われわれ自身……」彼らはプログラムをまた見た。われわれ自身のことなんて、どうして彼女にわかるんだろう？エリザベス朝人はわかるだろう。ヴィクトリア朝人も、たぶん。でも、一九三九年六月のこの日にここに座っているわれわれ自身のことがわかるなんて——馬鹿

げている。「自分」は無理。他の人ならたぶん……コブズコーナーのコベットさんとか、少佐、老バーソロミュー、スウィズンさんなら――あの人たちならたぶんわかる。でも彼女にわたしは捕まえられない――無理、わたしは無理。観客たちはもぞもぞと体を動かした。茂みのほうから笑い声が聞こえた。でも一切何も、舞台には登場しない。

「なんでこんなにわたしたちを待たせるんだ?」メイヒュー大佐が苛立たしげに言った。「現在ならば、衣装だって必要ないだろうに」

ミセス・メイヒューも同じ意見だった。でももちろん、あの人は全員登場のフィナーレにするつもりなのよ。陸軍と海軍が出てきて、イギリスの国旗が掲げられる。そして背後にはたぶん――ミセス・メイヒューは、自分の野外劇だったらこうするというところを思い描いた――教会。ダンボールで作るの。東向きの窓を一つ眩しく輝かせて、それが象徴するのは――必要なときが来たら、よく考えてみよう。

「あそこに彼女がいますよ、樹陰にね」ミス・ラトローブを指差して、彼女は囁いた。

ミス・ラトローブは、脚本に目を落としてそこに立っていた。「ヴィクトリア朝が終わったら」と彼女は書いておいたのだった。「現在を十分間、試してみること。ツバメ、雌牛など」現在つまり現実にみんなを晒したいというか、現在つまり現実を浴びせかけてみたい。でもこの実験はどこかうまくいかない。「現実が強すぎるんだろう」と、彼女はこぼした。「まったく観客ときたら！」みんなが感じているすべてが彼女にはわかった。観客なんて悪魔だ。観客抜きで芝居が書けたらいいのに――これぞ芝居というものを。でもここでいま、わたしは観客を前にしている。一秒一秒と、彼らはどんどん首紐から逃れ出ようとしている。わたしのささやかな策略《ゲーム》は失敗だ。もしも暗幕があれば樹のあいだに垂らし――そうやって雌牛とツバメと現在を締め出すんだけど！　でもわたしには何もない。音楽はかけないことにしていた。指先で樹の幹を擦りながら、彼女は観客を呪った。パニックに捕らわれた。靴から血が流れ出るようだった〔アンデルセンの童話「赤い靴」のイメージ〕。幻影が打ち破られるこの事態は、死だ、死だ、死だ――と、彼女は心の余白に書きつけた。手を動かすこともできず、立ちすくんで観客と対峙した。

　するとにわか雨が降ってきた――突然、降りしきった。雲が近づいてくるところなんて、だれも見ていなかった。それなのに膨れた黒雲が、みんなの頭上に垂れこめている。ザーッと降りしきった――まるで、世界じゅうの人々が咽び泣いているみたいに。涙。涙。涙。〔アメリカの詩人ウォルト・ホイットマンの『草の葉』「涙」より〕

「ああ、われら人間の苦しみがここで終わるといいのに！」〔ジョン・ミルトンの詩「キリスト生誕の朝に」からのもじり（「われらの退屈な歌の終わるとき」）〕と、アイサが呟いた。上を向いた彼女は、大きな雨粒を二つ、まともに顔に受けた。でもそれは、全人類が全人類のために流している涙。いくつも手が上がった。あちこちで傘が開いた。雨は急激で、あまねく降りしきった。そしてぴたりとやんだ。草の葉から新鮮な土の匂いが立ち上った。

「これでよし」と、ミス・ラトローブはほっとして頰の雨粒を拭った。いま一度、自然が役割を演じてくれた。野外で上演するという賭けも、これで正しかったことになる。彼女は脚本を振り回した。音楽が始まった――A《ラ》・B《シ》・C《ド》――A《ラ》・B《シ》・C《ド》。メロディはごく簡単だった。しかしにわか雨が降ったいま、それはもう一つの声、だれのものでもない声が語っているみたいだった。人類の果てしない苦しみのために咽び泣いたその声は、こう告げていた。

王さまは会計院で、
お金を数え上げている
お妃さまは謁見の間で……

「ああ、わたしの生命《いのち》がここで絶えればよいものを」とアイサは呟いた（唇を動かさないように注意しながら）。それで涙が止まるというのなら、わたしの持っている宝のすべてをこの声に捧げてもいい。わずかに上下しながら歌うその声に、わたしのすべてを差し出してもいい。雨に濡れた大地でできた祭壇に、わたしはわたしという生贄を捧げ……。

「ああ、見て！」彼女は大声で叫んだ。梯子が出てきた。そしてあれ（ざっと色を塗った布）は塀だ。そして、煉瓦を積んだ箱を担いだ男がいる。新聞記者ページ氏は、鉛筆を舐めながら書きつけた――「きわめて限られた財源のみを使って、ミス・ラトローブは観客に向けて表現した。文明（塀）の崩壊。人力による再建（煉瓦を担いだ男を見よ）。さらに煉瓦を手渡す女を見よ。だれもがその意味を理解できるだろう。いま、ふわふわのカツラをつけた黒い肌の男が登場。銀色のターバンを巻いたコーヒー色の肌の男が登場。推測するに彼らは国際連盟を表し……」〔国際連盟は国家間紛争の解決機関として一九二〇年に設立されたが、三三年には日本とドイツ、三七年にはイタリアが脱退するなどして効力を失っていた〕

われわれ自身に向けられたこのお世辞は、拍手喝采で迎えられた。もちろん素朴だ。でも彼女は経費を抑えなくてはならなかった。色を塗った布が意味しているのは、まさに今朝、『タイムズ』紙や『テレグラフ』紙の社説に書いてあったことに違いない。

歌は続いた。

王さまは会計院で、
お金を数え上げている

お妃さまは謁見の間で、
蜂蜜……

にわかに歌が止まった。曲が変わった。ワルツだろうか？　なかば知っているようで知らない曲。ツバメたちが曲に合わせてダンスした。クルクルと円を描き、出たり入ったりしながら地面をかすめて飛んでいく。本物のツバメたちの退却と前進。そして樹々、ああ樹々は、まるで議場に居並ぶ議員たちみたいに真面目くさって微動だにしない〔樹々を議員に喩えるのはキーツの『ハイペリオン』から（「逞しい森で、緑のローブをまとった議員たち」）〕——それかどこかの大聖堂で、間隔を空けて並ぶ支柱みたい……。そう、樹々は音楽を区切る小節線となり、音楽を集め蓄えて、流れ出ないよう塞き止めている〔キーツの「秋へ」に自然が音楽を湛えるという描写がある〕。ツバメたちは——ムラサキツバメかな？——聖堂に巣をかけるムラサキツバメがよく来ていて、毎年来ているから……。そう、ムラサキツバメたちが壁の上に止まって、ちょうど昨日の『タイムズ』紙に書いてあったことを告げているみたい。住宅が建設されます。どのアパートの壁の凹みにも、冷蔵庫が設置されます。われわれは一人ひとりが自由な人間です。お皿は機械が洗ってくれます。飛行機に煩わされることもなくなります。みんなが解放され一つになります……。

曲が変わった——パン、バン、バタン。フォックストロット？〔社交ダンスに使われるスイングジャズのこと〕　ジャズ？

いずれにしても足で蹴って立ち上がってパンと折れる感じのするリズム。なんてジャラジャラ鳴るんだろう！　いやいや、わずかな予算しかなかったのだから彼女に無理は言えない。カラカラと、なんという喧騒《カコフォニー》！　何も終わらない。とても突然。それに堕落してる。なんて侮辱、なんて屈辱。でも退屈じゃない。こんなだけど最先端。彼女はどんないたずら《ゲーム》をするつもりなんだろう？　破壊したいのかな？　単調かと思うとグイと引っ張り薄ら笑い。鼻の頭に指を当てて秘密だよって言いたいのかな？　目を細めてこっそり見ているの？　ちらっと盗み見てる？　いやいや、この「若い」世代ときたら――ありがたいことに若いのも束の間だけど――不遜そのもの。若い人たちは創造できずに壊すだけ、古いヴィジョンを粉砕するだけ、なんというヤフルたち――樹から樹へとせわしなく飛び移る、あの笑うキッツキみたいだ〔ヤフルはキッツキ目のヨーロッパアオゲラの別名だが、スウィフト『ガリヴァー旅行記』の野蛮な人間たち「ヤフー」とも掛けてあるかもしれない〕。

　ご覧！　茂みから彼らが出てきた――下層階級《リフラフ》が。子どもたち？　小鬼《インプ》たち――妖精《エルフ》たち――悪霊《デーモン》たちだ。何を持っているんだろう？　ブリキ缶？　寝室で使う蠟燭立て？　古い瓶？　おやまあ、あれは牧師館の姿見です。そしてあの鏡は――わたしが彼女に貸したのよ。わたしの母の鏡で、ひび割れているの。どんなつもりなのかしら？　光って何かを映すものなら何でもありで、たぶん、わたしたちを映すのね？

　われわれ自身！　われわれ自身！

舞台上に彼らは跳ねてきて、飛びこみ、スキップした。キラリと眩しく輝きながら、ダンスして飛び跳ねた。いま老バートが……捕まった。次はマンレサ。こちらでは鼻が……。あちらではスカートが……。そしてズボンだけが……。いまはたぶん顔だけが……。これがわれわれ自身？　でも残酷じゃないか。準備する時間も与えられないまま、ありのままのわれわれを捕まえるなんて……。それもごく部分的に……。だから歪曲されてしまうし、動揺するし、これはひどい不正だ。

鏡たちは、ニタニタ笑うようにグイと動いたり跳ね回ったりしながら、矢のようにキラリと光を投げ、みんなを晒し者にした。後列の人たちは、立ち上がって面白い眺めを見ようとした。腰を下ろせば彼らも捕まった……。なんてひどい見世物！　年寄りも映っている——もう顔なんてかまっていないだろうに……。それになんとまあ！　ガチャガチャひどい騒音。雌牛たちも加わった。彼女らが尻尾を打ち振ると、自然もその慎みをかなぐり捨て、主人たる人間からケダモノを隔てていた障壁が消えた。すると犬たちも加わった。騒然として、バタバタ、あたふたしている様子に興奮してやってきた。彼らをご覧！　それにハウンド、あのアフガンハウンドも……あの犬をご覧！

するといま一度、もうまったく収拾のつかなくなった大騒ぎの最中、樹陰の何とかさんが茂みの奥から召集したか、あるいは自発的にかみんな出てきた——エリザベス女王、アン女王《ママ》

〔草稿には出てくるが完成稿では出てきていない〕、マルで待っていた女の子、〈理性〉、警官のバッジ。ここにみんなが登場した。それから巡礼も。それから恋人たちも。それから大時計も。それから顎鬚を生やした年配の紳士も。彼らが全員登場した。そればかりか、各々が自分の役からフレーズなり断片なりを朗唱し始めた……。*41 どうにも（と一人が言った）頭がはっきりしないのだ。もう一人が、理性とはわたしのこと……ああ、あたし？ あたしは古ぼけたシルクハットよ……。狩人はわが家《ホーム》へ、丘から下りてわが家《ホーム》へ……故郷《ホーム》だって？ 坑夫が汗を流し、乙女の信頼が無残に裏切られるところじゃないか……。優しく低く、優しく低く、西の海で風が吹く……目の前に見えるのは短剣か？……梟はホーホーと野次り、蔦《つた》は窓をパタパタ叩いて嘲る……。ご婦人よ、わたしが死にゆくときまで愛を捧げよう、窓辺を離れてこちらにおいで……毛虫が屍をくるむ布を織り上げる……。蝶になりたい。蝶になりたい……われらの平和は神の御心のままに……。ねえパパ、ご本を開いて読んでちょうだい……。聞いて聞いて、ワンちゃんたちがワンワン、物乞いたちが……。

　姿見はあまりに重すぎた。若いボンソープは筋肉隆々だったが、その厄介な代物をもう持ち歩けなくなった。彼は止まった。するとみんなが止まった――手鏡、ブリキ缶、台所の鏡、馬具室の鏡、浮き彫りのついた銀の鏡――そのすべてが停止した。それで観客たちは自分自身を眺めることになった――全身ではないけれど、ともかくじっと座っている自分たち自身を。

時計の針が現在この瞬間で止まった。現在だ。われわれ自身だ。

するとこれが彼女のささやかないたずら《ゲーム》だったわけだ！　われわれをありのまま、いまここで見せること。みんなが身じろぎし、身なりを整えて格好をつけようとした。両手が挙げられ、両脚がそわそわと動いた。バートもルーシーも脇を向いた。みんなが避けるか自分を隠すかした。ただミセス・マンレサだけは例外で、鏡に自分の姿を認めた彼女は、鏡を鏡として使ったのだった。自分の手鏡も出して鼻に白粉を載せ、そよ風で乱れた髪のカールをもとの位置に戻した。

「お見事！」老バーソロミューは叫んだ。彼女だけが恥じらわずに自分らしさを保ち、まばたきすることもなく自分と向き合ったのだった。悠然と、彼女は唇に紅を注した。

鏡を手に、役者たちはしゃがんだ。意地悪そうに観察した。楽しそうに解説役となった。「あの人たちだよ」と、後列の人々は言い交わした。「こんなふうに悪意剝き出しで尊厳を奪われながら、ただ我慢していなくてはならないのか？」と、前列の人々は訴えた。各々が、何か言いたいことがあるみたいに隣席の人のほうを向いて、思いついたことを口にしようとした。一、二インチだけでもずれて、問いただすような無礼な眼差しから逃れようとした。立ち去ろうとする人もいた。

「芝居は終わった、ということだと思う」とメイヒュー大佐はモゴモゴと言いながら、帽子に手を伸ばしかけた。「さてと……」

でも、みんなが共通の結論を出す前に、声が始まった。だれも知らない声だった。茂みから聞こえてきたその声は、拡声器を通して匿名のまま、大音量で主張した。声は告げた――。

紳士淑女の皆さん、お開きにする前に、おしまいにする前に……（立ち上がっていた人も座った）……簡単な言葉で話しましょう。美辞麗句はおしまい、話を大げさにしたり勿体ぶったりするのもやめましょう。リズムは壊して韻は忘れてしまいましょう。そしてわれわれ自身について じっくり考えましょう。われわれ自身のこと。痩せている人も太っている人もいます。（鏡もそう示していた）たいていは嘘つき。泥棒でもあります。（この点について鏡は何も言わなかった）貧乏人も金持ちと変わらずひどいものです。もっとひどいかもしれません。[*42] ボロの背後に隠れてはいけません。でも衣装で取り繕ってもいけません。あるいは学識で取り繕うとか、ピアノをうまく弾きこなすとか、化粧の厚塗りとか、子どもの頃は無邪気だったとか思うのもいけません。羊のことを考えてみましょう。あるいは愛を信じることを考えてみましょう。犬のことを考えてみましょう。[*43] あるいは白髪のお年寄りの美徳について考えてみましょう。あちこちで銃を構えている殺し屋連中、爆弾を落としてくる人たちのことを考えてみましょう。彼らが公然とやっていることは、われわれがこっそりやっていることと変わりません。たとえばね（ここで拡声器はくだけた言葉を使い、会話調になった）Ｍ氏のバンガローのことを考えてみようよ。景観がすっかり駄目になった。あれって殺戮だね……。ミセスＥの口紅と、血みたいに真っ赤なマニキュア……。ねえ、独裁者って奴隷みたいだね。それから作家Ｈ氏の虚栄心――六ペンスの名声ほしさに、糞の山に埋もれてカリカリ書いてるね……。お屋敷の奥方はへりくだるのもお上手――上流階級の洗練だね。それに市場で株を買ったり売ったり……。ああ、われわれ皆同類。わたしを例に取ってもいい。茂みの奥、樹の葉の合間に隠れて弾劾の真似事をしているわたしも、自己批判を免れないよね？　簡単な言葉で話しましょう、美辞麗句はおしまいって言ったのに韻なんか踏もうとして、いわゆる教養ある身とバレちゃうね……。紳士淑女の皆さん、われわれ自身をご覧ください！　そして塀をご覧ください――この塀、大いなる塀、われわれが文明と呼んできた、たぶん呼び間違えてきたこの大いなる塀の材料は（ここで鏡がキラキラ光った）屑、ガラクタ、断片ばかりではないでしょうか――われわれ自身がそうであるように！

でもわたしはここで調子を変えて（いいですか、韻を踏みますよ）、高尚な言葉を述べることにいたします。申し上げるべきことがあります。われわれは猫に優しくします。また今日の新聞には、「妻に心から愛されて」という言葉がありました。それにわれわれには真夜中に窓辺に行き――いいですか、だれも見ていないときにですよ――豆の匂いを嗅いでみようとする衝動があります。あるいはサンダル履きの汚れた小さなニキビ坊やが魂を売ってやると言っても、毅然として断ります。こういうことがあるということ――それは否定できないでしょう。え？　そんなの見つからないって？　われわれ自身がガラクタ、屑、断片からできていることしかわからないって？　それなら蓄音機による主張を聞いていただきましょう……。

ここで遅延が起きた。レコードが混ざってしまったのだった。フォックストロット、香り立つラヴェンダー、楽しきわが家、支配せよブリタニア――大量に汗を搔きつつ、音楽係のジミーはそれらのレコードを脇によけ、正しいレコードを載せた。バッハかヘンデルかベートーヴェンかモーツァルトか*44、それとも有名なだれかの作ではなくて、ただの伝統的な曲だろうか？　いずれにしても、悪魔のような拡声器が匿名で嘶《いなな》いたあとでは、ありがたいことにだれかが話をしているみたいに聞こえた。

水銀がスーッと滑るように、砂鉄が磁石に引き寄せられるように、搔き乱されたものたちが一つになった。曲が始まった――最初の音に次の音、次の音に三番目の音が続いた。それから低音で対抗する力が一つ、そしてまた一つと生まれた。さまざまなレヴェルに力は分岐していった。さまざまなレヴェルにわれわれ自身が向かった。表面で花摘みをしていたわれわれ自身も、降りていって意味と格闘していたわれわれ自身も、あらゆるわれわれ自身が納得して召集に応じた。無限に奥深い心のすべての構成要素が参集した——守られていない無防備な領域からも。太陽が昇り青空が広がった。混沌と喧騒から小節が生まれた。しかし表面のメロディだけが音楽をコントロールしているわけではなかった。羽根をつけた戦闘中の兵士たちが支えていた。バラバラにするために？　違う。地平線の果てから、深淵の手前から呼び集められた兵士たちは衝突し合い、溶解して一つになった。そこで観客たちは指先から力を抜いたり、組んだ脚をほどいたりした。

あの声はわれわれ自身だったのだろうか？　ガラクタ、屑、断片——われわれはそんなものからできているのだろうか？　あの声はどこかに行ってしまった。

引いていく波が何かを残していくように、晴れていく霧が何かを露わにするように、目を上げた彼らは見た（ミセス・マンレサの目は濡れ、一瞬、涙で白粉が滲んでいた）。まるで水が引いたあとに見つかる放浪者の古靴の片方みたいに、牧師の襟をつけた男が人知れず木箱に上がっていた。

「G・W・ストリートフィールド牧師が」新聞記者は鉛筆を舐めて書きつけた。「それから発言した……」

みんなが凝視した。なんて単純極まりない滑稽な姿に、こんなにも耐えがたいくらい小さく収縮してしまったんだろう！　あらゆる場違いな光景の中でも、牧師が祭服姿で最後を締めくくくるという光景は、グロテスク極まりなかった。彼は口を開いた。ああ神さま、冒瀆の言葉、不純な言葉からわたしたちをお守りください！　自分が何者なのか、思い出す言葉など必要なのでしょうか？　ただのトマスやジェイン[*45]にならなくてはいけませんか？

一羽のミヤマガラスが突き出た裸の大枝にこっそり飛び移るみたいに、彼は襟に触って、本番前の咳払いをした。一つの事実が恐怖を宥めてくれた。いつもの癖というように襟に触れた彼の人差し指は、煙草のヤニで黄ばんでいた。G・W・ストリートフィールド先生って、そんなに悪い奴じゃないのかもしれない。伝統的な聖具とか、隅の戸棚みたいなもの。はるか昔の型どおりに代々の村大工が作った、門の梁みたいなものかもしれない。

彼は観客たちを見て、それから上空を見た。紳士階級も一般人も全員が困惑した——その姿に、そして自分たち自身に。あそこで彼はみんなの代表として、みんなの象徴、われわれ自身として語ろうとしている。鏡には嘲笑され、雌牛らには無視され、天空に壮大な変化を与えつつある雲には責め立てられる間抜けな標的として。夏の静かな世界のゆっくりした流れにそぐわない、二股の杭〔シェイクスピア『リア王』第三幕第四場に出てくる表現〕として。

彼の最初の数語は（そよ風が吹き、樹の葉がさやさやと鳴ったので）聞こえなかった。それから「どんな」というのが聞こえた。それに「メッセージを」という言葉が追加され、最後にセンテンス全体が現れた。理解できるというより、音がようやく届いたという感じだった。「どんなメッセージを」と、彼は問いかけているらしかった。「われわれの野外劇は伝えようとしていたのでしょうか？」

みんなは膝の上で手を重ねた――教会で着席している際に、伝統的にそうするように。

「わたしは考えておりました」――言葉が繰り返された――「どんな意味を、メッセージを、この野外劇は伝えようとしていたのでしょうか？

先生と呼ばれ、文学修士号をお持ちの方がわからないなら、だれにわかるというのでしょうか？

「観客の一人として」と彼は続けた（言葉がようやく意味を帯びた）。「評論家ではないわたしには僭越ですが」――そう言いながら、首を白い門のように取り囲んでいる襟を黄ばんだ人差し指で触ると――「わたしの解釈を述べたいと思います。いいえ、解釈というのは大胆すぎる言葉でしょう。あの才能溢れるご婦人は……」彼はあたりを見回した。ラトローブは見当たらない。彼は続けた。「ただの観客の一人として述べますと、わたしは困惑したと打ち明けねばなりません。わたしは自問しました――いかなる理由があって、ああした場面を見せられたのだろうか？　簡略化されていたのも確かです。今日この午後のために使える予算は限られたものでした。それでも、わたしたちはさまざまな集団を見せられました。わたしが間違っていなければ、繰り返し努力が続けられてきたということを拝見したのだと思います。選ばれた人々はごくわずかで〔新約聖書『マタイによる福音書』第二十二章第十四節〕、多くは背景を通り過ぎていくだけでした。それも確かに示されました。でも申し上げますと、こう理解するように求められたのだと思います。わたしは出しゃばりすぎているでしょうか？　天使も恐れるところに踏みこむのはやめるべきでしょうか？〔アレクサンダー・ポープの『批評論』に出てくる表現、「愚か者は天使も踏みこむのを恐れるところに走りこむ」〕　少なくともわたしは、一人ひとりが成員であり〔新約聖書『エフェソの信徒への手紙』第四章第二十五節〕、全体の一部をなしている——そう示されたと思うのであります。これこそが、皆さまといっしょに観客席に座りながら思い浮かんだことでした。こちらのハードキャッスル氏も」（と彼は指差した）「かつてはヴァイキングだったのだとわたしは感じました。レディ・ハリダンも——名前を間違えていたらすみません——カンタベリーの巡礼だったのではないでしょうか？　われわれは違う役割を演じているけれども同じ。ご判断は皆さまにお任せします。その後、この芝居ないし野外劇が進行するにつれ、わたしは注意散漫になりました。たぶんそれも演出家の意図の一部だったのでしょう。思うに、自然もその役割を演じていると感じました。生きているのはわれわれだけだと思うのは間違いではないかと、わたしは自問しました。霊感を授けながら行きわたっていく一つの精神というものがある——そう考えたほうがいいのではないでしょうか……」（数羽のツバメが彼のまわりをスーッと飛んだ。彼の言っている意味がわかっているみたいだった。それからどこかに行ってしまった）「ご判断は皆さまにお任せします。わたしは解説をするためにここにいるのではありません。その役割ではありません。わたしはただ観客の一人として、われわれの一人として語っています。わたしもまた鏡に映りました――なんと自分の鏡に……」（笑い）「ガラクタ、屑、断片！　たしかにわれわれは団結すべきではないでしょうか？」

「しかしながら」（「しかしながら」は新しい段落のしるしだった）「いま一つの立場からも語らせてください。基金の会計係という立場です。この立場から」（彼は一枚の紙を見た）「喜んで皆さんにご報告させていただくと、今日この午後の催しにより、わたしどもの目的、つまりわたしどもの大事な教会の照明のために、三十六ポンド十シリング八ペンスが集まりました」

「拍手」と新聞記者は書きつけた。

ストリートフィールド先生は少し話をやめた。耳を澄ませた。遠くで音楽が聞こえないだろうか？

彼は続けた。「でもまだ不足額があります」（彼は紙を見て確かめた）「まだ百七十五ポンドが足りません。ですからこの野外劇を愉しまれた皆さまにおかれましては、まだまだチャ……」言葉が二つに切断された。ブーンという爆音が切断したのだった。完璧に編隊を組んだ十二機の飛行機が、まるで空を飛ぶ野鴨みたいに頭上にやってきた。それが音楽だったのだ。観客はポカンと口を開けた――じっと見つめた。やがて爆音はブルンブルンと小さな音に変わった。飛行機は飛び去った。*46

「……ンスがあります」ストリートフィールド先生は続けた。「ご寄付のチャンスが」彼は合図をした。するといくつか集金箱が動き出した。鏡の背後に隠れていた集金箱が出てきたのだった。銅貨がカタカタ鳴った。銀貨がジャラジャラ鳴った。でも、ああなんて残念――ゾッとする！　愚か者アルバートが集金箱――蓋のないアルミの小鍋――をジャラジャラ鳴らしてやってきた。この哀れな奴を拒むなんてとてもできっこない。一シリング銀貨が何枚か入れられた。彼はカタカタ鳴らしてクスクス笑った――ペチャクチャ何やらしゃべった。ミセス・パーカーは寄付をしながら――それは偶然、半クラウン銀貨〔二シリング六ペンスに当たる〕だった――ストリートフィールド先生に対し、この邪悪な者をどうか追い払ってください、その祭服でどうかお守りくださいと訴えた。

善良なるストリートフィールド先生は、愚か者を穏やかに見守っていた。わたしの信仰には愚か者をも容れる余地がありますと、先生は言いたいみたいだった。愚か者もまたわれわれ自身の一部なのですと、ストリートフィールド先生は言おうとしているようだった。でも積極的に認めたい一部じゃありませんから、とミセス・スプリンゲットは黙って言い添えながら、六ペンスを入れた。

愚か者を見守っているうちに、ストリートフィールド先生は話の糸を見失ってしまった。言葉を操る力をなくしてしまったようだった。懐中時計の鎖につけた十字架を、彼はクルクルと回した。それから手はズボンのポケットをまさぐった。小さな銀の箱をこっそり取り出した。自然な人間の自然な願望に彼が囚われたということは、だれの目にも明らかだった。もう言葉には用がなかったのだ。

「それでは」と、ライターを手のひらに握りながら彼は言葉を継いだ。「わたしの任務の中でもいちばん楽しいところにまいりました。あの才能あるご婦人に感謝の決議を提案したいと……」彼はキョロキョロ見回して、その描写に見合った対象を探した。そんなご婦人はどこにも見当たらなかった。「……匿名でいたいようでいらっしゃる」彼は言葉を切った。「では……」彼はまた止まってしまった。

気まずいひとときだった。どうやって終わらせたらいいのだろう？　だれに感謝をすればよいのだろう？　自然の音は痛いくらいはっきり聞こえた。樹々のそよぐ音、一頭の雌牛がグッと何かを飲みこむ音。ツバメたちが草の葉をかすめてさっと飛ぶ音も聞こえた。でもだれも言葉を発さなかった。だれのおかげということにすればいいだろう？　みんなで愉しんだお礼をだれに言えばいいのだろう？　だれもいないのだろうか？

すると茂みの背後でガサゴソと音がした。引っ搔くような、これから始まりますよという音。針がレコード盤を引っ搔いていた――チャフ、チャフ、チャフ。それから溝に嵌まり、回転して震える音がして、そこから神よ……（全員が起立した）国王を守りたまえ。

起立した観客たちは、役者たちと向かい合った——役者たちも募金をいったん中止して、募金箱を手に、鏡は隠して、それぞれの衣装をだらりと垂らして立っていた。

幸福で栄光に包まれ、
われらに君臨する時代の長からんことを
神よ、国王を守りたまえ〔イギリスの国歌〕

歌は次第に消えていった。

これが終わりだろうか？　役者たちは立ち去りかねていた。役者たちはそのまま居残って、混じり合った。警官役のバッジがあのエリザベス女王に話しかけている。〈理性〉がロバの前脚と親しげに話している。ミセス・ハードキャッスルはクリノリンのへこみを直している。そして小さなイングランドはまだほんの子どもだったので、バッグからペパーミントキャンディを出して舐めていた。まだ演じられていない役柄、衣装によって授けられた役柄を、だれもがまだ演じている最中だった。彼らの上に美が降り立っていた。美が彼らを詳《つまび》らかにした。光のせいだろうか——夕暮れの優しく消えていく光、追い求めても詮索はしない光、水底を照らし赤煉瓦のバンガローまでも輝かせる光のせいだろうか？

「ご覧」観客たちは囁き合っていた。「ああご覧、ご覧、ご覧——」そしていま一度、観客たちは拍手喝采した。役者たちは手をつないでお辞儀をした。

老ミセス・リン・ジョーンズは、バッグに手を伸ばしながら溜め息をついた。「残念ねえ——あの人たち、着替えないといけないの?」

でも、もう荷物をまとめて帰るときだった。

「時間です、紳士の皆さん、時間です、淑女の皆さん、荷物をまとめてお帰りください」新聞記者は口笛を吹いて、ノートに掛けたゴムをパチンと弾《はじ》いた。でもミセス・パーカーはしゃがみこんでいた。

「手袋を落としたんです。ご迷惑をおかけしてすみません。その下のほう、お席のあいだに……」

蓄音機は有無を言わせない断定的な調子で、勝ち誇ったように告別の辞を告げていた。集いしわれら、散り散りに。それでも——と蓄音機は言い募った——あのハーモニーが創りしすべてを忘れずにいよう。

ああ、まだみんなでいましょうよと、観客たちは返した(しゃがみながら、じっと見ながら、ゴソゴソ探しながら)。みんなでいてこそ愉しみが、甘い愉しみがあるのだから〔ウィリアム・ブレイク「子どもの愉しみ」より〕。

われら散り散りに、と蓄音機が繰り返した。

振り返った観客たちは、窓がいくつも燃え輝いているのを見た——どの窓も黄金色の夕陽に染められていた。観客たちは呟いた。「時間です、紳士の皆さん、楽しき……」でも彼らは一瞬ためらった。黄金色の栄光の向こうに湯沸かし器の亀裂や絨毯の穴が見えたり、日々の請求書が投函されるドサッという音が聞こえたりしたせいだった。

われら散り散りに、と蓄音機は告げた。そして彼らを放擲《ほうてき》した。そういうわけでこれを最後にと背筋を伸ばした彼らは、帽子や杖やスエードの手袋を握り締めながら、これを最後にと拍手を送った——バッジとエリザベス女王に、樹々に、白い道路に、ボルニー教会堂に、装飾塔に。おたがい挨拶し合い、そして散り散りになった——芝生を横切り、小道を歩き、屋敷の脇を抜け、車と自転車とバイクがひしめき合う、砂利を敷いた三日月型の区画へと向かった。

友人たちは通りすがりに挨拶し合っていた。

「思うに」だれかが言っていた。「あの女性《ひと》は舞台に出てこないといけませんでしたよ、牧師さまにお任せしないで……。だって彼女が書いたんですから……。才気溢れる作品だと思いました……。あら、わたしはまったくの駄作だと思いました。意味がおわかりになりました？そうですね、牧師さまの話では、われわれ皆が役割を演じているというのが彼女の趣旨だったと……。それから、牧師さまがおっしゃったことをわたしが理解していたらですが、自然にも役割があるということでしたね……。愚か者もいましたね……。それに、夫が申しておりましたが、歴史っていうならどうして軍隊を取り上げないんでしょう？　それに一つの精神が全体を動かすというのなら、あの飛行機はどうなるんでしょう？……ああ、でも厳しすぎますよ。だってたんなる村芝居じゃありませんか……。わたしの意見では、お宅の人たちに感謝の決議を通すべきでしたね。うちでも野外劇をやりましたが、芝生がもとどおりになるのに秋までかかりましたよ……。でもテントも建てましたからね……。あれはコブズコーナーのコベットさん。お花の品評会で各賞みんなさらっていくんです。わたしは賞を獲った花とか、賞を獲った犬とかをいいとは思わないけれど」

　われら散り散りに――と、蓄音機は勝ち誇ったようでもあり嘆くようでもあった。われら散り散りに……。

「でも忘れちゃ駄目ですよ」古い友人たちがおしゃべりしていた。「経費を抑えないといけなかったんです。この時期、リハーサルなんてやれないでしょう？　干し草を作らないといけないし、映画もあるし……。求心力《センター》が必要なんです[47]。わたしたちみんなが集まれるところ……ブルックスさんたち、こんな状況だけどイタリアに行きました。ちょっと軽率だったかもしれませんね[48]……もし最悪の事態になったら――そうならないといいけど――飛行機を借りるって、あの人たち言っていました……。面白かったのは、あのストリートフィールドがポケットを探っていたことだね。人間というのはいつも説教台に立っていることはない、自然なのがいいと思うよ……それと茂みの奥から声が聞こえましたね……。神託？ ギリシャ人たちのことをおっしゃっていますか？ 不遜なことを言うようですが、神託ってわたしたちの宗教の先駆けだったんじゃないでしょうか？ それはどういうことでしょうか？……クレープソール〔天然ゴムを使った底靴〕？ それはとても理に適っていますね……ずっと長持ちするし、足を守ってくれる……。でも申し上げていたのは、キリスト教の信仰というものは適応していくのかってことなんです。こういう時代にね……ラーティングでは教会に行く人なんていません……グレイハウンド犬のレース〔一九二六年にアメリカ人チャールズ・マンらが始めたドッグレース〕もあるし、映画もあるし……。変な話ですが、科学が物事を（言ってみるなら）より霊的にしているそうですよ……ごく最新の知見だと、固体っていうのはないんだそうです〔量子力学への言及か〕……ほら、樹の合間からちらっと教会が見えますよ……」

「アンフェルビーさん！ お会いできてよかった！ どうぞ食事にいらしてください……ごめんなさい、われわれはこれからロンドンに戻るんです。下院で審議中*49なので……さっき申し上げていたんですが、ブルックスさんたちはイタリアに行かれました。火山を見たんですって。

噴火が見事だとのこと、幸運でしたね〔ナポリ近郊のヴェスヴィオ火山が火山活動を活発化させていた〕。そうですね——大陸では状況がこれまでにないくらい悪化しています。それに考えてもみてください。海峡なんて、侵略してくる気になれば何でもありません。申し上げたくはありませんでしたが、あの飛行機を見て思ったのは……。いいえ、あんまり細切《こま》れだと思いました。愚か者のことを考えてみてください。あの人は、何ていうか何か隠れたもの、いわゆる無意識みたいなものがあると言いたかったんでしょうかね？　でもどうしていつもセックスを引っ張ってくるんでしょう〔フロイト心理学を意識した言い方〕……。たしかに、われわれ皆がいまも未開人だというのはもっともです。赤い爪の女たちとかね。それに軍服を着こんで——あれって何でしょう、遠い昔の未開人だなって思います……。鐘が鳴ってる。ディン、ドン、ディン〔シェイクスピア『テンペスト』〕……ちょっとひび割れたみたいな古い鐘の音ね……それと鏡！　われわれを映して……あれは残酷だと思いました。無防備に捕まえられた状態だと、馬鹿みたいに見える……あそこに行くのはストリートフィールド先生、夕べの礼拝に向かっているんでしょう。急がないと着替える時間がないんじゃないかしら。……彼女の趣旨は、われわれみんなが演じているということだとおっしゃっていましたね。そうかもしれませんが、でもだれのお芝居でなんでしょう？　ああ、それこそが問題ね〔シェイクスピア『ハムレット』〕！　それに終わっても疑問が残るなら、芝居としては失敗じゃないでしょうか？　芝居は観たら意味がしっかり把握できるのがいい……でもたぶんそれこそ、彼女が意図していたことじゃないかしら？……ディン、ドン、ディン……結論に飛びつかなくても、あなたとわたしが違ったふうに考えていった結果、あるとき同じことを考えるようになるんじゃないかしら？」

「お久しぶり、カーファクスさん……詰めて座るのがお嫌じゃなければ、わたしたちの車にお乗りになりませんか？　カーファクスさん、あのお芝居について、われわれは疑問を出し合っていたんです。たとえばあの鏡――映っているのは幻ということなんでしょうか。あの曲、バッハかヘンデルか、とくに有名な作曲家のじゃないのかわからないけど、あの曲のほうが真実だというんでしょうか？　それとも逆でしょうか？」

「なんてことだ、困りますね！　だれも車の見分けがつかないようだ。だから目印に猿のマスコットを置いてるんだが。……でも見当たらない。……待っているあいだに教えてください、にわか雨が降ったとき、だれかがわたしたちみんなのために泣いているような気がしませんでしたか？「涙、涙、涙」と始まる詩がありましたね。「ああ、そして縛《いまし》めを解かれた大海原が……」と続く。でも他は思い出せない」〔ホイットマン「涙」二一八頁参照〕。

「それから、一つの精神が全体を動かすとストリートフィールド先生がおっしゃったとき、飛行機の邪魔が入りましたね。野外劇のいちばん困ったところです……。もちろん、彼女がまさにそういうことを意図していたのでなければですが……なんてことだ、駐車の区画が何というか、適切じゃありませんね……それにイスパノ・スイザ〔スペインの高級車〕がこんなに何台もあるなんて、思ってもみませんでした……あれはロールス・ロイス〔イギリスの高級車〕……あれはベントレー〔イギリスの高級車〕……あれは新型のフォード〔アメリカの大衆車〕……。意図の話に戻れば、機械って厄介ですね、わざわざ騒音を作り出して……ディン、ドン、ディン……あれは最後の……ディン、ドン……猿のマスコットの車があった……入って……パーカーさん、さようなら……電話をください。……次にぼくたちがこちらに来たときもどうぞ忘れないで……次に……次に……」

車輪が砂利の上で軋んだ。一台また一台と、車は走り去っていった。

蓄音機はガラガラと、統一——離散と言った。ガラガラと、統……離……と言った。そしてそれを最後に、ぴたりと止まった。

昼食を囲んだ小集団は、台地《テラス》に残って佇んでいた。巡礼たちが草のあいだの小道を荒らしてしまった。それに芝生もかなり片づけが必要だろう。明日になれば電話が鳴るだろう。「わたし、ハンドバッグを置き忘れていませんか？……赤い革のケースに入った眼鏡はありませんでしたか？……小さな古いブローチ、わたし以外にはだれも何とも思わないブローチなんですが」明日になれば電話が鳴るだろう。

そしてオリヴァー氏は「奥さま」と言い、手袋を嵌めたミセス・マンレサの手を取ってぎゅっと握った。まるで「ぼくにくださったものを、いま持っていってしまうんですね」とでも言いたげだった。まるでもう少しのあいだ、エメラルドやルビー——痩せこけたラルフ・マンレサが貧乏時代に掘り出したという噂の——に、しがみついていたいみたいだった。でも残念なことに、夕陽は彼女のお化粧の味方をしてくれなかった。化粧が肌によく馴染まず、深く混じり合っていないように見えた〔ウィリアム・ワーズワース「ティンタン寺院」の「崇高な感覚／もっと深く混じり合ったもの」より〕。だから彼は彼女の手を離した。すると彼女はいたずらな悪漢みたいに目を輝かせ、何か言いたそうにした——でもその言葉は途中で遮られてしまった。彼女が向きを変えるとジャイルズが進み出てきたから。天気予報士の予報どおりの軽いそよ風が、彼女のスカートをはためかせた。彼女は去った——女神のように快活にして豊満、花綵でつないだ捕虜をうしろにしたがえて。

みんなが退却し撤退し、散り散りになっていく。ぼくは冷たい灰とともに取り残され、赤い燠火《おきび》も、赤い燠火もどこにも見当たらない〔一四六頁参照〕。心臓《ハート》のこのガクガクする感じ、血管から血がしたたり落ちるこの感じを、どんな言葉なら言い表せるだろう——ジャイルズをお供に退却していくマンレサ、たいした女、感覚を愉しむだけのあの女が、ぼくをぬいぐるみのように引き裂き、心臓のおが屑をこぼれるままにしていく。

老人は喉の奥で呻き声を上げ、右に曲がった。ヨタヨタが始まる、トボトボが始まる、だってダンスはおしまいだから〔バイロン『チャイルド・ハロルドの巡礼』の有名な句「ダンスが始まる！」のもじり〕。彼は樹々のあいだをゆっくり歩いて抜けた。ここで今朝早く、小さな男の子の世界を壊してしまったのだった。新聞を被って飛び出して、あの子を泣かせてしまった。

睡蓮池の向こうの谷間で、役者たちが着替えていた。茨の合間に彼らが見えた。ヴェストにズボンを穿いて、フックを外したりボタンを留めたり、四つん這いになったり、安物のアタッシュケースに衣装を詰めたりしていた。銀の剣、髭、エメラルドは草の上だった。ミス・ラトローブはコートにスカート——脚ががっちり太いせいで短すぎた——姿で、クリノリンの波と格闘していた。しきたりは守らねばならない。だから彼は池のそばで立ち止まった。池の水は泥の上で濁っていた。

すると彼の背後から近づいてきて「あの人にお礼を言うべきじゃないかしら？」と、ルーシーが尋ねた。彼女は彼の腕を軽く叩いたのだった。

宗教のせいで、妹はひどく鈍感になったなあ！　香炉の煙に、人間らしい心《ハート》が燻《いぶ》されてしまった。表面をかすめて飛ぶばかりの妹には、泥の中の奮闘がわからない。ラトローブさんは、牧師の解釈にも役者たちの不首尾や不手際にも苦しんだのだから……「ルーシー、あの女性《ひと》はわれわれのお礼なんか求めていないよ」彼はぶっきらぼうに言った。あの人が求めているのは、あの鯉と同じで（水中を何かが動いていた）泥の中の暗がりだよ。酒場のソーダ割りウィスキーとか、水中を蛆虫みたいに降りていく粗い言葉とか。

「作者じゃなくて役者たちに礼を言えばいい」彼は言った。「それかわれわれ自身、観客に」彼は肩越しに背後を見た。　先史時代的な地元の老婦人が、従僕の押す車椅子に乗って遠ざかっていこうとしていた。　従僕は老婦人を押してアーチをくぐった。いま、芝生の上は空っぽだった。屋根とまっすぐな煙突の輪郭がくっきりと際立ち、夕暮れの青い空を背景に赤く染まっていた。屋敷が出現した――消滅していた屋敷が。やれやれ、終わってよかった――あたふたしたり取っ組み合ったり、口紅だとか指輪だとかはもうおしまいだ。彼はかがんで、花びらの取れた牡丹の花を摘んだ。孤独がまたやってきた。そして理性も戻ってきたから、ランプの下で新聞が読める……。でもぼくの犬はどこだ？　犬舎につながれているんだろうか？　カッとしたせいで、こめかみの血管が膨らんだ。彼は口笛を吹いた。するとキャンディッシュに放してもらった犬が、鼻先に泡をつけて芝生を走ってきた。

ルーシーはまだ睡蓮池を眺めていた。「みんな行ってしまったのね」と、彼女は呟いた。「葉っぱの下にね」水面に落ちる影に怯えて、魚たちは撤退していた。彼女は水を眺めた。触るともなしに十字架を触った。でも目は魚を追って水面を探していた。睡蓮の花は閉じかけていた――赤い花も白い花も、葉っぱのお皿の上で閉じかけている〔テニスンの詩「いま真紅の花びらが眠った」への言及〕。上方は空気が駆け抜け、下方には水がある。彼女は二つの流動体のあいだに立ち、十字架を触っていた。信仰があるために、彼女は早朝に何時間も跪いていなくてはならなかった。しばしば目を彷徨わせる愉しみに彼女は誘い出されてしまった――陽光が射してきたわね、あちらに影が落ちたわね、というように。いま、隅のほうの端がギザギザのあの一枚の葉は、その輪郭からするとヨーロッパかしら。他の葉も浮かんでいた。彼女は水の表面のあちこちに目をやり、あの葉はインド、あの葉はアフリカ、あの葉はアメリカと名づけていった。安全に守られた島々――艶やかだし厚みもあるし。

「バート……」彼女は彼に話し掛けた。トンボのことを尋ねるつもりだった――アオイトトンボをあちこちで殺してしまったら、ここに棲み着くことなんてできないんじゃないかしら？でも彼は屋敷に入ってしまっていた。

するとと水中で何かが動いた。彼女のいちばんのお気に入り、ファンテイル〔金魚の一種、琉金とも〕だった。ゴールデンオルフェ〔金魚の一種〕があとに続いた。それから銀色がちらりと見えた――めったに水面までは来ない、大きな鯉だ。魚たちはスーッと泳ぎ、茎のあいだを入ったり出たりした――銀色、ピンク、金色が、跳ねたり走り抜けたりして混ざった〔ジェラルド・マンリー・ホプキンスの詩「混成の美」への言及〕。

「われわれ自身」彼女は呟いた。理性にそれほど頼らなくても、グレーの水の中から信仰の輝きを引き出せるのではないかと期待しながら、彼女は魚たちを追った——細かいまだら、縞模様、大きなまだらの魚たちを。そしてそのヴィジョンに、われわれ自身の美と力と栄光を見たのだった〔キリスト教の祈禱文にある「国と力と栄光は永遠にあなたのもの」のもじり〕。

魚には信仰心がある、彼女の理性はそう告げていた。わたしたちが捕まえないから、魚たちはわたしたちを信じてくれるのよ。でも兄は「食い意地が張っているだけだよ」と言うだろう。「だってあんなに美しいじゃない！」と彼女はムキになる。「性本能だよ」と兄は言う。「美に敏感な性本能を作ったのはどなたでしょう？」と彼女は食い下がる。兄は肩をすくめて、だれだろうねえ？　と言う。どうしてなんだろうねえ？　黙らざるを得なくなって、彼女は自分だけのヴィジョンに戻る。美でも善でもあるヴィジョン、われわれはボートで海を漂流中というヴィジョンに。でも、たいていは大丈夫でも、どんなボートだって水漏れするときはあるんじゃないかしら？

兄は理性の松明を掲げ、洞窟の暗闇の中でやがてその炎も消えてしまうところまで進んでいく。彼女は毎朝跪き、自分のヴィジョンを守る。毎晩、彼女は窓を開け、空を背景に生い茂る葉っぱを見る。それから眠りにつく。そして、てんでに紙テープを投げているみたいな鳥たちの声に起こされるのだった。

魚たちが水面に集まっていた。何もあげるものがなかった——パン屑もなかった。「あなたたち、ちょっと待っててね」彼女は彼らに話しかけた。お屋敷《うち》に走っていってミセス・サンズにビスケットをもらおう。すると影が落ちた。魚たちはキラリと身を翻した。なんて苛立たしい！　だれなの？　おやまあ、あの若い男性、でも名前が出てこない。ジョーンズじゃなかったし、ホッジでもなかった……。

ドッジは、唐突にミセス・マンレサのそばを離れたのだった。庭じゅう、ミセス・スウィズンを探し回った。いま見つけたのに、彼女ときたら、彼の名前を忘れてしまっていたのだった。「ウィリアムです」彼は言った。それを聞いて彼女は蘇った。まるで白い服を着て庭に出ている少女のよう、薔薇に囲まれ、走って彼に会いに来たみたい——まだ演じられていない役柄だった。

「わたし、ビスケットを取りに行こうと——いいえ、役者さんたちにお礼を言おうと」彼女はまごついて、乙女のように顔を赤くした。それから兄のことを思い出した。「わたしの兄は、作者のラトローブさんにお礼を言っちゃいけないって申しますの」と言い添えた。

彼女の睡蓮池の深みから立ち上ってくるのは、いつだって「わたしの兄は……わたしの兄は」だった。

役者たちについて言えば、ハモンドはもう頰髯を外して、いまコートのボタンを留めている最中だった。ボタンのあいだに時計の鎖を下げて、彼は歩み去った。

ミス・ラトローブだけが残って、草地で何かの上にかがみこんでいた。

「お芝居は終わりました」彼は言った。「役者たちは立ち去りました」〔シェイクスピア『テンペスト』第四幕第一場より〕

「でも、作者にお礼を言っちゃいけないって、わたしの兄は申しますの」ミス・ラトローブのほうを向きながら、ミセス・スウィズンは繰り返した。

「でしたら、ぼくからあなたにお礼を言わせてください」彼は言った。彼は彼女の手を取ってぎゅっと握った。いろいろ考え合わせると、二人がもう一度会うことはたぶんもうなさそうだった。

教会の鐘はいつも、次にまた鳴るかな？　と思わせて止まってしまう。芝生を中ほどまで歩いていたアイサは、耳を澄ませた。……ディン、ドン、ディン……次の音は鳴らないみたい。教会に集まった会衆は跪いていた。礼拝が始まろうとしていた。お芝居は終わった。舞台だった草地の上を、ツバメたちがさっとかすめて飛んだ。
ドッジがいた――読唇の人、わたしの同類〔ボードレール『悪の華』より〕、わたしの共謀者、隠れた顔を探し回る人。彼はミセス・マンレサのもとに急いで戻ろうとしていた。ミセス・マンレサはジャイルズを連れて先に行ってしまった――「子どもたちの父親」を、と彼女は呟いた。肉体が彼女の上に降り注がれた――神経を張り巡らせた熱い肉体、明るく照らし出されたり黒ずんで重い物体となったりもする肉体が。毒矢を受けて錆色になった傷〔エドワード・フィッツジェラルドの詩「三本の矢」への言及〕を癒すために、彼女は一日じゅう探し求めていた顔を求めた。身繕いをしながら人々の背中の向こう、肩の向こうに視線をやって、彼女はグレーの服の男性を探し求めたのだった。テニス・パーティで、彼はティーカップを渡してくれた。一度はラケットを渡してくれた。ただそれだけだった。でも、あの鮭が銀の棒みたいに跳ねる前にもし会っていたらと、彼女は泣きたかった……もし会っていたらと、叫び出したかった。彼女の小さな坊やが納屋でみんなの体を掻き分けてやってきたときも、「あの人の子だったなら」と、彼女は呟いたのだった……歩きながら、手もとにあった苦い葉っぱを彼女はむしった――そこは偶然、子ども部屋の窓の外だった。〈老人の鬚《サルオガセ》〉。彼女は言葉を細かく砕く代わりに――というのもそれは言葉が育たず、薔薇も咲かないところだったので――その葉っぱを小さくちぎりながら、彼女の共謀者、彼女の同類、消えた顔を探し回る人を追い抜いて歩いていった。その姿はざっと翻訳するなら「まるでヴィーナスが餌食を捕らえたよう……」〔ラシーヌ『フェードル』第一幕第三場より〕だとドッジは思いながら、あとを追った。

角を曲がると、ジャイルズがミセス・マンレサの近くにいた。彼女は車のドアのところに立っていた。ジャイルズはサイドステップに足を掛けていた。いまにも矢が放たれそうだと、彼らは気づいているのだろうか？

「ビル、飛び乗ってちょうだい」と、ミセス・マンレサはからかうようにドッジに言った。

そして車輪が砂利の上で軋み、車は去っていった。

ようやくミス・ラトローブはうずくまっているのをやめ、立ち上がった。見つからないように、長いことそうしていたのだった。鐘はもう止まっていた。観客は帰っていたし、役者も帰っていた。ようやく背を伸ばすことができた。腕を広げることができた。世界に向かって、わたしの贈り物を受け取りましたねと叫んでもよかった。彼女は栄光に包まれた——ほんの一瞬だったけれども。でも、わたしは何を差し出したんだろう？　地平線で、やがては他の雲たちに混じり合ってしまう雲だろうか。差し出すことにこそ勝利感があった。でも勝利感も薄れてしまった。わたしの才能なんて何でもない。もしみんながわたしの意図を理解してくれたら、もし役柄をわかっていてくれたら、もし真珠が本物で資金が無限だったら——もっといい贈り物になっていただろうけど。いま、それは出ていって他のものたちと合流してしまった。

「失敗だった」彼女は呻いて、しゃがんでレコードをまとめた。

すると突然、彼女が隠れていた樹をムクドリの群れが急襲した。一団になってやってきて、羽根の生えた小石みたいに次々に降り立った。ムクドリたちがガヤガヤ立てる音で、一本の樹が丸ごと歌い出した――まるで一羽一羽が針金を弾《はじ》いているみたいだった。鳥たちが口々に騒ぎ立てる樹、鳥たちで揺れる樹、鳥たちに黒く染められた樹から、ガヤガヤ、ブーンと音が立ち上った。一本の樹全体がラプソディに、震える喧騒に、ガヤガヤと揺れ騒ぐ歓喜そのものになった。小枝たちも葉っぱたちも鳥たちも、無節操にやむことなく樹にむしゃぶりつきながら、てんでばらばらに――生きてる、生きてる、生きてる、と短く叫んだ。そしてふわり！　みんな飛び去った！

何が邪魔したんだろう？　老ミセス・チャルマーズが、何輪か花を摘んだあとで草地を抜け、忍び去ろうとしていた――ナデシコを摘んだらしい。夫の墓の花瓶に活けに行くんだろう。冬にはヒイラギか蔦。夏には花。ムクドリたちを怖がらせたのは彼女だったのだ。いま、彼女は歩き去ろうとしていた。

ミス・ラトローブは蓄音機にかけたレコードを入れた、重いスーツケースの留め金をカチャリと嵌めて持ち上げた。台地《テラス》の上を歩いて、ムクドリが止まっていた樹のそばで立ち止まった。そこで彼女は経験したのだった――勝利、屈辱、昂揚、絶望を、何の見返りもなしに。踵を踏みしめて、草地に穴を穿ったのだった。

暗くなってきた。空を煩わせる一片の雲もなかったので、青はいっそう濃い青に、緑はいっそう濃い緑になっていた。もう景色は見えなかった——装飾塔もボルニー教会堂も見えなかった。ただの大地、とくにどことも特定できない大地になっていた。彼女はスーツケースを置いて佇み、大地を眺めた。すると何かが表面に浮かんできた。

「彼らをここに集めよう」彼女は呟いた。ときは真夜中。岩陰になかば隠れるように二つの影がある。幕が上がる。最初の言葉は何だろう？　その言葉は彼女にはわからなかった。


ふたたび、彼女は重いスーツケースを肩に掛けた。芝生を大股で歩いていった。屋敷はまどろんでいた。ひと筋の煙が上がり、樹々を背景に濃くなった。輝くような草花——百合、薔薇、白い小花の一群、萌える緑の茂み——を生み出す大地が、なおもこんなに硬いなんて奇妙なことだった。大地から緑の水が湧き出て、覆い被さってくるように感じた。彼女は岸辺を離れて航海に出ることにした——手を上げ、鉄でできた入り口の扉の掛け金を探った。

台所の窓からスーツケースを放りこんだら、酒場に行こう。彼女のベッド、彼女の財布を分かち合った女優と喧嘩別れになって以来、酒を飲みたいという欲求が昂じていた。それに、独りでいるのは怖くて恐ろしい。村の決まりのどれかを、じきに破ってしまうかもしれない。どれだろう？　酒を飲むな？　貞節を守れ？　自分のものとは言えないものを横取りしてしまうとか？
曲がり角で、墓地から戻ってきたチャルマーズさんと鉢合わせになった。老女は下を向き、手に持った萎れた花を見つめ、彼女を無視した。赤いゼラニウムを植えたコテージの女たちはいつもそうするのだった。彼女はのけ者だった。どういうわけか、自然が彼女を同類から引き離したのだった。それでも、彼女は原稿の余白に「わたしは観客の奴隷」と書いたのだが。

彼女はスーツケースを台所の窓から押しこむと、そのまま歩き続けた。角の酒場の窓に、赤いカーテンが見えてきた。避難所になってくれるだろう——人々の声が聞こえ、ものを忘れさせてくれるだろう。彼女は酒場のドアの取っ手を回した。気の抜けたビールのつんと刺すような匂いが彼女を迎えた——それに話している人々の声も。彼らは話をやめた。彼らの言うところの「親方」、つまり彼女のことを話していたのだった——それでもかまわなかったのだが。彼女は椅子に座り、煙草の煙を透かして、窓ガラスにざっと描かれた牛小屋の雌牛の絵、そして雄鶏と雌鶏の絵を見た。グラスを持ち上げて唇に当てた。そして飲んだ。そして耳を澄ませた。短い言葉たちが泥の中に沈んでいった。彼女はうとうとした——コックリした。泥が肥沃になってきた。耐えがたいほどの重荷を背にした雄牛が耕しているその泥の底から、言葉たちが浮かび上がってきた。意味のない言葉たち——驚異に満ちた言葉たちが。安時計がティック、ティックと鳴った。煙のせいで壁の絵がかすんで見えた。煙のせいで口の中が酸っぱくなった。煙のせいで、人々の着ているアースカラーの上着がかすんで見えた。彼女はもうそれらの事物を見ているのではなかった。目の前にグラスを置き、両腕を腰に当てて座ったままの彼女を、むしろそれらが支えていた。真夜中の高台。そこには岩と、二つのかすかな影がある。突然、樹にムクドリたちが降り立つ。彼女はグラスを置いた。最初の言葉を聞いたのだった。

樹々の下方、窪地のポインツ・ホールでは、食堂のテーブルが片づけられていた。キャンディッシュはカーヴしたテーブルブラシでパン屑を払い、花びらはそのままに、デザートを食べる家族だけを残して出ていった。芝居は終わり、他人は去り、彼らだけが残った——家族だけが。

芝居はまだ心の天空に掛かっていた——移動して小さくなりつつあったけれど、まだそこにあった。ラズベリーに砂糖をつけながら、ミセス・スウィズンは芝居を見つめた。ラズベリーを口に入れて、「どういうつもりだったんでしょうね?」と言い、付け加えた——「お百姓さんたち、王さまたち、愚か者、それと」（ここで彼女はごくっと飲み下して）「われわれ自身」

全員が芝居を見つめた——アイサ、ジャイルズ、オリヴァー氏が。もちろん三人とも異なるものを見ていた。もう間もなく芝居は地平線の向こうに沈み、他の芝居たちと混じってしまうだろう。オリヴァー氏はチェルートを手に持って「あまりに野心的だったよ」と言った。そして、チェルートに火をつけて言い添えた——「予算はわずかだったのに」

芝居は遠くに漂っていき、他の雲たちと混ざろうとしていた——姿を消そうとしていた。煙を通して、アイサは芝居そのものではなく、散り散りになっていく観客たちを見ていた。みんなが車に乗ったり、自転車に跨ったりしていた。門がぐいと開かれた。一台の車がアプローチをすっと走って、小麦畑のあいだの赤いヴィラに帰っていく〔夫妻の車《ハイネス》〕。アカシアの花をつけて車は到着する。

「たくさんの鏡と、茂みの中の声」彼女は呟いた。「どういうつもりだったんでしょうね？」

「ストリートフィールド先生が説明してくださいって頼んでも、あの人はしませんでしたね」とミセス・スウィズン。

ここで皮を四つに剝いて白い中身を出して、ジャイルズが妻にバナナを勧めた。彼女は拒んだ。彼は火のついたマッチを皿に擦りつけた。ラズベリーの果汁でジュッという音を立て、火は消えた。

「お天気にお礼を言わないといけませんね」と、ミセス・スウィズンはナプキンを畳みながら言った。「一回だけにわか雨が降ったけれど、それ以外は完璧でしたからね」
そう言って彼女は立ち上がった。アイサは彼女に続き、玄関ホールを抜けて大きな部屋に向かった〔ディナーの席では女性たちが先に退席する慣わしがあった〕。

彼らがカーテンを閉めるのは暗くて何も見えなくなってから、窓を閉めるのはあまりに寒いと感じるようになってからだった。終わりもしないうちに一日を外に締め出すなんて、どうしてできるだろう？　花はまだ艶やかだし、鳥たちも囀っている。夕方なら魚を注文しなくていいし電話も鳴らないから、もっとよく見ていられる。ミセス・スウィズンはヴェネチアの名画の前で立ち止まった――カナール派〔ジョヴァンニ・アントニオ・カナール。ヴェネチアの風景画で知られる十八世紀の画家〕だ。運河に浮かぶゴンドラの幌《フード》の下には小さな影がある――ヴェールを被っているのは女の人？　それとも男の人かしら？

アイサは縫いもの一式をテーブルから取り上げ、窓辺の椅子に行き、膝を折り曲げて深々と座りこんだ。貝殻のような部屋の中から夏の夜を眺めた。ルーシーは絵の中への旅から帰ってきて、黙って佇んだ。太陽に当たって眼鏡のレンズが赤く光った。黒いショールで銀色が跳ねた。一瞬だけ、彼女は別の芝居から出てきた悲劇の人物みたいに見えた。

それから彼女はいつもの声で語った。「今年は去年よりうまくやりました。でも去年は雨が降りましたからね」

「今年、去年、来年、もうない……」[*50]アイサは呟いた。窓枠に陽が射して、手が灼けるみたいに熱くなった。ミセス・スウィズンはテーブルから編みものを取った。

「牧師さまのおっしゃったこと、そのとおりだとお思いになる?」彼女が訊いた。「われわれはさまざまな役割を演じてはいるけれど、同じだとおっしゃっていましたね」

「ええ」アイサは答えた。「いいえ」彼女は言い足した。それはええ、でもあり、いいえ、でもあった。ええ、ええ、ええ──潮は包みこもうと押し寄せてくる。いいえ、いいえ、いいえ──潮は引いていく。砂浜に古靴の片方が残った。

「屑、ガラクタ、断片」消えつつある芝居から、彼女は思い出せるものを引用した。

ルーシーは答えようとして唇を開き、手を十字架に撫でるように載せたが、ちょうどそのとき男性陣が入ってきた。歓迎のしるしに、彼女は小さな囀りのような音を立てた。脚を引きずって歩いてスペースを空ける。でも本当は必要以上にスペースはあったし、覆い《フード》をつけたままの大きな椅子もいくつか並んでいた。

男たちは座った──夕陽のおかげで二人には気品が備わっていた。どちらも着替えていた。

ジャイルズは専門職の階級らしく、黒い上着に白いネクタイといういでたちだった。それなら足もとは——アイサは彼の脚を見下ろした——予想どおり型押しレザーの靴だった。「われわれの代表、われわれの代理人ってわけね」彼女は冷笑した。それでも彼は素晴らしく凜々しかった。「わたしの子どもたちの父親、わたしが愛して憎んでいる人」愛と憎しみ——この二つはなんてわたしを引き裂くんだろう！　本当にそろそろだれかが新しい筋書きを作るか、作者が茂みから出てこなきゃいけない……。

　ここでキャンディッシュが入ってきた。二回目の郵便物を銀のお盆に載せてきた。手紙や請求書が何通か、それから翌日の朝刊があった——前日というものを消滅させてしまう新聞が。まるでビスケットの屑を咥えに水面に浮かんできた魚のように、バーソロミューが新聞に飛びついた。ジャイルズはビジネス文書らしいものの封を切った。ルーシーはスカボロ〔イングランド北東部、ヨークシャー州の海辺の町〕に住んでいる旧友からの、小さな字で縦横に書かれた〔スペース節約のために、ひととおり書いたあとで便箋を横にして書く習慣があった〕手紙を読んでいた。アイサには請求書しかなかった。

　貝殻の中にいつもの音がこだました。サンズが火を熾《おこ》している。キャンディッシュがボイラーに石炭をくべている。アイサは請求書を全部見てしまった。貝殻のような部屋の中に座って、彼女は野外劇がかすんでいくのを〔シェイクスピア『テンペスト』第四幕第一場より〕見ていた。いまにも萎みそうな花々が最後にキラッと輝いた。彼女はその輝きを見ていた。

新聞がカサコソ音を立てた。もう一方の手が新聞を摑む。ダラディエ首相はフランの切り下げに成功。いっしょに遊ぼうと、少女は衛兵たちについていった。少女は悲鳴をあげた。衛兵を叩いた……。それからどうなったのだろう？

アイサが花々をもう一度見ると、もう萎んでいた。

バーソロミューが読書灯をカチッとつけた。読者たちが白い紙に引き寄せられているのが、丸く照らし出された。その陽灼けした野の窪みに集っているのは、キリギリス、蟻、カブトムシ。三匹はツヤツヤ光る切り株の合間を縫って、陽灼けした土玉を転がしている。その陽灼けした野の薔薇色の片隅で、バーソロミュー、ジャイルズ、ルーシーが、土くれを磨いたり齧ったり割ったりしている〔ルパート・ブルックの戦争詩「兵士」のパロディ〕。アイサはその光景を眺めていた。

やがて新聞が床に落ちた。

「読み終わりましたか？」ジャイルズはそう言い、新聞を父から取った。

老人は新聞を手放した。彼は光を浴びた。片手で犬を撫でて、首輪に向かって毛を波打たせた。

時計がティック、ティックと音を刻んでいた。屋敷は小さなミシミシッという音を立てた――とても脆くなり、乾燥しきっているみたいに。窓辺に置いたアイサの手が、にわかに冷たくなった。影が覆い、庭が消滅してしまっていた。薔薇たちも夜間は撤退してしまった。

ミセス・スウィズンは手紙を畳み、アイサに小声で言った。「さっき見てみたら、赤ちゃんたち、ぐっすり眠っていましたよ。紙の薔薇に囲まれてね」

「戴冠式の残りもの」バーソロミューは半分寝ぼけて呟いた。

「でも、あんなに飾りつけに手間をかけなくてよかったのよね」ルーシーは言い足した。「今年は雨が降らなかったのだから」

「今年、去年、来年、もうない」アイサが呟いた。

「金物屋さん、仕立て屋さん、兵隊さん、水兵さん」〔六三頁参照〕バーソロミューが繰り返した。寝言を言っているのだった。

ルーシーは手紙をそっと封筒に戻した。いまこそ、お気に入りの『歴史概説』〔一五頁＊2参照〕を読む時間だった。でも、どこまで読んだかわからなくなってしまった。挿絵を見ながら頁をめくった――マンモス、マストドン、先史時代の鳥たち。そして読みかけていた頁を見つけた。

闇が濃くなった。そよ風が部屋をぐるりと吹き抜けた。小さな身震いをして、ミセス・スウィズンはスパンコールのついたショールを肩に巻きつけた。記述に引きこまれ、窓を閉めてくださいなとも言えなかったのだった。「イングランドは」と彼女は読んでいた。「その頃沼地だった。密林が大地を覆っていた。絡まり合った樹の枝の上で、鳥たちが囀った……」

開け放った窓の大きな四角形からは、もう空しか見えなかった。光を排した空、厳しく冷たい空だった。影たちが落ちてきた。バーソロミューの秀でた額に、高い鼻に、影たちが忍び寄ってきた。彼は裸木のように、亡霊のように見え、椅子は記念碑みたいに大きく見えた。犬が肌を震わせるように、彼の肌も震えた。彼は立ち上がり、身震いをして虚空《こくう》を睨み、部屋から大股で歩き去った。彼を追っていく犬のパタパタという足音が聞こえた。

ルーシーは頁を繰った――素早く、バツが悪そうに、まるで章を読み終える前にもう寝なさいと言われそうな子どもみたいに。

「先史時代の人間は」と彼女は読んだ。「なかばヒト、なかばサルだった。中腰の状態から立ち上がり、大きな石を振り上げた」

スカボロから来た手紙を頁のあいだに挟み、そこを章の終わりのしるしにして、彼女は立ち上がってにっこり微笑み、足音を忍ばせて部屋を出ていった。

年寄りたちはベッドに引き揚げてしまった。ジャイルズは新聞をクシャクシャと畳み、灯りを消した。その日初めて二人きりになり、彼らは黙っていた。二人きりになると、敵意が剝き出しになった――そして愛も剝き出しになった。眠る前に、彼らは闘争しなくてはならなかった。闘争のあとなら抱擁するかもしれない。その抱擁から、もう一つの生命《いのち》が生まれるかもしれない。でもまずは闘争しなくてはならなかった――闇の奥《ハート》〔ジョゼフ・コンラッドに同名の小説がある〕、夜の戦場で、雄ギツネと雌ギツネが戦うように。

アイサは縫いものを置いた。覆い《フード》を掛けた大きな椅子がそこここで巨大になった。そしてジャイルズも巨大になった。そしてアイサもまた、窓を背景に巨大になった。窓は色のない空をいっぱいに映し出した。屋敷はもう避難所ではなかった。それは道が造られる前の、家々が造られる前の夜だった。洞穴に住む未開人たちがどこかの岩場の高台から見た夜だった。

そして幕は上がった。彼らは話を始めた。

# 訳注

＊1――州議会が村に下水道を引く計画を中止して、共同の屎尿溜めを設置することにしたということ。糞尿を屎尿溜めで処理するのは旧式の下水処理法で、一九三〇年代のイギリスでは個人の住宅でもあまり使われなくなっていた。一九三八年の夏、サセックス州ロドメルにあったウルフ夫妻の別荘の隣には（屎尿溜めではなく）下水ポンプ場を作る計画が持ち上がっている。ウルフは共同の屎尿溜めに言及することであえて時代設定を攪乱させており、このような年代の攪乱は本作品に他にも出てくる。また、水は救済のシンボルでもあり、水が来ないという状況は、これからの物語の中で、登場人物が喉の渇きを訴えたり、彼らに太陽が照りつけたりすることと響き合う。

＊2――架空の書物だが、イギリスの作家H・G・ウェルズの同名の歴史書『歴史概説』（一九二〇）や、イギリスの歴史家ジョージ・マコーリー・トレヴェリアンの『イギリス史』（一九二六）の記述に依拠している。ウェルズの『歴史概説』は『世界文化史大系』として邦訳が一九二七～二八年に刊行されており（北川三郎訳、全十二冊、大鐙閣）、ウェルズ本人によるポケット版も『世界文化小史』として邦訳がある（下田直春訳、講談社学術文庫、二〇一二年）。『イギ

リス史』の邦訳は大野真弓監訳、全三巻、みすず書房、一九七三〜七五。

＊3——ジョージの知覚はウルフ本人の体験に基づくようだ。『幕間』と同時期に書いていた回想録「過去のスケッチ」で、ウルフは幼い頃、庭先の花に感じたことを思い起こしている。「玄関のそばで花壇を見ていた。「あれが全体だ」とわたしは言った。わたしは葉をいっぱいにつけた植物を見ていた。花は大地の一部ということ、花が輪に取り囲まれているということ、それが本物の花であり、一部が大地で一部が花なのだということが、にわかにはっきりした。あとで重宝するだろうからと、わたしはその考えを取っておいた」（ヴァージニア・ウルフ「過去のスケッチ」『存在の瞬間』七一頁）。

＊4——サッフォーは古代ギリシャのレスボス島に住んでいた女性詩人（紀元前六一〇?〜紀元前五八〇?）で、女性への情熱を謳った詩を残している。女性同性愛者を表す〈レズビアン〉の語は、彼女の住んでいた島の名前に由来する。サッフォーおよび「若い男たち」への言及は、まだ女性がズボンを着用することが珍しかった一九三〇年代後半、アイサはズボンが自分に似合っていると思えなかったことを仄めかしている。

＊5——十五世紀初頭のイギリス王、ヘンリー五世のことか。シェイクスピアの『ヘンリー五世』では、フランス遠征を企て、「今日わたしとともに血を流すものはわたしの兄弟になるだろう」と演説し、士気を高めて戦いに勝利したことが讃えられる。

＊6——これは一九三八年四月二十七日に実際に起きた事件で、同年六月二十八日、二十九日、三十日の『タイムズ』紙で報じられたもの。事件当時十四歳だったその少女は、緑の尻尾の馬を見な

いかと一人の衛兵に誘われ、厩についていった。その後二人目の衛兵に脅された上でレイプされ、さらに複数の衛兵に兵舎まで引きずってゆかれ、さらにレイプされた。少女の通報により三人の衛兵が逮捕され、裁判の結果、二二ヶ月から四年の重労働つき懲役刑を宣告された。

また、少女はこの事件によって妊娠していた。七月二十日の『タイムズ』紙では、産婦人科医アレック・ボーンが中絶手術を行い、当時は妊娠中絶が非合法だったため裁判で手術の合法性が問われたが、無罪になったと報じている。ただし、少女の妊娠および妊娠中絶に関しては『幕間』では語られず、アイサの性格を表す言葉として〈諦めがち《アボーティヴ》〉（二三頁）という、中絶《アボーション》に通じる言葉が使われるのみとなっている。

*7——「切れ端 scraps」と「断片 fragments」は、「残滓 orts」とともに、シェイクスピアの『トロイラスとクレシダ』第五幕第二場においてトロイの王子トロイラスが恋人クレシダの不実を呪うときに使う言葉である（「あの女の真心のかけらが、愛の残滓が／たらふく腹に詰めすぎた真心の断片、切れ端、脂っぽい残飯が／ディオメデスのものになった」、傍線は引用者による）。この三語は、『幕間』でたびたび繰り返される（ただし文脈に応じて訳語を変えている）。

*8——一九三六年一月にイギリス国王ジョージ五世が亡くなったあと、長男がエドワード八世として即位するが、既婚女性だったウォリス・シンプソンとの結婚をボールドウィン首相らに反対され、同年十二月に退位し、ジョージ五世の次男がジョージ六世として即位した。戴冠式もエドワード八世のために準備されていたが、急遽、ジョージ六世のための変更が加えられた。「ジョージ六世を国王とするこのご時世」とは、こうした王室の一連のスキャンダルを指している。

なお、この戴冠式には本文中でたびたび言及がある(三五、一二三頁など)。

＊9——一九三六年から三八年にかけ、スターリンがソヴィエト連邦政府内の共産党員らを逮捕し、三回の公開裁判で罪を自白させ、その後死刑にするという事件があった。いわゆるモスクワ裁判である。このうち、とくにジャイルズが言及しているのは一九三八年三月の第三回モスクワ裁判である。銃殺されたのは正確には十八人だが、ウルフは一九一六年、アイルランドでのイースター蜂起の折にイギリス政府によって銃殺された十六人のアイルランド人たちを重ねているのかもしれない(ウィリアム・バトラー・イェイツの詩に「十六人の死せる男たち」がある)。

一九三八年三月十日の日記で、ウルフはこの裁判についてリディア・ロポコワ(バレエダンサーであり、メイナード・ケインズの妻でもあった)と話したと記している。「リディアはスツールに座って、農家のおかみさんのように両手を揉みしだいていた。ああ、どうしてこんな時代に生まれたのかしら? ひどい時代。これはロシアのスパイ裁判のこと、中世のようだ。どこもかしこも狂気が覆う。自分のささやかな構想に付け足していくこと以外、何ができるだろう?」(『ヴァージニア・ウルフの日記』第五巻、一二九頁)

＊10——アイサがとっさに引用しているのは、ジョン・キーツの抒情詩「ナイティンゲールに寄せる頌歌」の第三連から。同詩はキーツの有名な作品で、作中の「わたし」はナイティンゲールの甘美な歌声に誘われ、安らかな死を迎えることを夢想する。とっさの反応ではあるが、ミセス・マンレサの口にした「生きるべきか死ぬべきか」の答えになっているのかもしれない。ウィリアムの詩句はアイサが引用した続きの一行だが、原詩は「倦怠、興奮、焦燥を」である(傍線

は引用者による)。

*11――チャンネル諸島はフランス沖にあるイギリス領の島々。フランス語の方言が一部話されているため、「ラトローブ La Trobe」というフランス語風の苗字に、ミセス・ビンガムはチャンネル諸島を連想したらしい。第二次世界大戦中の一九四〇年六月から四五年五月まで、チャンネル諸島はドイツ軍に占領され、島民たちは厳しい耐乏生活を強いられた。一九四二年以降にはドイツ国内の強制収容所に送られた人々もいた。

*12――アルフレッド・ダグラスの詩「二つの愛」に出てくる「その名を口にできない愛」という詩句と絡めた表現。ここでジャイルズはウィリアムが同性愛者であることを仄めかしている。この詩句は、ダグラスの恋人だった劇作家オスカー・ワイルドが一八八五年に成立した刑法改正法に抵触し、「著しい猥褻行為」の疑いで一八九五年に裁判にかけられたときに法廷で引用され、人口に膾炙した。この裁判でワイルドは二年間の重労働つき懲役刑に処せられ、そのことは長らくイギリスの同性愛者たちに暗い影を落としていた。

*13――一九三四~三九年にイギリス空軍が増強された際、イギリス各地に百ヶ所近くの飛行場が作られた。これらの飛行場は、第二次世界大戦中に戦闘機の離着陸場となった(http://historicengland.org.uk/ 二〇一九年十二月二〇日アクセス)。

*14――以下のアルバートの歌は、わらべ歌、詩、子どもの遊び歌などのコラージュでできている。
「窓から中に入って、ドアから外に出て」子どもの遊び歌「窓から入って出て」より。
「小鳥には何が聞こえるのかな?」アルフレッド・テニスン「海の夢」への言及か(「小鳥

は何を言うのだろう／夜明けの巣で」）。

「ネズミだよ」「今度は時計が鳴るよ」　わらべ歌「ヒコリー・ディコリー・ドッグ」より。「タンポポの綿毛を吹き飛ばす」　タンポポの綿毛を飛ばして時刻を占う子どもの遊び。

＊15——一五九九年にロンドンのテムズ河南岸に建てられた劇場で、シェイクスピアを座つき作家とする宮内大臣一座によって建てられ、多くのシェイクスピア劇が演じられた。その後一六四二年に劇場は閉鎖され、一六四四年に取り壊されたが、一九九七年、もとの場所から二百メートルほど離れた場所に復元され、〈シェイクスピアのグローブ座〉と名づけられ現在に至る。

＊16——『ペリクリーズ』『シンベリン』『冬物語』『テンペスト』など、シェイクスピア晩年のいわゆるロマンス劇（和解や救済を特徴とする）を彷彿させる設定である。たとえば「にせものの公爵」は、『テンペスト』においてミラノ公爵の地位を奪われたプロスペローを思わせるし、「男装の王女」と言えば『シンベリン』のイモジェンがそうである。失踪後にホクロによって正体がわかるのは『シンベリン』の王子グィディーリアスである。

＊17——「散った dispersed」は、ユダヤ人の「離散」を表す言葉として聖書に出てくるものである（『ヨハネによる福音書』第七章第三十五節）。＊25を参照。

＊18——ギルバート・ホワイトの『セルボーンの博物誌』（一七八九、邦訳は山内義雄訳、講談社学術文庫、一九九二）で、ホワイトはハンプシャー州の村セルボーンの自然を詳細に記録しつつ、ツバメの渡りにたびたび注意を向けている。ウルフは同書を若い頃に読んだことがあったが、一九三七年に再読し、「ホワイトのセルボーン」というタイトルのエッセイを『ニュー・ステ

イツマン』誌一九三九年九月三十日号に発表している。ここでのルーシーのツバメへの関心を始め、『幕間』全般にわたる動植物への眼差しに、ホワイトの影響が現れていると指摘されている。

＊19——アルジャーノン・チャールズ・スウィンバーンの抒情詩「イテュルス」より、冒頭の一行。同詩はギリシャ伝説に基づくもので、その伝説によれば、トラキアの王テレウスはプロクネと結婚し、息子イテュルスをもうけるが、妻プロクネの妹フィロメラをレイプし、証言できないように舌を切ったという。やがてフィロメラは苦心してプロクネに事件を伝え、プロクネは復讐のために息子イテュルスを殺し、その肉をテレウスに供した。その後プロクネはツバメに、フィロメラはナイティンゲールに姿を変えた。スウィンバーンのこの詩では、舌がないために歌えないナイティンゲールのフィロメラが、ツバメとなった姉プロクネに向かい、なぜそんなに楽しげに飛んだり啼いたりできるのか、息子イテュルスのことを忘れたのかと問う。
　バートによるここでの同詩の引用は、姉ならぬ妹ルーシーへの呼び掛けになっている（原詩の sister は姉と妹を区別しない言葉である）のと同時に、息子ジャイルズを案じる言葉とも取れる。バートはこのあとも何度かこの詩を諳んじる。また同詩は、『幕間』作中の他のナイティンゲールへの言及、ツバメの登場、衛兵らによる少女レイプ事件とも遠く呼応し合っている。

＊20——ジャイルズに密かな欲望を抱いたということ。ペニスの勃起を仄めかしているかもしれない。伝統的に「左手」には、聖書での言及以来、闇のもの、不浄なもののニュアンスが込められることがある。「人に親切にするときは、右手がしていることを左手に知られてはいけません」

（『マタイによる福音書』第六章第三節）

＊21——ジャイルズが、ウィリアムの自分に向けた欲望に気づいているということ。「名」については＊12を参照。

＊22——アイサがここで口ずさむ言葉には、複数の詩と旧約聖書の一節への言及がある。「飛んで〔野の鳥たちを〕追い、太陽を見つけてください」「飛んでおゆき」スウィンバーン「イテュルス」（＊19参照）第四連の「飛んでおゆき」トマス・シャドウェル作詞、パーセル作曲の歌曲「まだら模様のシカたちについておゆき」の「乙女たちと羊飼いたち、おゆき／この森で遊び戯れておいで」「乙女たちと羊飼いたち」キーツ「つれない美女」の「一人青ざめて歩き回っている」「悲しいけれどわたしは残る」『出エジプト記』第十二章第八節「苦い薬草とともに〔焼いた肉を〕食べねばならない」「独りさすらい……苦い薬草を摘み」エドワード・トマスの詩「老人」の「わたしもグレーの細い葉をちぎった」（次注参照）「親指と人差し指でその細長いグレーの葉を……」

＊23——英名 Old Man's Beard（老人の鬚）、和名サルオガセと呼ばれる植物。地衣類で、木に寄生して糸状の白っぽい地衣を垂らす。イギリスの詩人エドワード・トマスの詩「老人」はこの植物を主題にしており、「わたし」こと老人は、いつか幼い少女が自分と同じようにこの植物をむしったり、匂いを嗅いだりするときのことを想像しながら、みずからの近づく死を思う。〈老人の鬚《サルオガセ》〉は二五一頁にも登場する。なお、『幕間』の草稿段階ではウルフはより直接的にこ

の詩に言及しており、冒頭でアイサの意中の人であるルパート・ハイネスもこの詩について語っていた。

＊24——一九三九年三月に、とある犬のブリーダーが第二代ロスチャイルド男爵の遺族を相手取った裁判を起こしたという一件が新聞で報道されていた。ブリーダーは生前の男爵に雌犬を売った際に、子犬が産まれたら自分がもらい受けることを条件にしたのに、この条件が守られていないと訴えた。遺族側は雌犬の健康状態が悪いために子犬を産むことができないと主張し、遺族側が勝訴した。

＊25——ナチスによるユダヤ人迫害は一九三〇年代初頭に始まっていたが、一九三八年十一月九日夜から十日未明にかけてのいわゆる「水晶の夜」に、ドイツ全土で凄まじい暴力行為および破壊行為が行われ、約百人のユダヤ人が殺され、数百人が負傷した。二十七万〜三十万のユダヤ人がドイツから国外に移住したが（ただし戦争開始とともに移住は停止）、イギリス政府は難民受け入れに消極的だった。

＊26——十八世紀イギリスは理性の時代として知られる。〈理性〉のような抽象概念が擬人化され、みずから語るのは、古代ギリシャ以来の表現法に基づくもの。十八世紀イギリスは古代ギリシャ・ローマの古典文学が再評価された時代でもあった。

＊27——以下、十七世紀後半から十八世紀イギリスで流行した風習喜劇（王政復古期喜劇とも呼ばれる）風の場面が展開する。タイトルや展開は、ウィリアム・コングリーヴの『愛には愛を』（一六九五）や『世の習い』（一七〇〇）を想起させる。人物のタイプを匂わせる滑稽なネーミ

ングも、風習喜劇のしきたりによる。

＊28――コングリーヴの『世の習い』でも、伊達男ミラベルはレディ・ウィシュフォートに求婚しながら、彼女の姪ミラマントへの恋情を隠している。

＊29――音楽に田園をテーマにした〈牧歌 pastorale〉というジャンルがある。おそらくここで蓄音機から流れているのはこの〈牧歌〉であり、この段落において、ウルフは〈牧歌〉によって想起される田園風景を、既存の詩句からイメージを借りつつ描写している。

「〈夕べ〉はローブを……」 ウィリアム・コリンズ「夕べに寄せる頌歌」の「露に濡れた指で／次第に色を濃くしていくヴェールを引く」より。

「羊の群れは……」 ヨハン・ゼバスティアン・バッハ作曲、ザロモン・フランク作詞の牧歌「羊は安らかに草を食み」より。

「貧しい男は小屋に帰り……」 ロバート・バーンズの詩「農夫の土曜の夜」には、農夫とその家族の慎ましい団欒のひとときが描かれている。

「鋤を引く雌牛が、巣の中のチドリを……」 ロバート・バーンズの詩「一七八五年十一月、鋤で掘り返してしまったネズミに寄せて」では、「わたし」が畑を耕していた際にネズミの巣を掘り起こしてしまい、逃がしてやったエピソードが歌われている。

＊30――ジェイムズ・トムソンの悲劇『ソフォニスバ』に、ヒロインの名前を連呼するだけの悪名高い台詞がある（「ああ！ ソフォニスバ！ ソフォニスバ！ ああ！」）。サミュエル・ジョンソンが『イギリス詩人伝』の中で劣悪な詩句として批判して以来、さまざまに名前だけ入れ替え

て、使われてきた。ここはその伝統に倣った表現となっている。

＊31――古代ギリシャの劇作家アイスキュロスの三部作『オレステイア』の第一作『アガメムノン』で、クリュタイムネストラはミュケナイ王であるアガメムノンの妃である。彼女は夫がトロイア戦争に行き、トロイアを陥落させたのを見届けたあと、娘が女神への犠牲にされ夫に殺されたことに復讐するため、夫を殺す。第二部『供養する女たち』では、クリュタイムネストラの息子オレステースが、父の死への復讐のために母を殺す。

＊32――スコットランド南部、駆け落ち婚で有名な町。十八世紀中葉以降、イングランドで二十一歳未満の男女が結婚するには親の承認が必要になったが、スコットランドでは承認なしに結婚できたため、多くのイングランドの若いカップルがスコットランドを目指した。グレトナ・グリーンは街道沿いの最初のスコットランドの町だった。

＊33――作者不詳の歌「ブレーの牧師」の出だし（「善良なるチャールズ二世の黄金時代に」）への言及か。「ブレーの牧師」は革命期の政治の激動に合わせて変節を繰り返す牧師を皮肉った歌で、一九三七年には歴史映画『ブレーの牧師』が作られた。チャールズ二世は王政復古期のイギリスの国王（一六三〇～八五、在位一六六〇～八五）。

＊34――「愚者をすり鉢に入れ、麦といっしょにすりこぎですり潰しても、その愚かさはなくならない」（旧約聖書『箴言』第二十七章第二十二節）のもじり。すり鉢で煮こみ料理はできないが、スパニエル卿がおそらくは怒りのあまり「すり潰す bray」を「煮こむ braise」と取り違えており、ナンセンスな罵倒になっている。

＊35——二つの裏切りのイメージの組み合わせ。「羊の皮」は、イソップの寓話や新約聖書（『マタイによる福音書』第七章第十五節）に出てくる表現で、羊の皮の下には狼が隠れている。「蛇」は旧約聖書の『創世記』より、エデンの園でイヴを誘惑した動物。

＊36——アスコット競馬場はウィンザー城に近い王立の競馬場で、一九三九年当時は六月に四日間、王室主催のレースのみが行われていた（現在は他のレースも開催）。レース期間には国王が臨席する慣わしだが、一九三九年にはジョージ六世とエリザベス妃はカナダに滞在していたために、ジョージ六世の弟に当たるグロスター公爵と公爵夫人が代役を務めた。

＊37——シェイクスピアの『トロイラスとクレシダ』への言及か。第五幕第二場で、トロイアの王子トロイラスが恋人クレシダの不実を呪うときに、かつては「天に誓った絆」が「ほどけ、外れ、緩んでしまった」と嘆く。

＊38——イギリスの世紀末詩人アーネスト・ダウソンの詩「シナーラ」への言及か。同詩において「わたし」はシナーラという女性のことが忘れられず、「より狂える音楽」を求めるが幻影は去らない。同詩にはイギリスの作曲家フレデリック・ディーリアスが曲をつけて一九二九年に発表している。

＊39——一八八〇年代、ペルーは近隣諸国との戦争後に財政危機を迎え、債務の返済に窮していた。ペルー外債の大保有者であったイギリス人たちは、一八八七年にグレイス契約を結び、債権の減額整理と引き換えにペルー国内のさまざまな利権を得た。バッジはおそらくこの事実について、彼なりの観点から語っている（細谷広美編『ペルーを知るための66章』明石書店、二〇〇四年、

一三二頁を参照）。

＊40――ヴィクトリア朝が「平和」だったというのは、フェニアン団（一九七頁）だけを考えても疑わしい。ここはハードキャッスル氏の無知を露呈させる言い方になっている。

＊41――役者たちが口にする言葉には、野外劇の台詞の反復もあるが、そうでないものも紛れこんでいる。以下、文学作品への言及のみ出典を記す。

「どうにも……」　ジャイルズの呟き。一〇五頁を参照。

「狩人は……」　ロバート・ルイス・スティーヴンソンの詩「レクイエム」から。「船乗りはわが家《ホーム》へ、海から帰りてわが家《ホーム》へ／狩人はわが家《ホーム》へ、丘から下りてわが家《ホーム》へ」

「乙女の信頼が……」　シェイクスピア「ソネット六六番」より。衛兵らによる少女レイプ事件への言及も重ねられている。

「優しく低く……」　テニスンの詩「優しく低く」より。曲が添えられ子守り唄としても歌われた。

「目の前に……」　シェイクスピア『マクベス』第二幕第一場で、マクベスが主君暗殺を決断しかねている場面から。

「梟は……」　ジャイルズの呟き。一〇六頁を参照。

「ご婦人よ……」　バーソロミューが口ずさんでいたもの。一四五頁を参照。

「毛虫が……」　ウィリアム・ブレイクの二篇の詩、「病んだ薔薇」（「ああ薔薇よ、お前は病んでいる／荒れ狂う嵐の中／夜に飛ぶ見えない毛虫が／お前という寝床を見つけたのだ」）と

「無垢の予兆」(「通りから通りへと響く娼婦たちの叫びが／屍となった古きイングランドを包む布を織り上げる)からの合成。

「蝶に……」　二〇七頁を参照。

「われらの平和は……」　ダンテ・アリギエーリ『神曲』「天国篇」、第三歌第八十八行。

「聞いて聞いて……」　わらべ歌。一四四頁を参照。

＊42——『ヤコブの手紙』第二章第五節の「神は貧者を選んで信仰に富ませ」など、聖書には現世の貧富の差を疑問視する表現がいくつかあるが、ここはさらにその皮肉なパロディ。

＊43——『ルカによる福音書』第十二章第二十四節「カラスのことを考えてみましょう」、同二十七節「野の花のことを考えてみましょう」などの表現のパロディ。聖書ではそうした動植物にも神は目をかけてくださると続く。

＊44——ヨハン・ゼバスティアン・バッハ(一六八五～一七五〇)、ゲオルク・フリードリヒ・ヘンデル(一六八五～一七五九)、ルートヴィヒ・ヴァン・ベートーヴェン(一七七〇～一八二七)、ヴォルフガング・アマデウス・モーツァルト(一七五六～九一)は、いずれもドイツ語圏出身のクラシック音楽作曲家。「敵国」ドイツに関連した曲を選ぶことによって、ラトローブは人類共通の普遍的な価値というものがあると主張したいのかもしれない。こうした主張は第二次世界大戦前後のイギリスにおいて例外的ではなく、たとえばピアニストのマイラ・ヘスは、大戦開始後の一九三九年十月からロンドンで連日のランチタイム・コンサートを開始し、バッハ、モーツァルト、ベートーヴェンをとくに繰り返し演奏した。同コンサートでは、シューベルト

やシューマンなどのドイツ語の歌曲も、ドイツ語のまま歌われた。

＊45――一般的な男女の名前である他に、男性器、女性器を指す卑語でもある。D・H・ロレンス『チャタレー夫人の恋人』（一九二八）の末尾でも使われている。

＊46――一九四〇年九月二十一日の日記で、ウルフはサセックス州ロドメルの別荘付近で、同様の編隊を実際に見たことを記している。「今日はとても静かで暖か。だから侵攻も可能。ピディングホーの丘の向こうに建つ家から煙が立ち昇り、まるで絵のよう。川の水位は高く、一面が柔らかい水色でミルクのよう。静かな秋。飛行から戻ってきた十二機の飛行機が完璧な編隊を組んで、頭上を飛んでいった」（『ヴァージニア・ウルフの日記』第五巻、三二四頁）。

＊47――「求心力《センター》」には、具体的な場所としてのコミュニティ・センター、ないし公民館の意味も重ねられているかもしれない。

＊48――一九三五年にムッソリーニはエチオピアに侵攻し、国際的な非難を浴びたが、ヒトラーとは協調路線を探った。一九三九年五月二十二日、両国は鋼鉄協約と呼ばれる軍事協定を結んだ。

＊49――一九三九年の六月から八月にかけ、下院では会期を延長して国家緊急権（防衛）法に関する審議を続けており、八月二十三日に独ソ不可侵条約が締結されたのを受け、翌二十四日に同法を成立させた。これによって政府が戦争遂行のためのさまざまな発令をすることができるようになった。

＊50――七年間続いてきた野外劇が、来年はおそらく戦争が始まるために上演されないだろうという見通しを告げるもの。子どもの遊び歌に、果物の種を一つずつ、あるいは花びらを一枚ずつ数え

ながらいつ結婚するかを占うものがあり（「今年、来年、いつか、しない」）、それにかこつけた言葉。

# 訳者解説

片山亜紀

『幕間《まくあい》』（一九四一）の原題は *Between the Acts* である。act には演劇用語の「一幕」――演劇作品の区切りの単位――の意味があることから、タイトルは幕と幕のあいだ、つまりたとえば第一幕と第二幕の合間の休憩時間を指していると解釈できる。これはすなわち演劇用語の「幕間」に相当する。しかし同時に英語の act には「行為」という意味も含まれており、大文字で始まる Act は人々の生活を一変させてしまうような大きな行為、すなわち戦争を暗示しているのかもしれない。そうするとタイトルには第一次世界大戦と第二次世界大戦の合間、つかの間の平和の時期という意味も掛けてあると考えられる。

実のところ、『幕間』は暗い影のつきまとう作品である。作品冒頭に置かれた夫レナード・ウルフの断り書きが示すように、作者ヴァージニア・ウルフが出版を待たずに自殺したとなれば、それも無理のないことかもしれない。ウルフは第二次世界大戦中の一九四一年三月二十八日、自宅近くのウーズ川に身を投げて亡くなっており、本作品は彼女の死後、同年の七月十七日に出版された。

しかしこうした伝記的事実をいったん棚上げにしてみると、『幕間』は戦争へと突入しようとしている社会を鮮やかに捉えた力作と読める。たしかに絶望もあるが、いまにも掻き消されてしまうかもしれない日常への限りない愛惜と、生きることへのこだわりがある。そして未来へと足を踏み出す瞬間も捉えられている。

以下、作品理解の手がかりとして一つの解釈を提示してみたい。なお、途中で作品の結末に触れるので、ご注意いただきたい。

*

『幕間』は一九三九年六月のある夜から翌日の夜までの、およそ二十四時間に設定されている。ドイツによるポーランド侵攻直後にイギリスとフランスがドイツに宣戦布告し、第二次世界大戦が始まるのは同年九月三日なので、戦争がいよいよ始まろうとしている時期に相当する。舞台は「イギリスのちょうど中心《ハート》に当たるこの辺鄙な村」（二四頁）に建つ、ポインツ・ホールという名のオリヴァー家の屋敷である。「この辺鄙な村」がどこかは作中で曖昧にされている。

ポインツ・ホールの蔵書にはダーラムやノッティンガムなどの地名入りの本があることから、イングランド北部のどこかかもしれないが、描かれている田園風景は、ウルフが生涯の終わりに引きこもることになったサセックス州のなだらかな丘陵地帯を思わせる。

物語は、ポインツ・ホールで暮らすオリヴァー家の人々、客人たち、使用人たち、そして野外劇の役者や演出家や観客として庭先を訪れる人々のふるまいを、断章形式で捉えていく。そのあちこちから浮かび上がるのは、人々がいつもと変わらない日常を送り、七年目となる野外劇上演の成功に心を砕いているようでいながら、戦争が近づいていることも頭から離れないという事実である。

たとえば冒頭の夜の場面では、近隣の農場経営者ルパート・ハイネスとその妻がポインツ・ホールを訪れている。ハイネス夫妻をもてなすのはオリヴァー家の長老バーソロミュー・オリヴァー（バート）で、遅れてバートの息子の妻、イザベラ・オリヴァー（アイサ）も加わる。彼らは社交の場にふさわしい上品な会話をしようとするが、会話は州議会が新たに設置を決めたという共同の「屎尿溜め」のことに立ち戻ってしまう（九〜一一頁）。一九三九年にしてはいかにも時代遅れなこの「屎尿溜め」は、戦時体制のもと、生活インフラが後回しにされていることの象徴と読める。人々はこれから不便な生活を耐え忍ばねばならないことに、うっすら気づいているようだ。

翌朝、ミセス・スウィズン（ルーシー）――バートの妹で、夫に死なれ、子どもたちも巣立ったために ポインツ・ホールに身を寄せている――は、早くから鳥の囀りに起こされ、愛読書の『歴史概説』に手を伸ばす。彼女がそこに見出すのは、かつては「大陸とこちらはつながっていて、海峡で区切られてはいなかった」（一五頁）という事実である。この事実は心に深く刻まれたらしく、日中も、彼女はそのことを思い出しては居合わせた人に告げ（三九、一三三～一三四頁）、一日の終わりには『歴史概説』の続きを読む（二六二～二六三頁）。彼女自身がどこまで自覚的かはわからないが、ジリアン・ビアなどの研究者が指摘してきたように、グレートブリテン島とヨーロッパ大陸がひと続きになるという事態は、ドイツ軍によるイギリスへの空襲および上陸によって、もう一度現実になろうとしていることである。いみじくも野外劇の上演後、観客の一人は「海峡なんて、侵略してくる気になればなんでもありません」（二四一頁）と漏らす。

また新聞にも、近づく戦争の徴候がある。朝食後の庭先でバートは新聞を広げ、フランスのエドゥアール・ダラディエ首相が「フランの切り下げに成功した」という記事を読む（二〇頁）――実際には前年の一九三八年五月四日、ダラディエはフランスの対ポンド交換比率を引き下げてフランス経済の安定を図り、戦闘態勢を整えようとしたのだった。同じ新聞をアイサは書斎で拾い上げ、ロンドンのホワイト・ホールの衛兵らによる少女レイプ事件の記事を見つけ

（二八頁）、その後も繰り返し思い出す（三〇、一九一、二六一頁）——実際には一九三八年四月二十七日に起きたその事件を、暴力が日常化しつつある現実を示すものとして、ウルフは使っているようだ。

さらに同日の新聞をジャイルズ・オリヴァー——アイサの夫で、ロンドンの金融街《シティ》で働いており、週末だけポインツ・ホールに戻ってくる生活をしているらしい——は列車の中で読み、「十六人の男が銃殺され、他にも獄中に閉じこめられたまま」であることに心掻き乱される（五九頁）。これは一九三八年三月のスターリンによる粛清事件（第三回モスクワ裁判、二六八頁＊9参照）を指しており、実際には十八人のソヴィエト連邦の共産党員が、無実の罪を着せられ銃殺された。記事を読み、何もできない無力感にさいなまれるジャイルズは、ポインツ・ホールに戻っても鬱々としており、叔母ルーシーや客人ウィリアム・ドッジ——富豪の妻ミセス・マンレサの友人にして同性愛者——に八つ当たりをした挙句、蛇とヒキガエルを踏み潰して憂さ晴らしをする（一二二〜一二三頁）。

このように、ウルフは本作品において戦前の諸事件——虚構あるいは現実の——を一日に集めてきて、近づく戦争の気配をまとめて示している。そしてその一方で何気ない日常の美しさもまた、そこここで描き出している。冒頭の数頁から拾うなら、たとえばポインツ・ホールの煙突から煙がゆっくりと立ち昇り、ミヤマガラスの巣を撫でて上がっていく情景（一三頁）などである。これらの情景は、戦争によって破壊されようとしている平和のイメージを凝縮したものと考えられる。ぜひ読者の方々にも、そうした一瞬のイメージを各所に見つけ、味わっていただきたい。

*

とはいえ『幕間』では、平和が戦争によってじわじわ侵食されていく現状だけが捉えられているのではない。作品の中盤ではレズビアンの劇作家ミス・ラトローブが活躍し、彼女が作・演出を手がける野外劇が劇中劇として挟みこまれる。その劇の内容や、観客への影響を見ると、ラトローブは戦争へと傾斜していく社会に対し、精一杯の抵抗を試みていることがわかる。

本作品で、ウルフはいくつかの名前に寓意的な意味を添えている――たとえば天候をしきりと気にするルーシーには、雨をもたらす聖人「スウィズン」と同じ名字をあえて当てたり、アイサが思いを寄せる農場経営者の名字には、Highness（高貴な人の敬称で「殿下」の意味）の同音異綴語「ハイネス Haines」を使ってユーモアを漂わせたりもする。同様に、「ラトローブ La Trobe」という名前には「見つける」という意味のフランス語 trouver が含まれ、「何かを見つける人」という意味を見出せるようだ。伝記的にも、ウルフは同時代の女性作曲家エセル・

スマイス（一八五八～一九四四）や、女性演出家エディス・クレイグ（一八六九～一九四七）をモデルにラトローブを造型したと言われており、作者の特別な思い入れがうかがわれるキャラクターである。

ラトローブの野外劇は、イギリスの歴史を過去から現在までたどる歴史劇である。役者が台詞を忘れたりにわか雨が降りしきったり、あるいは長い休憩が入ったりと、さまざまなハプニングに中断されはするものの、どうにか予定通りに演じられる。大まかに四幕構成になっており、前口上（九四～一〇一頁）のあと、第一幕がエリザベス朝（一〇三～一一六頁）、第二幕が十八世紀のアン女王時代（一五一～一八二頁）、第三幕がヴィクトリア朝（一九五～二〇九頁）、そして第四幕の現代（二二〇～二二九頁）へと続く。

このうち第一幕から第三幕までは、いずれも男女のロマンスが筋書きに含まれる。第一幕では王子ファーディナンドが公爵の娘カリンシアと恋に落ち、みんなに祝福される。第二幕では若いフラヴィンダとヴァレンタインが叔母とその幼馴染みの悪巧みを暴く。第三幕では同じく若いひと組のカップル、エドガーとエレノアが、エレノアの母親の思惑をよそに、宣教師とその妻としてアフリカに赴くという約束を交わす。こうしたメロドラマ的展開に誘われるように、観客も自分たちのメロドラマ、それも道ならぬ恋にのめりこんでいく。たとえばアイサはルパート・ハイネスの「グレーの服」を目で追い（一〇二、一一九頁など）、夫のジャイルズも、ミセス・マンレサを温室に誘う（一八二頁）というように（ちなみに「マンレサ Manresa」はスペイン内戦で大きな被害のあった街の名であると同時に、「男を勃てる者 man-raiser」という意味もこめられている）。

ところが、現代に設定された第四幕には筋らしい筋もなく、一斉に登場した役者たちは第三幕までに出てきた台詞や、あるいはそれらの台詞を茶化す言葉を口々に唱え（二二四頁）、これまで築き上げてきた架空世界を解体してしまう。手に鏡を持って観客たちを映し出す役者たちは、まるで架空世界に仮託してファンタジーを紡いできた人々を嘲笑するようである。その上で拡声器を使ったアジテーションを、おそらくはラトローブ本人が行い、「われわれ自身」とは「屑、ガラクタ、断片ばかりではないでしょうか」（二二七頁）と、観客たちに内省を迫る。

残念ながら、このアジテーションが効果的かどうかは疑わしい。内省を通じて観客たちに何をさせたいのかが曖昧だし、クラシックの曲を流すことで、あまりにも性急にカタルシスをもたらしてしまうからだ。実際、終幕後に牧師ストリートフィールドは「一人ひとりが［略］全体の一部をなしている」（二三二頁）と、キリスト教的な解釈しか示せないし、観客たちもさまざまな憶測を重ねるばかりで、ラトローブの真意を言い当てられない。ラトローブ本人も意図を理解してもらえたとは思っておらず、観客も役者もみんな立ち去ったあとで「失敗だった」（二五二頁）と呟く。

しかしながら、ラトローブがそれでも創作を諦めないことにこそ、ウルフの強調したい点がありそうだ。野外劇の上演は不首尾だったと打ちひしがれながらも、ラトローブは次の芝居の構想を抱く――「ときは真夜中。岩陰になかば隠れるように二つの影がある」（二五四頁）。その後、酒場で一人飲みながら、彼女はその構想をさらに鮮明にする――「真夜中の高台。そこには岩と、二つのかすかな影がある。［略］最初の言葉を聞いたのだった」（二五六頁）。これは『幕間』の結びの場面とぴったり一致する。最終場面で、アイサとジャイルズはポインツ・ホールの一室にいるが、あたかもその外壁は消えたようになり、二人は「洞穴に住む未開人たちがどこかの岩場の高台から見た夜」（二六四頁）のただ中に置かれる。そして「幕は上がった。彼らは話を始めた」（同）という言葉で、作品は閉じられる。

劇作家の構想と小説の結びの場面が一致することには、どんな意味があるのだろうか。さまざまな解釈が提示されてきたところだが、同じ演劇作品を共有した体験をもとに、作品の作り手（ラトローブ）と受け手（アイサとジャイルズ）が偶然同じ未来を創り出そうとしていると、ここでは捉えたい。アイサは人生に不満を感じながらも「〈諦めがち《アボーティヴ》〉」（二三頁）なところがあり、ジャイルズとミセス・マンレサの情事に嫉妬はしても、ジャイルズに「どうってことないんだよ」（二三六頁）と受け流されてしまうだろうと予測し、追及できずにいる。一方でジャイルズもアイサの沈黙に気づいても、会話の糸口を見つけられずにいる。しかしこの最終場面で、すれ違ってばかりのこの夫婦は、ラトローブに励まされるように未来への一歩を踏み出すのである。

とはいえ、この未来がどんなものかはわからない。最終場面には「闘争のあとなら抱擁するかもしれない」（二六三頁）と、明るい展開を予想させる言葉もあるが、「闘争」「闇」「戦場」（二六三〜二六四頁）などと暗い言葉も並ぶ。ジャイルズは妻のアイサに対し、何か残酷なふるまいをするのかもしれない。しかしジャイルズが「巨大」になればアイサも「巨大」になる（二六四頁）というように、アイサもまた同等に闘おうとしていることがほのめかされている。ウルフは結末を注意深くオープンエンディングにしたまま、その先の展開を、小説の受け手であるわたしたち読者に委ねる。

以上は、あくまで訳者の解釈である。多くの優れた文学作品がそうであるように、この小説も多様な読み方が可能であり、注目する箇所も多様だろう。読者がそれぞれの読後感を語り合えたら、きっとより豊かな作品世界が現れてくるに違いない。

＊

『幕間』の成立過程を見ると、ウルフは暗い時代に抗うようにこの作品を書き進めたことがうかがえる。

初期の構想は、一九三七年八月六日の日記に遡る。その十九日前の七月十八日に、ウルフの甥ジュリアン・ベルが、内戦中のスペインで爆撃を受けて二十九歳の若さで亡くなった。ウルフの姉ヴァネッサ・ベルの長子にあたる彼を、ウルフは叔母として、生まれたときから可愛がってきた。訃報を受けたウルフは、悲しみにくれる姉たちを支えて毎日をいっしょに過ごしていたらしい。八月六日、訃報を受けて以来、初めて日記に向かったウルフは、無気力に陥りそうな自分を励ますように仕事の計画を立てる。『幕間』の構想は、その際に述べられるものである。

ひょっとして、小説ももう一作、浮かんでくるだろうか？　そしたらどんなものになるだろう？　新しい小説に関して漠然と抱いているのは、それが対話と詩と散文になるだろう、その各々がはっきり際立つだろう、ということくらい。長くて細部まで書きこむような本はもうおしまい。でも、いまは衝動が起きないから待とう。このまま衝動が起きなかったとしてもかまわない。でもいつか、昔みたいに夢中になるんじゃないかと思う。

（『ヴァージニア・ウルフの日記』第五巻、一〇五頁）

「対話と詩と散文」を滑らかに溶かし合わせた作品としては、たとえばウルフの『ダロウェイ夫人』（一九二五）や『灯台へ』（一九二七）が思い浮かぶが、最初からそれらの作品とは異なる志向性を持つものとして『幕間』は構想されたらしい。

この「新しい小説」に、ウルフはすぐさま取りかかったわけではなかった。当時のウルフは小説『歳月』（「長くて細部まで書きこむような本」と記したときにおそらく念頭にあった作品）を三月に出版したあと、『歳月』の姉妹編でもあり『自分ひとりの部屋』（一九二九）の続編でもある非戦論『三ギニー』を書き上げようとしていた。さらに友人で美術評論家のロジャー・フライが一九三四年に亡くなった際に、評伝を書いてほしいという遺族からの依頼を受けており、資料を読みこんでいる最中でもあった。一九三八年四月、ウルフは『三ギニー』を印刷に回す（『三ギニー』出版の経緯については、拙訳の訳者解説をご覧いただきたい）。それから彼女は評伝『ロジャー・フライ』の執筆に取りかかり、ほぼ時を同じくして「ポインツ・ホール」（のちの『幕間』の仮題）も、同時並行で書き始めることにした。

評伝において慎重に事実を書かねばならないときに、「ポインツ・ホール」の執筆は楽しみだったようだ。たとえば一九三八年九月十六日の日記では、その喜びをこう記している――「今朝ロジャーに取り組んだあと、P・H〔「ポインツ・ホール」〕を前にわたしは跳ね回っている。あんなに事実を並べたあとだから、フィクションに戻るとほっとする。二つの世界に掛かっていた負担が、どちらも軽くなる」(『ヴァージニア・ウルフの日記』第五巻、一七一頁)。

しかし時代はすでに暗転しており、イギリスは第二次世界大戦へと向かいつつあった。右に引用したように、一九三八年九月十六日に「ポインツ・ホール」執筆の喜びを記しながらも、同日の日記には、イギリスのネヴィル・チェンバレン首相がドイツのアドルフ・ヒトラー首相に会いに行ったというニュースをウルフは書き留めている。チェンバレンによるこの交渉の結果、九月二十九日にはミュンヘン会談が行われ、チェンバレンとフランスのダラディエ首相は、ドイツによるチェコスロヴァキアの一部併合を認めた。これはドイツにそれ以上他国を侵略させないため、ひいては戦争を起こさせないための宥和政策だったが、約一年後の一九三九年九月一日、ドイツはポーランドに侵攻する。イギリスとフランスはポーランドの同盟国だったため、九月三日にドイツに宣戦布告し、ここに第二次世界大戦が開始された。

開戦時から一九四〇年五月上旬までの約八ヶ月、イギリスはポーランド救援のために軍を派遣することもなく、ほとんど本格的な戦闘に関わることはなかったが(イギリス史では「まやかしの《フォーニー》・戦争《ウォー》」と呼ばれる時期である)、一九四〇年五月十日、ドイツ軍がオランダ、ベルギー、ルクセンブルクに進撃してきたことを受け、イギリスはフランスと連合軍を組織して反撃する。ところが戦況は厳しく、フランス北部で包囲された連合軍は、チェンバレンに代わりイギリス首相として戦時内閣を率いることになったウィンストン・チャーチルの指示のもと、英仏海峡をわたりイギリス沿岸へと、やっとのことで脱出する（「ダンケルク撤退」）。六月にはフランスのペタン首相がヒトラーと休戦協定を結び、オランダ、ベルギー、ルクセンブルクに続いてフランス北部も、ドイツの占領下に置かれることになる。孤立したイギリスに対し、ドイツは六月下旬から空襲を始め、まずは港湾や飛行場を、そしてロンドンなどの主要都市を繰り返し——九月からは五十八日間の連夜にわたって——爆撃した。チャンネル諸島——ミス・ラトローブの出身地とされる——のドイツ軍による占領は、六月下旬に始まっている。そしてドイツ軍がもうすぐグレートブリテン島への上陸作戦を開始するという噂は絶えず、先行きの不透明な時期が続いた。

ドイツにおいてユダヤ人が迫害を受けていることは周知の事実であり、レナード・ウルフがユダヤ系の知識人であったことから、イギリスが降伏することになれば、ウルフ夫妻の身柄も拘束される恐れがあった。この時期のウルフの日記をめくると、最悪の事態には自殺あるいは心中するという可能性を、あるときは夫婦で、あるときは友人を交えて繰り返し話し合っており（『ヴァージニア・ウルフの日記』第五巻、二八四〜二八五、二九二〜二九三頁）、最終的にはモルヒネを入手してポケットに忍ばせている（同右、二九七頁）。また、それまで二十年来、夫妻はロンドンのブルームズベリー地区の家と、サセックス州ロドメルの別荘を往復する生活をしていたが、九月にはロンドンの住まいが空襲による被害を受け、十一月には地雷の爆発により大きく破壊され、ロドメルの別荘にこもることになった。

こうした切迫した状況にありながらも、ウルフは自信を持って「ポインツ・ホール」を書き進めていたようだ。たとえば一九四〇年一月十九日——「まやかしの戦争《フォーニー・ウォー》」の時期——には、確信ありげに日記に進捗状況を記している。「ちょっとしたものを摑んだらしい。粗野なものと抒情的なものの新しい組み合わせや、滑らかに移行する方法を。二年間ロジャーに取り組んでいたから、水槽がいっぱいになっていたようだ」（『ヴァージニア・ウルフの日記』第五巻、二五九頁）。『ロジャー・フライ』を一九四〇年七月に出版してからは「ポインツ・ホール」に本格的に取り組み、十一月二十三日——ロンドン空襲によりブルームズベリー地区の住居を失って間もない時期——には二回目の下書きを終え、このときも確信に満ちた調子で記している——「この本については、かなり勝ち誇った気分。新しい方法の面白い試みだと思う」（同右、三四〇頁）。最後に彼女はこの下書きをタイプライターで清書し、一九四一年二月二十六日に仕上げて*Between the Acts*というタイトルをつけた。

ところが、親しい人々に完成稿を読んでもらう段階になって、ウルフは急速に自信をなくしてしまったようだ。三月二十日、出版社ホガース・プレスの共同経営者となっていたジョン・レーマンに原稿を読んでほしいと依頼する際にも、「内容は薄いしスケッチ風だし」と否定的である（『ヴァージニア・ウルフ書簡集』第六巻、四八二頁）。レーマンは最終稿を読んで激賞したが、ウルフは「あまりに他愛ないし、取るに足りない」からと、まずは大幅に改訂したいという意向を伝えた（一九四一年三月二十七日頃のレーマンへの手紙、同右、四八六頁）。そして三月二十八日には入水自殺を遂げてしまった。

なぜウルフは作品への自信をなくしてしまったのだろうか。研究者たちは、作品を完成させるタイミングでウルフがそれまでも体験してきた落ちこみのせいだろうとか、戦時下の耐乏生活の中で長期的に抑鬱状態が続いていたのではないかと推測している。ここで作品の内容に照らして推測をもう一つ加えるなら、戦況がますます悪化していく中で戦前の一点について考え続けること、そして未来をオープンエンディングにしておくことは、途方もない努力を要することだったのかもしれない。

ともあれ、ウルフが自殺したあとには未完の作品がいくつか残された。一九三九年四月から一九四〇年十一月にかけて書かれた回想録は、一九七六年になって *Moments of Being* に収められて出版され、日本語訳も『存在の瞬間――回想記』として一九八三年に出ている。さらに一九四〇年九月からは次の構想として、イギリス文学史をたどる試みも始めており、冒頭の二章が一九七九年に発表された。

＊

さて、ウルフは死の直前には『幕間』を「スケッチ風」と捉え、否定的に見ていたが、まさにそうした書き方こそ、当初からの構想を実現するためのものだったと考えられる。「スケッチ風」に断章形式で書き連ねることで、共存しにくいものをすべて並べて示すこと（「対話と詩と散文」「粗野なものと抒情的なものの新しい組み合わせ」）――それこそがこの作品の特徴であり、魅力なのではないだろうか。また戦時下の一九四一年にあっては戦前の一点にこだわるという手法、そして未来に希望をつなぐというスタンスに意義が感じられなかったかもしれないが、第二次世界大戦から半世紀以上が経過し、新たな戦前とも思える現代を生きているわたしたちにとって、本作品から学ぶところは多そうだ。

さらに、『幕間』は同性愛小説としても注目に値する。ウルフの小説には同性愛者がしばしば登場するが、同性に向けた愛情そのものについては、オブラートに包んだ詩的表現でぼかして描かれることが多い。しかし本作品のウィリアム・ドッジとミス・ラトローブは自分の情動に自覚的であり、だれかを欲することを諦めない。そしておそらくは自分の情動からの類推によって、異性を愛する人々の執着を理解したり、執着に揺さぶりをかけたりすることができる。この点も、ウルフが本作品で踏みこんで書いているところであり、ＬＧＢＴＱの人々が可視化されてきている今日だからこそ、読みがいのある要素である。

訳出は、ウルフのこれらの新境地を改めて見出すことのできた作業だった。ウルフの『三ギニー』本文の結末近くには「夢の何たるかは詩人に任せて、わたしたちは［略］事実に、いま一度目を据えましょう」という一節がある（二六一頁）。戦争が近づいていることを考えれば、もはや文学作品など書いていられないという意味に解せるが、『幕間』を訳出してみると、まるで新たな水脈でも見つけたというように豊かな文学性に溢れており、作家としてのウルフの底力が感じられた。なお、訳出にあたっては複数の版を参照したこと、本作品の日本語訳は外山弥生氏により一九七七年にみすず書房より刊行されており、参考にさせていただいたことを記しておきたい。

参照したおもな文献を挙げておく。


Clarke, Stuart N. "The Horse with a Green Tail." *Virginia Woolf Miscellany*. Spring 1990, Issue 34, pp. 3-4.

Cockin, Katharine. *Edith Craig and the Theatres of Art*. Bloomsbury, 2017.

Kosugi, Sei. "Representing Nation and Nature: Woolf, Kelly, White." Anna Snaith and Michael Whitworth eds., *Locating Woolf: The Politics of Space and Place*. Palgrave, 2007.

Lee, Hermione. *Virginia Woolf*. Chatto & Windus, 1996.
Tunbridge, Laura. *Singing in the Age of Anxiety*. The University of Chicago Press, 2018.
Woolf, Virginia. *Between the Acts*. Ed. Gillian Beer. Penguin, 1992.
——. *Between the Acts*. Eds. Susan Dick and Mary S. Millar. Shakespeare Head Press, 2002.
——. *Pointz Hall: The Earlier and Later Typescripts of Between the Acts*. Ed. Mitchell A. Leaska. University Publications, 1983.
——. *Moments of Being*. Ed. Jeanne Schulkind. A Harvest Book, 1976.
——. *The Letters of Virginia Woolf. Volume Six: 1936–1941*. Eds. Nigel Nicolson and Joanne Trautmann. Harcourt Brace Jovanovich, 1980.
——. *The Diary of Virginia Woolf. Volume 5: 1936-41*. Ed. Anne Olivier Bell. Penguin Books, 1985.
ウルフ、ヴァージニア『幕間』外山弥生訳、みすず書房、一九七七年。
——『存在の瞬間——回想記』出淵敬子他訳、みすず書房、一九八三年。
——『三ギニー——戦争を阻止するために』片山亜紀訳、平凡社、二〇一七年。
クラーク、ピーター『イギリス現代史 1900-2000』西沢保他訳、名古屋大学出版会、二〇〇四年。

最後に、訳出に際しては実に多くの方々にご教示いただいた。つたない途中段階の訳文に目を通し、コメントしてくださった方々に厚くお礼を申し上げたい。高橋和久先生、丹治愛先生、ならびに『二〇世紀「英国小説」の展開』（松柏社、近刊）の共著者の方々からは、『幕間』の解釈や作中表現について、貴重なご示唆をいただいた。またここ数年、ウルフの作品が多くの読者に読まれていることを実感できるうれしい機会に多々恵まれ、さまざまな方々の読み方に大いに刺激を受けてきた。名前をいちいち記すことは控えさせていただくが、訳出を続けられたのもそうした方々のおかげである。最後になるが、『自分ひとりの部屋』と『三ギニー』に続き、平凡社の竹内涼子さんには大変お世話になった。改めて感謝したい。

[著者]

## ヴァージニア・ウルフ Virginia Woolf（1882-1941）

ロンドン生まれ。文芸評論家のレズリー・スティーヴンの娘として書物に囲まれて育つ。1904年より、知人の紹介で書評やエッセイを新聞などに寄稿。父の死をきっかけに、兄弟姉妹とロンドンのブルームズベリー地区に移り住み、後にブルームズベリー・グループと呼ばれる芸術サークルを結成。1912年、仲間の一人、レナード・ウルフと結婚。33歳から小説を発表しはじめ、三作目の『ジェイコブの部屋』（1922）からは、イギリスでもっとも先鋭的なモダニズム芸術家の一人として注目される。主な作品に『ダロウェイ夫人』（1925）、『灯台へ』（1927）、『オーランドー』（1928）、『波』（1931）などがある。また、書評家としても知られ、『自分ひとりの部屋』（1929）や『三ギニー』（1938）などの批評は書評の蓄積のうえに行われたものだった。彼女には出版業者としての側面もあり、彼女の著作のほとんどは、夫とともに設立したホガース・プレス社から刊行された。生涯にわたって心の病に苦しめられ、第二次世界大戦中の1941年、サセックスのロドメルで自殺し、59年の生涯を閉じた。

[訳者]

## 片山亜紀（かたやま・あき）

獨協大学外国語学部教授。イースト・アングリア大学大学院修了、博士（英文学）。イギリス小説、ジェンダー研究専攻。共著に『フェミニズムの名著50』（平凡社）、『二〇世紀「英国」小説の展開』（松柏社、近刊）。訳書にC.デュ・ピュイ＋D.ドヴィチ『癒しのカウンセリング――中絶からの心の回復』（平凡社）、ピルチャーほか『ジェンダー・スタディーズ』（共訳、新曜社）、トリル・モイ『ボーヴォワール――女性知識人の誕生』（共訳、平凡社）、ラシルド＋森茉莉ほか『古典BL小説集』（共訳）、ヴァージニア・ウルフ『自分ひとりの部屋』『三ギニー』（いずれも平凡社ライブラリー）、『ある協会』（エトセトラブックス）など。

平凡社ライブラリー 897
幕間《まくあい》

発行日…………2020年２月10日　初版第１刷

著者……………ヴァージニア・ウルフ
訳者……………片山亜紀
発行者…………下中美都
発行所…………株式会社平凡社
〒101-0051　東京都千代田区神田神保町3-29
電話　(03)3230-6579［編集］
(03)3230-6573［営業］
振替　00180-0-29639
印刷・製本……株式会社東京印書館
ＤＴＰ…………平凡社制作
装幀……………中垣信夫

ISBN978-4-582-76897-8
NDC分類番号933.7　Ｂ６変型判(16.0cm)　総ページ304

平凡社ホームページ　https://www.heibonsha.co.jp/